KB253388

포갓

For God

FUSION FANTASTIC STORY

포갓 3

취령 퓨전 판타지 소설

초판 1쇄 찍은 날 § 2007년 5월 14일
초판 1쇄 펴낸 날 § 2007년 5월 24일

지은이 § 취령
펴낸이 § 서경석

편집장 § 문혜영
편집책임 § 최하나
편집 § 문정흠 · 김동화

펴낸곳 § 도서출판 청어람
등록번호 § 제1081-1-89호
등록일자 § 1999. 5. 31
어람번호 § 제1-0831호

주소 § 경기도 부천시 원미구 심곡1동 350-1 남성B/D 3F (우) 420-011
전화 § 032-656-4452 팩스 § 032-656-4453
http://www.chungeoram.com
E-mail § eoram99@chollian.net

ⓒ 취령, 2007

ISBN 978-89-251-0664-9 04810
ISBN 978-89-251-0661-8 (세트)

퓨전 판타지 소설　FUSION FANTASTIC STORY

취령

등천각(騰天閣)

3

포갓

For God

目次

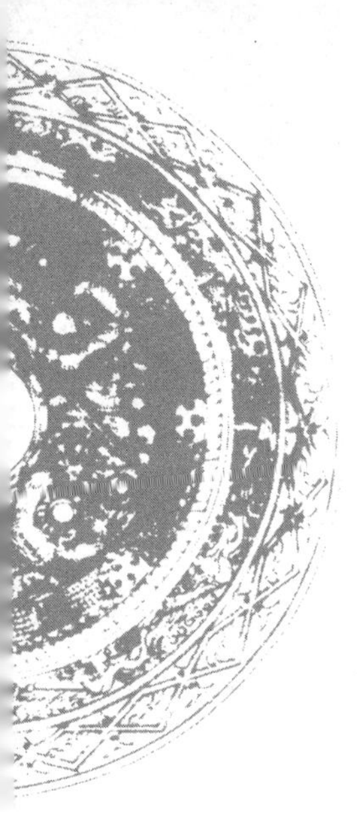

第一章
교두(敎頭)

죽은 자의 영혼과 사람의 심혼(心魂)을 다루는 흑마법사 무림에 환생하다!

마왕의 힘을 배워 9클래스의 마법 경지를 넘어서고, 절대의 무공 경지에 들다!

그를 기다리는 건 무림사에 더없을 멸겁의 종말, 새황 오대천의 살혼마신!

유행이 아닌 자유추구
BOOK Publishing ChungEoram

FOR
GOD

“…무슨 말씀이십니까, 맹주님? 등천각의 교… 교두라니
요?!”

독고진의 표정은 그야말로 둔기로 한 대 얻어맞은 듯이 참
혹했다. 생각지도 못한 곳에서 튀어나온 기습(?)에 그는 적잖
이 당황했는지 말까지 더듬거렸다.

“말 그대로 ‘교두’ 일세. 등천각에서 후기지수들을 가르치
는 교두.”

독고진은 그대로 굳어버렸다. 교두라니. 자신이 바로 가르
침을 받아야 할 ‘후기지수’ 가 아닌가?

“저는 등천각에서 가르침을 받아야 할 후기지수가 아닙

니까?"

그의 반문에 단리철은 고개를 설레설레 저었다.

"아니, 자네는 등천각에서 배울 것이 없네. 자네 정도라면 능히 무림 백대고수 안에는 들어갈 실력일 게야."

물론 사실과는 거리가 있지만, 이 정도의 평가도 매우 파격적인 것이었다.

"만약 그렇다고 하더라도, 천무 노도님이나 혜원 대사님 같은 분들께는 배울 것이 많지 않겠습니까?"

천무나 혜원은 거의 칠왕과 동급으로 취급되는 초고수라 할 수 있는 노고수들이었다. 무림 백대고수 정도와는 차원이 다른 실력인 것이다.

"자네는 그분들에게서도 배울 것이 없을 것이네."

독고진이 의아하다는 듯한 표정을 짓자 단리철은 피식 웃었다.

"그분들께서 설마 자네에게 자파의 절기라도 가르쳐 주시겠는가? 그분들께서 알고 계시는 무공들은 본산의 무공이 대부분일진대, 무림 백대고수 안에 들 정도의 실력을 가진 자네에게 그분들이 본산의 무공들을 제외하고 가르쳐 줄 수 있는 게 있겠느냐는 말일세."

"으음."

독고진은 낮게 신음성을 흘렸다. 반박의 여지가 없는 말이었기 때문이다.

 FOR GOD

"자네, 어차피 등천각에 들어올 수밖에 없는 실정이 아닌 가?"

"그게 무슨 말이십니까?"

단리철을 껄껄 웃었다.

"자네의 처가 등천각에 입관하게 될 터인데 자네가 입관을 안 할 수 있겠는가? 게다가 자네는 아직 신혼이 아닌가?"

그의 말에 독고진은 가슴속 한 부분이 찔려오는 것을 느꼈다.

"그렇… 군요."

점점 힘이 없어지는 독고진의 말에 단리철은 의기양양한 표정으로 덧붙였다.

"내 생각에는 말일세. 등천각의 교두가 되어서 등천각의 서고라도 둘러보며 지식을 쌓는 것도 자네에게 많은 도움이 될 것 같네. 게다가 교두가 된다면, 학도의 신분일 때보다는 훨씬 부인을 만나는 것이 자유롭지 않겠는가?"

하지만 여전히 독고진은 시큰둥한 표정이었다. 뭔가 대안을 마련하고 있는 듯하였다.

그 모양새에 다급해진 단리철은 결국 최후의 한 수를 두고 말았다.

"좋네. 자네가 무학관의 교두로서 일해준다면, 내 특별히 자네의 부인과 함께 지낼 수 있게 배려해 주지. 한방에 넣어 주겠다는 말일세!"

마지막 한마디를 더욱 강조하는 단리철이었다.

한편, 끝없는 고심과 갈등을 겪고 있던 독고진은 단리철의 비장의 수에 무너지고 말았다.

"약속… 해주실 수 있는 겁니까?"

단리철은 승자의 미소를 지으며 고개를 끄덕였다.

"물론이네. 내가 그 정도도 해주지 못할 것으로 보이는가?"

독고진은 고개를 설레설레 저었다. 맹주의 말에 대한 대답이라기보다는, 귀찮은 일에 휘말리게 된 것에 짜증이 밀려와서였다.

"그런데 맹주님, 제가 등천각의 교두가 될 경우 타 교두나 맹의 장로 분들께서 반발하지 않으시겠습니까?"

독고진의 의문은 당연한 것이었다. 그의 실력이 입증된다 하더라도 그는 아직 어리고 경험 또한 부족하다. 그런 그에게 덜컥 등천각 교두에 무림맹에서 거의 제일간다 알려진 무력 단체까지 맡겨 버린다면, 반발이 없을 수가 없었다.

"일단 대부분의 본 맹의 장로 분들께선 자네의 활약상을 잘 보았네. 그러니 반대하실 분은 없을 것이네. 나를 비롯한 많은 장로 분들께서 자네의 공로를 인정하고 계시니."

그렇다면 문제는 없었다. 독고진 또한 소소와 정상적인(?) 신혼 생활을 보낼 수 있다는 것에 이미 마음이 기울어져 있는 상태였다.

"그렇다면… 그렇게 하겠습니다. 그런데 제가 교두가 된다면 무얼 가르치게 되는 겁니까?"

단리철을 피식 웃었다.

"교두라고 해서 다 같은 교두는 아니네. 사네는 수련하는 학도들 사이를 돌아다니며 이것 저것 무공에 관한 지적만을 해주면 되는 것이야."

"아."

독고진은 그나마 위안이 되었다. 다른 일보다는 귀찮지 않은 일이라 생각했기 때문이다.

"그럼 풍백단도 자네가 맡아 이번 사건의 배후를 캐는 데 힘을 보탤 것으로 알고 있겠네."

이것은 또 다른 문제였다. 독고진은 정신이 번쩍 들었다.

"그것은 정말 힘듭니다, 맹주님. 풍백단이 그저 그런 단체도 아니고… 최강이라 평받는 무력단체인데, 그런 곳을 제가 맡으면 반발이 이만저만이 아닐 것입니다."

"흐으음."

단리철은 처음으로 무언가 생각하는 듯한 표정이었다. 사실 그로서도 풍백단을 독고진이 맡는다는 것에 약간의 무리가 뒤따른다는 것을 잘 알고 있었기 때문이다.

"하지만 자네, 주는 것이 있으면 오는 것도 있어야 하네."

그 말의 의미인즉슨 자신이 독고진의 편의를 봐주어 등천각의 교두가 될 수 있게 해주고, 당소소와의 정상적인 신혼

생활도 보장해 주었으니 독고진 또한 그에게 무엇인가 해주
어야 한다는 것이었다.

"끄응, 그런가요? 그럼 제가 혼자 힘으로라도 일단 어느 정
도 배후를 캐보겠습니다. 어쨌든 풍백단은 안 됩니다, 맹주
님."

자신이 요구한 모든 것은 아니었지만 만족할 만한 독고진
의 확답에 단리철의 안색이 대번에 밝아졌다.

"오, 그래. 내 자네가 나를 도와줄 줄 알았네."

사실 단리철이 독고진에게 기대하는 것은 당장의 성과가
아니었다. 차근차근 독고진을 키워 나가 더욱 크게 써먹으려
는 생각이었다.

독고진은 그것을 아는지 모르는지 심드렁한 표정으로 창
밖만을 응시하고 있었다.

'후, 교두라… 내가 이런 일까지 하게 될 줄이야.'

맹주의 집무실을 빠져나온 독고진은 기다리고 있던 묵비
령을 보고는 다시 머리가 지끈지끈 아파오는 것을 느꼈다. 주
군이라니. 적어도 무림에서까지 이렇게 복잡한 일에 휘말리
고 싶지는 않았다.

"끄응, 여기서 기다리고 계셨소이까?"

독고진의 말에 묵비령은 웃어 보이며 대답했다.

"물론이오. 장차 주군 될 분께서 업무(?)를 보시는데 내 어

찌 놀러 다닐 수 있겠소."

독고진의 입에서 낮은 탄식이 새어 나왔다. 앞으로 일어날 일들을 생각하며 걱정이 태산 같았다.

"허참, 아직 나는 결정한 것이 아무 것도 없소이다. 너무 비약하지 마시오."

약간 짜증이 섞인 독고진의 대답에도 묵비령은 싱글싱글 웃을 뿐이었다.

"일단 패 백부님을 만나뵈러 가보아야겠소. 어디 계시는지 알고 있소?"

묵비령은 고개를 끄덕였다. 그가 모를 리 없었다.

"물론이오. 사부님께서 기다리고 계실 것이외다. 멀지 않은 곳에 계시오."

*　　　*　　　*

삐걱―

문을 열고 들어오는 사내의 모습을 본 소소는 반가운 얼굴이 되었다.

"아, 오라버니. 웬일이세요, 연락도 없이?"

방 안에 들어온 한천은 여기저기 두리번거리더니 빙긋 웃어 보였다.

"여기가 네 방이구나?"

그 말에 소소는 의아한 표정을 지었다.

"오라버니, 제 방에 처음 와보셨어요?"

한천은 고개를 끄덕였다. 그는 얼마 전 무림맹에 입맹한 이후로 눈코 뜰 새 없이 바빴다. 독고세가에 몇 번 오기는 했지만, 독고명만을 만나고 갔을 뿐, 소소가 머무는 방에는 들른 적이 없었다. 만일 소소가 세가 내에 있었다면 왔겠지만, 소소 또한 제룡회 때문에 계속 자리를 비우고 있었던 것이 가장 큰 이유일 것이다.

"너도 알다시피 내가 좀 바빴잖니. 독고세가에 몇 번 오긴 했다만 너도 세가에 없구… 들를 틈도 없었고."

소소는 고개를 끄덕였다. 한천은 최근 무림맹의 무력 단체들 중 하나인 천풍단의 부대주가 되어 있었고, 그만큼 업무가 바쁠 수밖에 없었다. 개인적으로 수련을 해야 하는 시간까지 계산한다면 그야말로 빡빡하기 그지없는 생활을 해야 하는 것이다.

"아, 하긴 그렇네요."

한천은 다시 한 번 방을 휘잉 둘러보고는 입을 열었다.

"그런데 네 부군은 어딨냐?"

부군이라는 말에 소소는 얼굴을 붉히며 대답한다.

"가가는 지금 맹주님을 뵈러 무림맹에 가셨어요. 아마 지금쯤이면 뵙고 나오는 중일지도 모르지요."

한천은 소소의 반응을 즐기며 대답한다.

FOR GOD

"그렇구나. 그건 그렇고, 네게 할 말이 있어서 왔다."

소소는 커다란 눈을 동그랗게 떴다.

"무슨 말요?"

한천은 정색하며 대답했다.

"본 가의 만독심공이 사라졌다."

그 말에 소소의 표정은 놀람에서 경악으로 이어졌다.

"마, 만독심공이요?!"

만독심공(萬毒深攻)은 당가의 기보 중 하나였다.

보통 독공은 내력을 쏘아 보내며 그 위에 독기를 살포하는 방식이다. 그리고 독으로써 일정 경지에 오른 이들은 독인(毒人)이라 칭하는데, 이 독인들은 내력 자체가 독 성분으로 이루어져 있어서 하나하나의 움직임만으로도 상대에게 위협을 줄 수 있다.

독인이 되는 데 필요한 무공. 만독심공이 의미하는 것은 바로 그것이었다.

만독심공은 내력이 독성을 띨 수 있게 만드는 내공심법의 일종이었다.

"그래, 본 가에서는 지금 난리가 났다. 지금 만독심공을 일정 경지 이상 익히고 있는 사람은 본 가에 열이 넘지 않는데… 사본도 떠놓은 것이 없고."

한천의 표정에서 장난기는 이미 씻은 듯 사라지고 없었다. 그의 만면에는 수심이 가득했다.

“후우, 그런데 제가 할 수 있는 게 뭐가 있겠어요?”

소소의 한숨 섞인 대답이었다. 기실 그녀가 할 수 있는 것은 아무것도 없는 것이나 마찬가지인 상황이었다.

“너도 본 가로 잠시 돌아오거라. 장로 분들의 연구에 너도 한 손 거들어야겠다.”

소소는 살짝 울상을 지었다. 곧 독고진이 돌아올 텐데 떠나는 것이 내키지 않아서였다.

“가가께서 돌아오시면 진지라도 한 상 차려 드리고 본 가로 갈게요.”

그 말에 한천은 피식 웃었다.

“그래, 그러려무나.”

*　　　*　　　*

“자, 저깁니다, 주군.”

독고진은 묵비령이 가리킨 곳을 보았다. 그곳은 무슨 군대가 머물고 있는 야영지마냥 수많은 막사가 세워져 있었다.

“후, 가보지요.”

이제 말투마저 극존칭으로 바꾼 묵비령을 보며 독고진은 속으로 한숨을 내쉬었다.

“따라오십시오.”

독고진은 묵비령의 뒤를 따라가며 지나다니는 무인들을

살펴보았다. 복장으로 보아 전혀 군인들 같지는 않았는데, 대체 어떤 이들인지 짐작조차 가지 않았다.

"사부님, 저 왔습니다."

묵비령은 가장 커다란 막사 앞으로 와서는 안쪽을 향해 기별을 넣었다.

그러자 안에서 굵직한 목소리가 흘러나왔다.

"그래, 어서 안으로 들어오거라."

분명 나이가 들어 보이는 목소리. 하지만 그 안에는 패기가 넘쳐흘렀다.

휘릭—

막사의 문 앞에 늘어뜨려진 천을 걷어내고 두 사람은 안으로 들어갔다.

"오오, 비령이 왔구나."

묵빛의 흉갑에 적색 망토. 노안에도 불구하고 위엄이 넘쳐흐르는 이미지의 노인. 그가 바로 독고패였다.

"예, 사부님. 다녀왔습니다."

그는 반가운 표정으로 묵비령의 인사를 받은 후 독고진을 향해 고개를 돌렸다.

"네가… 진아(震兒)구나."

독고패의 목소리가 떨렸다. 격동이 밀려오는지 그의 두 눈은 가늘게 떨리고 있었다.

"정녕… 패 백부님이십니까?"

독고진의 표정 또한 많이 상기되어 있었다. 직접 본 것은 처음이지만, 독고패라는 이름은 어릴 적부터 많이 들어왔기 때문이다.

"그래, 내가 네 백부 독고패니라. 성 형님은… 그리고 명아는… 아니, 이제 가주라 칭해야겠지. 가주는 잘 계시느냐?"

형인 독고성(獨孤成)과 조카이자 독고세가의 가주인 독고명(獨孤明)의 안위를 묻는 그의 주름진 두 눈에는 약간의 습기가 차올라 있었다.

전대 가주였던 독고한천(獨孤翰天)이 죽자 가주 자리를 놓고 세가 내에 분열이 일어날 것을 우려하여 세가를 떠났던 그다. 겉으로는 아무렇지 않은 듯 지금까지 이십여 년 이상을 홀로 지내왔지만, 종손과 마주하자 북받쳐 오르는 세가에 대한 그리움을 억누르기란 여간 힘든 것이 아니었다.

"성 백부님께선 여전히 정정하십니다. 아버님 또한 세가일로 바쁘시긴 하지만 잘 지내시고요."

독고패는 고개를 끄덕였다. 그는 아직도 자신이 세가를 나온 일이 정말 잘한 것이라 생각하고 있었다. 이제 그의 조카인 독고명은 훌륭한 가주로서 제 역할을 다하고 있었으며, 그의 눈앞에 있는 종손 또한 어엿한 대장부로 자라지 않았는가?

"일단 앉거라. 혹시 시장하다면 내 먹을 것을 내어오도록 하마."

그의 말에 독고진은 고개를 저었다. 그다지 배가 고프지는 않았기 때문이다.

"괜찮습니다, 백부님."

독고패는 뭐가 그리 좋은지 껄껄 웃으며 말을 이었다.

"허헛, 그래 그래. 이 백부는 네게 하고 싶은 이야기가 많구나. 혹 바쁘진 않느냐?"

"예, 당장에 바쁜 일은 없습니다."

독고패는 흐뭇한 미소를 지었다. 그저 독고가의 사람을 수십 년 만에 만났다는 사실에 가만히 있어도 절로 웃음이 나오는 것이었다.

"그래, 그래. 후후, 그나저나 비령이와는 어떻게 되었느냐?"

그는 독고진의 옆에 앉아 있는 묵비령을 슬쩍 응시하며 물었다.

"어떻게 되었느냐니요?"

독고진의 반문에 그는 안색을 살짝 찌푸리며 묵비령 쪽으로 시선을 돌렸다.

"비령아, 어찌 된 게냐?"

독고진을 주군으로 모셔 달라는 자신의 부탁이 어떻게 된 것인지를 묻고 있는 것이었다.

묵비령은 씨익 웃어 보였다.

"전 소가주님을 주군으로 모시기로 결정했습니다."

그의 대답에 독고패의 얼굴에 화색이 돌았다.

"오오, 그래. 잘 생각했구나. 그래, 진아야, 내 선물이 마음에 드느냐?"

순간 독고진은 뭐라 대답을 해야 할지 갈등했다. 마음 같아서는 괜한 짓을 하셨다고 하소연(?)이라도 하고 싶었지만, 입에서 나오는 말은 다를 수밖에 없었다.

"예? 예에."

독고패는 흡족한 표정을 짓고는 묵비령에게 전음을 보냈다.

"비령아, 그리 싫다고 하더니만, 역시 이 사부의 부탁을 들어주었구나. 고맙다."

그는 진심으로 제자에게 고마웠다. 그의 판단으론 비령은 후에라도 세가에 커다란 기둥이 될 수 있을 만한 재목이었기 때문이다.

하지만 묵비령의 전음이 들려오는 순간, 그는 경악해야 했다.

"후후. 아닙니다, 사부님. 제가 오히려 사부님께 고마운데요?"

"그게 무슨 소리냐? 진아가 네가 주군으로 모시고 싶은 정도로 훌륭한 재목이라는 뜻이냐?"

독고패의 표정이 경악에서 기대 어린 표정으로 바뀌었다.

"다른 것은 다 제하고라도… 저는 주군의 일 초 반 식도 막아내지 못하고 패하였습니다. 이 정도라면 충분히 제 모든 걸

걸어볼 가치가 있는 사내라 생각하는데요."

"헉."

독고패는 자신도 모르게 헛바람을 집어삼켰다. 도저히 믿을 수 없는 말을 들었기 때문이다.

"백부님, 어디 아프십니까?"

돌연 헛바람을 삼키는 그를 보며 독고진은 걱정스러운 표정으로 물었다.

"아, 아니다, 아니야. 후후, 하던 이야기나 계속해 보거라."

독고패는 독고진과의 이야기 또한 계속하면서 서둘러 묵비령에게 전음을 보냈다.

"그, 그게 정말이더냐?!"

묵비령은 슬쩍 고개를 끄덕였다.

"정말입니다, 사부님. 제가 뭣 하러 사부님께 거짓을 말씀드리겠습니까?"

맞는 말이었다. 묵비령이 뭐가 아쉬워 독고패에게 거짓을 말하겠는가? 독고진의 일검도 받아내지 못하고 패하였다는 것은 그 또한 자존심이 상하는 일일진대.

"지금 네가 한 말의 의미를… 알고는 있는 게냐?"

묵비령의 얼굴에 다시 한 번 짙은 미소가 드리워졌다. 자존심이 상하기는 하였어도, 이제는 이미 주군으로 모시기로 마음먹은 상황. 독고진의 경악할 만한 무공에 흐뭇한 것은 당연지사였다.

"후후, 물론입니다. 최소한 사부님 정도의 실력은 되어야… 아니, 솔직히 말하자면, 죄송하지만 사부님보다도 주군이 더 강할지도 모른다는 것이 제 생각입니다."

그의 말에 독고패는 흠칫한다.

'나였더라도 비령이를 일검에 패퇴시키지는 못하였을 것이다.'

그렇지 않아도 그런 생각을 하고 있었던 그에게 묵비령의 말은 충격으로 다가왔다. 자신이 무(武)에 바친 세월을 생각하면 일어날 수 없었던 일인 것이다.

자신이 무공을 수련한 세월은 족히 반백 년. 그에 비해 그의 조손, 독고진이 무공에 투자한 시간은 길어야 십수 년 안팎일 것이었다. 그런데 비슷한 경지라니. 그저 당황스러울 따름이었다. 아직 확인된 것은 아니었지만, 자신의 제자가 이렇게까지 말하는 것으로 보아 최소한 자신에게 근접하는 실력일 것이기 때문이었다.

그는 독고진을 다시 보았다. 제자의 말이 반이라도 사실이라면 지금 독고패의 눈앞에는 고금을 통틀어 최고의 기재가 앉아 있는 것이었다.

'후우, 어찌 이런 괴물이 본 가에서 나왔다는 말인가? 선재로다, 선재야. 허허, 내가 비령이를 붙여주려 했던 것이 본 가의 훗날이 걱정되어서였는데… 그게 다 기우였다니……'

독고패의 노안에 복잡한 감정이 뒤엉켰다. 그는 사실 독고진에게 거는 기대가 거의 없었다. 실력이 부족하여 제룡회에도 나가지 못한 아이라고 판단하였기에. 하지만 실력이 부족하기는커녕 넘쳐흐르지 않는가.

그의 노안이 독고진의 맑은 두 눈을 향했다. 십수 년간 본가에서 있었던 이야기들을 늘어놓는 독고진을 보며 독고패는 인자한 웃음을 지어 보였다.

*   *   *

"아, 힘들구나."

한(恨)이 어려 있는 탄식.

"한 치 앞도 알 수 없는 것이 세상일이라 하더니, 그 말이 조금도 틀림이 없구나."

옥구슬이 쟁반 위를 굴러가듯 아름답고 영롱한 목소리. 하지만 그 아름다움의 이면에는 절망과 슬픔이 어려 있었다.

자신의 삶을 이리도 비관하는 여인. 대체 어떠한 이유로 그녀는 이렇게도 깊은 탄식을 하는 것일까?

여인, 주혜명은 커다란 눈을 살며시 감고 창을 열어젖혔다.

휘이잉—

활짝 열린 창으로 살을 에는 듯한 칼바람이 쏟아져 들어왔다.

사르륵—

그녀의 비단결 같은 머리카락 사이를 바람이 헤집으며 부드러운 소리를 만들어냈다.

주혜명은 거세게 불어오는 바람으로 자신의 답답한 가슴을 뚫어놓기라도 하려는 듯 가슴을 쭉 펴고 시원한 바람에 몸을 맡겼다.

"춥다."

그녀의 도톰한 입술 사이로 한마디 중얼거림이 조그맣게 새어 나왔다.

그녀는 추웠다.

마음이 추운 것이다.

그리고, 가슴이… 쓰라린 것이다.

"시간이 멈추어 버렸으면……."

그녀가 다시 중얼거림과 동시에 바깥에서 인기척이 들려왔다.

"험험. 공주님, 접니다."

순간 그녀의 고운 얼굴이 와락 일그러졌다. 그녀가 세상에서 가장 증오하는 사람이 나타난 것이었다.

"들어… 오세요."

그녀의 말에선 한 줌의 생기조차 느껴지지 않았다.

드르륵—

문이 열리자 한 사내의 얼굴이 보였다. 주혜명의 관점으로

말하자면, 더 이상은 그림자조차 보기 싫은 사내의 얼굴
이…….

"하하! 저 왔습니다, 공주님. 허, 그런데 안색이 어두우시
군요. 무슨 안 좋은 일이라도 있으신 겁니까?"

뻔뻔스럽기 그지없는 말투. 시간이 지날수록 주혜명의 안
색은 거의 사색이 되어갔다. 그녀가 얼마나 이 상황을 싫어하
는지 알 수 있는 모습이었다.

하지만 담휘경은 아랑곳하지 않았다.

"비무대회에서 제가 우승하는 것을 보지 못하셔서 그러십
니까? 하핫, 저도 멋진 모습을 보여 드리고 싶었는데, 아쉽게
되었습니다."

주혜명은 소리라도 지르고 싶었다. 제발 나가 달라고, 더
이상 자신을 욕보이지 말고 차라리 죽여 달라고.

"휴우."

그녀의 입에서 작은 한숨이 새어 나왔다. 체념에 가까운 한
숨이었다.

"왜 그리 힘이 없으신지요. 제룡회 마지막 날 보신 불미스
러운 일 때문에 아직도 속이 울렁거리시는 겁니까? 하긴 공주
님께서는 그런 잔혹한 광경을 보신 것이 처음이니 울렁거리
는 게 당연하겠군요."

"……."

주혜명은 순간 담휘경의 뺨이라도 한 대 쳐주고 싶었다. 하

지만 속으로 용기없는 자신을 욕할 뿐이었다.

자살을 생각한 적이 한두 번이 아니었다. 하지만 그녀는 단한 번도 시도할 수가 없었다.

자신을 아끼는 이들의 슬픔을 책임질 자신이 없다는… 이유 때문에.

하지만 그러한 생각은 핑계일 뿐이었다. 그런 핑계로 그녀는 자살을 회피하고 있었다. 온실 속의 화초처럼 자란 그녀에게 자살이라는 극단적인 선택이 쉬울 리 없었다.

"즐거운 이야기라도 하나 해드릴까요?"

담휘경은 바보가 아니다. 그녀가 자신을 죽이고 싶을 정도로 싫어한다는 것을 누구보다 잘 알고 있었다.

그가 이렇게 노골적으로 주혜명에게 행동하는 것은 뻔뻔하기 그지없는 그의 성격 때문이었다.

"장군, 난 지금 피곤합니다."

그녀는 정말 애처로운 표정을 지어가며 담휘경에게 애걸하듯 말했다. 그 모습을 본 담휘경은 비릿한 미소를 지어 보였다.

"크으음, 그런가요? 그렇다면 어쩔 수 없지요. 하려 했던 말만 전해 드리고 가보겠습니다."

주혜명은 긴장했다. 하려는 말이 있다 한다.

저 뻔뻔스런 입에서 또 어떤 말이 나올지 모른다.

"폐하께서 제게 빠른 시일 내에 공주님과 혼약 날짜를 잡으라 명하셨습니다."

"……!"

주혜명의 표정은 그야말로 처참했다. 사내는 굳이 감정을 숨기려 하지도 않았다.

'아, 올 것이 오고야 말았구나.'

"뭐, 오래전부터 공주님께서도 알고 계셨던 일이니 더 이상 말하지는 않겠습니다. 그리고 또 하나 전해 드릴 것이 있습니다. 이건 제가 아닌 황제 폐하께서 공주님께 전하시는 말씀입니다."

주혜명은 자포자기한 음성으로 대답했다.

"말해보세요."

"새해 첫날, 제 아버님께서 장안에 있는 별장으로 폐하와 공주님을 초대하셨습니다. 그날, 꼭 함께 가셔야 한다는 폐하의 명이십니다."

주혜명은 다리가 후들거렸다. 주저앉고 싶은 것을 억지로 버텨내고 있는 중이었다.

"아, 알겠어요. 가보세요. 나는… 좀 자야겠습니다."

담휘경은 빙긋 웃으며 고개를 숙여 보이고는 바깥으로 나갔다. 담휘경의 뻔뻔스런 미소에 그녀는 먹었던 음식들이 올라오려 하는 것을 겨우 참아내었다.

털썩—

그가 사라지자 주혜명은 바닥에 털썩 주저앉고 말았다. 더 이상 서 있을 힘조차 남아 있지 않았다.

"어떻게… 해야 하지? 후후."

그녀의 자조 섞인 웃음이 공허한 방 안에 울려 퍼졌다.

*　　　　*　　　　*

"아니되옵니다, 폐하! 조선에는 충분히 많은 지원군을 파병하지 않았습니까?!"

"예부시랑(禮部侍郎)의 말이 맞사옵니다, 폐하! 폐퇴하여 달아난 왜구들의 잔당조차 그들의 힘으로 처치하지 못한다는 것은 말이 되지 않사옵니다!"

이곳저곳에서 터져 나오는 음성들. 현 명 제국의 황제인 만력제(萬曆帝) 주익균(朱翊鈞)은 자신의 푸짐한 얼굴을 찌푸려 보였다.

"대체 경들은 내가 무슨 말만 하면 다 아니된다 하는 것이오? 조선은 우리 명나라의 신하국이오. 우리 명나라의 일부나 다름이 없다는 말이지. 내 나라의 내 백성들을 내 손으로 지키겠다는데 대체 왜들 그리 말이 많은 것이오!!"

주익균은 신경질적으로 소리쳤다. 말끝마다 반대를 외치는 신하들에게 질려 버렸기 때문이다.

"분명 지난 임진(壬辰)년은 물론이고, 을미(乙未)년에도 수많은 명 제국의 병사들이 조선을 돕느라 죽어나갔습니다. 더 이상의 희생은 소신 또한 불필요하다 사료되옵니다."

무술(戊戌)년을 끝으로 임진년에 대대적으로 조선을 침공했던 왜구들은 물러갔다. 하지만 아직도 적지 않은 왜구들이 힘없는 조선의 백성들을 약탈하고, 심지어는 관아에 들어가서 행패를 부리기도 했다.

조선 또한 명 제국의 일부라 여기고 있는 주익균으로서는 왜구들의 행동은 참지 못할 만행임이 분명했다. 하지만 여러 대소신료들의 의견은 그렇지 않은 모양이었다.

"크흐음, 하지만 짐은 본국의 백성들이나 다름이 없는 조선의 백성들이 한낱 왜구들에게 당하는 모양을 지켜보기만 할 수는 없소. 누구 대안이라도 있는가?!"

장내는 쥐 죽은 듯 조용해졌다. 신료들로서는 그저 더 이상 나라 안팎으로 소란이 일어나지 않았으면 하는 것이었다. 하지만 주익균의 말 또한 일리가 있다 생각되었기에 그 누구도 먼저 나서는 사람이 없었다.

"그 보시오! 아무도 대책이 없질 않소?! 정예군으로 일천 명이라도 보내야겠소."

그의 선언에도 잠시간 아무런 의견도 나오지 않았다. 하지만 주익균이 명을 내리려는 순간, 누군가 조심스럽게 말을 꺼냈다.

"폐하, 소신이 한 말씀 올려도 되겠나이까?"

순간 대전 안의 모든 시선이 그에게로 모아졌다.

“크흐음, 한번 말씀해 보시게.”

그의 말이 이어졌다.

“무림인들을 한번 이용해 보시는 것이 어떻겠습니까?”

“무림인?”

주익균의 표정이 살짝 달라졌다. 짜증이 가득했던 표정이 조금은 풀어진 것이었다.

“예, 그렇습니다.”

주익균은 태사의에 몸을 푹 기대었다.

“계속해 보시오.”

사내는 조심스레 말을 이었다.

“소신이 듣기로 무림인들 중 일류라 칭해지는 이들은 일당 백, 그 이상의 무력을 가지고 있다 들었습니다. 무림맹에 명을 내려 한 백여 명 정도의 인원만 차출하여 조선으로 보낸다면 어떻겠습니까? 아무리 무림과 관이 암묵적으로 서로 간섭을 하지 않는다고는 하지만, 폐하께서 그 정도의 명은 내리실 수 있을 것으로 사료되옵니다. 무림이라는 또 다른 세계 안에 있다고 하기는 하나 그들도 폐하의 백성들이 아닙니까?”

그럴듯한 논리였다. 아니, 충분히 가능성이 있는 의견이었다.

대전 안에 있던 대부분의 신료들은 고개를 주억거렸고, 주익균 또한 긍정적으로 생각하는 눈치였다.

“흐음, 그거 괜찮은 방법인 듯싶군.”

잠시 뜸을 들인 그는 커다랗게 말하였다.

"누구, 무림맹의 맹주에게 다녀올 사람 없소?"

잠시간의 정적. 일반인들에게 무공을 익힌 무인들이 득실거리는 무림맹은 가기 꺼려지는 것이 당연했다.

"폐하, 소신이 다녀오겠습니다."

주익균은 소리가 들려온 쪽으로 고개를 돌렸다.

"오오, 병부시랑(兵部侍郞). 그래주겠는가?"

병부시랑이라 불린 노신(老臣)은 고개를 끄덕였다.

"소신이 나이가 좀 있어 경험이 많으니 이런 일에는 제격일 것입니다. 또한 병부에서 무림인들에 대한 자료가 조금 필요하기도 하니, 맡겨만 주신다면 명을 받들겠나이다."

*　　　*　　　*

"월주(月主), 내가 왜 불렀는지는 잘 알고 있겠지?"

한 줌의 생기도 느껴지지 않는 싸늘한 음성. 그 차가운 목소리에 사내의 앞에 서 있던 여인은 몸을 부르르 떨었다.

"알고… 있습니다, 천주님."

천주라 불린 사내는 섬뜩한 미소를 지어 보였다. 중원인들의 옷차림과는 전혀 다른 모습을 한 사내, 흑색 로브를 온몸에 두르고 있는 사내의 전신에서 엄청난 기운이 폭사되어 흘러나왔다.

“크, 크윽.”

월주라 불린 여인의 입에서 신음성이 흘러나왔다. 거대한 압력이 그녀를 짓누르고 있었기 때문이다.

“후, 그나저나 파천주(破天主)가 나를 이렇게나 실망시킬 줄은 몰랐군. 그다지 어려운 일을 시킨 것도 아닌데 실패할 줄이야.”

어두운 로브 안에서 한 쌍의 붉은빛이 번뜩였다. 그야말로 소름 끼치는 장면이었다.

“이번 일이 실패한 것은 파천회주님의 잘못도 있겠지만, 너무나도 커다란 변수가 등장하여…….”

사내는 그녀의 말이 끝나기도 전에 소리를 질렀다.

“듣기 싫다!”

구오오오—

거대한 기의 파동이 장내를 짓누르자 사색이 된 여인은 온몸을 덜덜 떨었다.

“월주는 지금 그런 못난 녀석의 역성을 들어주는 것인가?!”

“죄, 죄송합니다, 처, 천주님!”

그녀는 얼마나 공포스러운지 이빨을 딱딱 부딪치며 떨리는 목소리로 겨우 대답했다. 그 모양을 본 사내는 천천히 기운을 거두었다. 어차피 그가 그녀를 부른 것은 화를 내기 위함이 아니었다.

"이번에는 그대에게 기회를 주겠다."

그녀에겐 '기회를 주겠다'라는 그의 말이 지옥에 있는 염왕의 목소리보다도 훨씬 공포스러웠다.

"하, 하명하십시오."

고개를 숙여 보이는 그녀에게 사내는 비릿한 미소를 지으며 말을 이었다.

"그대가 거느린 아해들 중… 가장 쓸 만한 녀석들로만 차출하여 신맥을 최소 하나 이상 끊어놓아라. 기한은 보름이다. 아니, 올해가 가기 전에는 끝내줬으면 좋겠군. 아니면 불상의 불력을 이용하여 직접 가는 것도 가능하겠고. 어차피 그런 아해 하나 잡는 것은 순식간이지 않나?"

그의 말에 여인은 아무런 대답도 할 수 없었다. 그저 한마디만을 할 뿐이었다.

"명을… 받들겠습니다."

第二章
재회(再會)

죽은 자의 영혼과 사람의 심혼(心魂)을 다루는 흑마법사 무림에 환생하다!

마왕의 힘을 배워 9클래스의 마법 경지를 넘어서고, 절대의 무공 경지에 들다!

그를 기다리는 건 무림사에 더없을 멸겁의 종말, 새황 오대천의 살혼마신!

유행이 아닌 자유추구
BOOK Publishing ChungEoram

FOR
GOD

"여!"

덩치와 어울리지 않게 객잔에서 소면을 우물거리며 먹고 있던 막부동은 귓가에 들려오는 낯익은 목소리에 고개를 돌렸다. 하지만 그는 이내 고개를 갸우뚱하였다. 한 번도 본 적이 없는 낯선 소년이 그를 응시하며 서 있었던 것이다.

"크흠. 꼬마야, 나를 아느냐?"

약간은 당황스러운 표정으로 말을 하는 막부동을 보며 소년, 일비는 피식 웃었다.

"나요, 막부동 소협. 나, 일비요."

그 말에 막부동의 표정이 묘하게 변한다. 그의 뇌리 속에는 만념이 교차했다.

'일비? 인피면구를 벗은 것인가?'

그는 용케도 일비가 인피면구를 착용하고 있었다는 것을 기억해 냈다. 하지만 그래도 놀라운 것은 마찬가지였다. 지금 일비의 모습은 외소한 몸집의 볼품없는 외모를 가진 아저씨(?)가 아닌, 아무리 많이 봐줘도 열댓 살도 넘을 것 같지 않은 귀여운 소년의 모습이었다. 비록 백지장 차이이긴 하였지만, 자신을 제압했던 사람이 이토록 어린 소년이었다는 것에 그는 충격을 받았다.

"일비… 소협?"

일비는 씨익 웃었다.

"그렇소."

막부동은 어이없는 표정으로 일비에게 물었다.

"실례지만, 소협의 나이가 어떻게 되시오?"

그의 말에 그럴 줄 알았다는 듯 일비는 심드렁한 표정으로 대꾸했다.

"내 이래 봬도 내년이면 약관이오이다. 막 소협은 나이가 어찌 되시오?"

약간은 의외의 대답. 발육부진이라 생각이 들 정도로 일비의 용모는 동안이었다. 하지만 일비의 나이가 많다 하더라도 달라지는 것은 없었다. 그래봤자 막부동 자신과 십 년은 나이 차이가 있는 것이다.

"난 내년이면 이립이오."

일비는 일비대로 의외였다. 막부동은 고생을 많이 했는지(?) 딱 보기에도 불혹은 되어 보였기 때문이다.

'하긴, 제룡회의 나이 제한이 이립이었지.'

제룡회의 참가 자격을 상기하며 속으로 고개를 끄덕이는 일비였다.

"호오, 한참 형님이셨군. 그건 그렇고, 이곳에서 만나게 될 줄은 몰랐소이다."

일비의 말에 막부동 또한 고개를 끄덕였다.

"나 역시 마찬가지오. 그나저나 일비 소협도 독고 소가주님을 만나러 온 게요?"

그의 말에 일비는 고개를 끄덕이며 되물었다.

"막 소협도?"

막부동은 다시 소면을 한 젓가락 집어 올리고는 대답하였다.

"그렇소. 독고가의 정문을 지키고 서 있던 무사에게 물어 보니 독고 소가주님은 아직 도착하지 않으셨다기에, 허기도 지고 해서 보시다시피 요기를 하러 이곳에 온 것이외다."

일비는 뒷머리를 긁적였다.

"나는 지나가던 도중 창 안으로 소협의 모습이 보이길래 들어왔소이다. 힐끗 보고도 소협인지 바로 알아볼 수 있겠더군."

그의 커다란 몸집과 특색있는 외모 덕분일 것이다. 막부동은 쓴웃음을 지었다.

"후후, 그렇소이까. 그런데 일비 소협, 소협은 독고 소가주님께 무슨 말씀을 드리려고 이곳까지 찾아오신 게요?"

"으음."

그는 잠시 뜸을 들이는 것이, 뭔가 고심하는 눈치였다.

"소가주님께 부탁을 하나 하러 왔소. 하지만 아직 부탁이 뭔지는 막 소협께 이야기해 드릴 수가 없소. 그러는 막 소협께선 어쩐 일로 오신 게요?"

막부동 또한 잠시 머뭇거리며 뜸을 들이다 대답하였다.

"나는 소가주님께 수하로 거두어 달라는 청을 하고자 왔소이다."

약간은 당황스런 말에 일비는 할 말을 잃고 말았다.

"……."

"후, 놀랐소이까?"

일비는 고개를 끄덕였다.

"솔직히."

"후후."

막부동은 창밖을, 정확히는 푸른 하늘을 올려다보며 말을 이었다.

"일비 소협, 소협은 독고진이라는 사내를 어찌 생각하시오?"

그의 뜬금없는 말에 일비는 멈칫했다.

"어찌… 생각하느냐니. 그것이 무슨 말이오?"

"말 그대로요."

일비는 눈을 살짝 감아 보였다. 그는 독고진을 어찌 생각하고 있었던가?

'독고진… 이라. 인간 같지도 않은…….'

일비에게 독고진은 그저 인간 같지도 않은 무공 성취, 그리고 신비스러운 남자. 이 정도의 사람일 뿐이었다. 하지만 일비와 막부동은 다른 것이 있었다.

일비는 그저 독고진에게 부탁을 받았으며, 또 이제 반대로 그가 부탁을 할 거래 상대. 그 이상도 그 이하도 아니었지만, 막부동에게 독고진은 생명의 은인이나 다름이 없었던 것이다.

"내게 독고진이라는 사람은 그저 이해할 수 없을 정도로 뛰어난 사람일 뿐이오."

막부동은 빙긋 웃었다.

"그렇다면, 이렇게 한번 생각을 해보시오. 그런 사람이 소협의 목숨을 구해주었다, 그리고 지금까지 소협이 수련했던 무공과는 비교도 되지 않을 만한 무공을 전해주었다… 라면?"

"……."

일비가 아무런 말이 없자 막부동의 말이 이어졌다.

"내가 독고 소가주님의 은혜에 보답할 길은… 다른 것이 없소. 소가주님을 평생 주군으로 모시며 은혜를 갚을 것이외다."

일비는 잠시 막부동의 두 눈을 응시했다. 그리고 그의 두 눈에서 진심을 읽어낸 그는 천천히 고개를 끄덕였다.

"그렇소이까? 으음, 소협의 말을 듣고 보니 나였더라도 왠지 소협과 같은 행동을 하였을 것 같소."

일비가 수긍을 하자 막부동은 환한 미소를 지어 보였다.

"하핫, 사내라면 응당 그래야 하는 것이오. 나는 독고 소협에 대해 잘 알지 못하오. 하지만 이것 하나만은 확신할 수 있을 것 같소."

"……?"

일비가 아무런 말 없이 그를 응시하자 막부동은 말을 이어 갔다.

"최소한 그는 자신의 사람들에게 소홀히 할 인사는 아닌 것 같소이다. 얼마 전 제룡회의 참사에서 나는 보았소."

한차례 침을 삼킨 그의 말이 다시 이어졌다.

"물론 믿을 수 없을 만큼 대단한 그의 신위도 보았지만, 식솔들을 위하는 그의 마음이 느껴지는 듯하였소이다."

일비는 뒷머리를 긁적이며 말했다.

"그렇소? 사실 나는 그때 너무 경황이 없어서… 내 발등에 떨어진 불조차 해결하기 어려웠기 때문에 독고 소협의 모습은 제대로 보지를 못하였소.”

막부동은 빙긋 웃었다.

“후후, 어쨌든 나는 독고진이라는 사내가 이 막부동의 주인으로서 전혀 손색이 없는 멋진 사내라 생각하오.”

한껏 기대에 부풀어 있는 막부동을 보며 일비는 쓴웃음을 지었다. 그의 머릿속은 지금 더없이 복잡하였다.

“그렇다면 막부동 소협, 지금 예서 왜 이러고 계시는 게요?”

일비의 말에 막부동은 어리둥절한 표정으로 되물었다.

“무슨 말씀이오?”

일비는 씨익 웃어 보였다.

“세가에는 독고 소협의 부인인 당소소 소저라도 계실 것이 아니오이까? 장차 주모가 되실 분인데 가서 인사라도 드리는 것이 좋지 않겠소?”

“으음?”

막부동은 잠시 생각해 보았다. 어느 정도 일리가 있는 말 같았다.

“그것도 좋은 생각이구려. 좋소, 한번 가봅시다.”

막부동과 일비, 두 사람은 객잔을 나와 천천히 걸었다.

세가는 그리 멀지 않았다. 객잔에서 조금만 걸어도 멀리 세가의 정문이 보이는 것이다.

“흐음, 이거 세가의 대문 앞에 서니 괜스레 주눅이 드는 것이……."

일비는 괜히 투덜거려 보았다. 한 분의 사부를 모시고 살아온 그로서는 이런 거대한 세가에 대한 거부감이 약간은 있는 모양이었다. 그런 그를 본 막부동은 피식 웃었다.

"후훗, 일비 소협도 귀여운 구석이 있구려. 자, 어쨌든 들어가 봅시다."

두 사람은 천천히 세가의 대문으로 다가갔다. 그러자 대문을 지키던 한 무사가 그들에게로 다가왔다.

"세가에 무슨 연유로 찾아오셨는지요?"

공손한 그의 말투에 막부동은 흡족한 미소를 지으며 답했다.

"하핫, 독고 소가주님을 만나뵈러 왔소이다. 소가주님께서 아직 당도하지 않으셨다면 소가모님이라도 만나뵙고 싶은데, 가능하겠습니까?"

그 말에 무사는 사람 좋은 웃음을 지으며 대답했다.

"일단 저를 따라오십시오. 운양각에 잠시 머물고 계시면 제가 소가모님께 여쭈어 보고 알려 드리겠습니다."

막부동과 일비는 고개를 끄덕이며 무사를 따라 걸음을 옮겼다.

"저를 만나고자 하시는 분들이 계시다구요?"

약간은 의아하다는 듯 말하는 소소에게 무사는 고개를 끄덕였다.

"그렇습니다, 가모님. 웬 소협 두 분께서 소가주님께서 아니 계시면 소가모님이라도 만나뵙고 싶다 하시어 일단 운양방에 모셔두었습니다."

그 말에 소소는 고개를 살짝 갸우뚱했다.

'으음, 이곳까지 나를 찾아올 사람이 있을 리 없을 텐데? 게다가 상공을 찾으러 왔다가 없으셔서 나라도 만나고 싶다?'

약간 어리둥절한 소소였지만, 독고진이 돌아오기 전까지는 딱히 할 일이 없었으므로 고개를 끄덕였다.

"예, 알겠어요. 운양방으로 가죠."

"처소 바깥에서 기다리겠습니다."

대답을 한 무사가 바깥으로 나가자 소소는 대충 동경을 보고는 흐트러진 머릿결을 정리하고 옷매무새를 다듬었다.

'대체 어떤 사람들이지?'

소소는 궁금증을 안고 바깥으로 발을 옮겼다.

*　　　*　　　*

"맹주님, 황실에서 나오신 듯한 분이 맹주님을 만나뵙고자 바깥에서 기다리고 계십니다."

이것저것 자료를 정리 중이던 단리철은 갑작스럽게 바깥

에서 들려온 말에 얼굴이 와락 일그러졌다.

'황실? 황실에서 왜 또 사람을 보내었단 말인가?'

그는 속으로 연신 투덜대었다. 황실에서 가끔 보내오는 사람은 언제나 내키지 않는 소식들만을 가지고 왔기 때문이다.

"안으로 뫼시거라."

잠시 후, 관복을 입은 한 노인이 천천히 방 안으로 들어섰다. 그 모습을 본 단리철은 의자에서 일어났다. 보통은 그냥 의자에 앉은 채로 대접을 하지만, 지금 들어온 이 노인의 모습은 꽤나 고위 관직에 있는 듯한 분위기를 풍기고 있었기 때문이다.

"어서 오십시오."

단리철의 공손한 인사에 노인 또한 마주 고개를 숙여 보이며 답례했다.

"번거롭게 해드려 죄송하게 되었소. 본인은 황제 폐하의 명을 받들어 맹주님을 만나뵈러 온 병부시랑 우문혜신이오."

그의 말이 끝나자 단리철의 표정은 당황한 기색이 역력하였다. 병부시랑이라니… 대체 무슨 일 때문에 병부시랑이 직접 무림맹까지 행차한다는 말인가?

"후우, 일단 이쪽으로 앉으십시오."

단리철은 노인에게 자리를 권한 후 바깥을 향해 소리쳤다.

"밖에 누구 있느냐?!"

그러자 시비인 듯한 소녀의 목소리가 들려왔다.

"예, 맹주님."

"어서 다과상이라도 내오너라. 귀한 손님이 오셨느니라."

"예, 금방 올리겠습니다."

단리철은 왠지 모를 불안감에 노인의 두 눈을 응시하였다. 하지만 단리철이 신이 아닌 이상 그의 속내를 알아낼 수는 없었다.

"어허, 맹주께서는 이 노인네가 직접 이곳까지 발걸음을 한 것에 적잖이 놀랐나 보오?"

단리철은 고개를 끄덕이며 대답한다.

"솔직히 그렇습니다. 지금까지 황실에서 무림맹으로 사람을 보낸 일은 적지 않았지만, 어르신처럼 높으신 관인께서 직접 행차하신 것은 처음이군요."

단리철의 솔직한 대답에 병부시랑은 미소를 지어 보였다. 오랜 시간 관직을 겸하였던 노인에게서 은연중에 흘러나오는 분위기는 발군이라 하기에 부족함이 없었다.

"내가 가지고 온 것은 황명이오. 그리고 그만큼 중요한 일이기에 내가 직접 온 것이고."

그는 품속에서 한 장의 두루마리를 꺼내 들었다. 금빛 용 문양이 새겨진, 황제의 친서가 담긴 서신이 분명하였다.

"일단 이것을 읽어보시오. 이야기는 그 후에 하도록 합시다."

단리철은 적잖이 긴장한 모습으로 서찰을 받아 들었다.

*   *   *

"두 분께서 저를 찾으셨나요?"

하릴없이 이야기를 나누고 있던 막부동과 일비의 귀에 맑은 목소리가 들려와 두 사람은 동시에 고개를 돌렸다. 그리고는 그 자리에서 굳고 말았다.

"아, 독고세가의 소가모님이신가요?"

가까이서 본 소소의 미모는 정말 눈이 부시도록 아름다웠다. 일전에도 몇 번 본 적이 있는 미모였지만, 이렇게나 가까이서 마주하니 할 말을 잃게 만드는 것이었다.

"예, 제가 독고진 소가주님의 내자 되는 사람입니다만……."

막상 소소와 만나고 나자 할 말이 없어진 일비가 어쩔 줄 몰라 하며 멍하니 서 있자 그 뒤에 있던 막부동이 고개를 숙여 보이며 말했다.

"안녕하십니까. 저와 이 친구는 일전에 제룡회에 출전했던……."

막부동은 횡설수설한다, 하지만 막부동의 두서없는 설명에도 불구하고 소소는 그의 얼굴이 기억나기 시작했다.

"아, 막 소협은 대충 기억이 나는군요. 외공을 사용하시던……."

FOR GOD

두 사내의 얼굴이 환해졌다. 무슨 말부터 꺼내야 할지 모르던 차에 막부동의 개성있는 외모가 그들을 도와준 것이었다.

"예, 맞습니다. 하핫."

막부동은 뒷머리를 긁적이며 기분좋게 웃음을 터뜨렸다. 사실 소소가 그를 기억해 낸 것도 무리는 아니었다. 제룡회의 결승에 출전했던 이는 몇 되지 않았고, 그중에서도 소소가 관전한 경기는 반도 되지 않았기에 막부동의 거대한 체구와 외모가 기억날 수밖에 없었던 것이다.

"음, 그런데 두 분께선 진 랑과 알던 사이신가요?"

그녀의 의문은 당연했다. 그녀는 독고진이 세가 밖에서 생활한 일이 없는 것으로 알고 있는데, 이런 이들과 친분이 있다는 것이 의아할 수밖에 없었다.

"으음."

뭐라 말해야 할지 몰라 머뭇하던 막부동은 그냥 독고진과 있었던 일 중 한 일부만을 이야기했다.

"제가 이 친구와 비무를 하지 않았습니까? 당시 이 친구 비도에 제가 목숨을 잃을 뻔한 것을 독고 소협께서 구해주셨지요."

소소는 의아한 표정이 되었다. 독고진이 비무를 관전할 때 자신이 옆에 없었던 적은 한 번도 없었는데, 대체 언제 그런 일이 있었단 말인가?

"제가 제룡회 당시 계속 진 랑의 곁에 머물렀는데, 언제 그런 일이 있었단 거죠?"

그때 일비가 막부동을 도와주었다.

"그 당시 소가모님께서 계셨더라도 아마 알아채지 못하셨을 겁니다. 소가주님께선 비무장으로 지풍을 쏘아 보내셔서 제 비도를 끊어주셨지요. 제 통제를 벗어난 비도들이어서 당황하던 차였는데, 소가주님 덕에 막 소협에게 죄를 짓지 않을 수 있었습니다."

여전히 잘 이해가 되지는 않았지만 소소는 고개를 끄덕였다. 독고진이 이해하지 못할 행동을 했던 것이 어디 한두 번이던가? 이젠 어지간한 일로는 놀라지도 않는 그녀였다.

"으음, 그렇군요. 일단 안으로 들어가시죠."

소소는 말을 하며 운양방 안쪽으로 들어갔다. 두 사내는 잠시 멈칫하더니 곧 그녀를 따라 들어갔다.

"자, 앉으세요. 두 분께선 제게 하고 싶은 말이 있으신 겁니까, 아니면 제가 진 랑께 말씀을 전해주길 원하시는 겁니까?"

그녀의 말에 일비가 짓궂은 미소를 지으며 재빨리 대답한다.

"저는 막 소협을 따라온 것이고, 막 소협께선 아마 소가모님께 드리고 싶은 말이 있을 겁니다."

그 말에 막부동은 순간 당황했다. 갑작스런 그의 말에 놀란 것이다.

“으음.”

당황하여 신음성을 흘리는 그에게 소소는 빙긋 웃어 보이며 물었다.

“소협께서 제게 하고 싶은 말씀이 있으시다고요?”

“큼, 크흠.”

헛기침을 해대는 그를 보며 일비는 고소를 지었다. 어울리지 않는 모습이 귀여워 보인 것이었다.

“사실 전 독고 소가주님께 받은 은(恩)이 구명지은(救命之恩) 말고도 더 있습니다. 뭐라 말씀드리기는 어렵지만… 어쨌든 그래서 전 이 한 몸 소가주님께 바치고자 이렇게 찾아온 겁니다. 독고 소가주님을 주군으로 모시고 싶습니다.”

어떤 말부터 시작해야 할지를 몰라 그냥 본론부터 털어놔 버린 그를 보며 일비는 할 말을 잃었다. 자신이 좀 짓궂긴 했지만 설마 그가 이렇게까지 대책없이 나올 줄은 몰랐기 때문이다.

“……”

소소 또한 적잖이 당황한 모습이었다. 막말로 자다가 봉창 두들기는 소리가 아닌가?

“그 이야기는 제게 말씀하실 이야기가 아니라 진 랑께 말씀드려야 할 이야기가 아닌가요?”

일비는 짓궂게 군 것이 미안했는지 막부동을 대변해 주었다.

"막 소협은 그저 독고 소협이 안 계시니 당 소저에게라도 미리 말씀을 하고 싶은 거겠죠. 부담감이 조금은 줄어들지 않겠습니까?"

소소는 빙긋 웃었다. 두 사람의 모습이 재미있기 때문이기도 하였고, 누군가가 독고진의 수하가 되기를 자청한다는 사실에 자랑스럽기도 했기 때문이다.

"그것이 그렇게 되나요? 하지만 그이가 어떻게 생각할지는……."

소소는 독고진을 떠올리며 미소를 지었다. 그는 독고진을 누구보다 잘 안다고 스스로 생각하고 있었다. 그가 아는 독고진의 성품이라면 누군가가 자신의 수하가 되기를 자청하는 등의 상황을 별로 달가워하지 않을 것이기 때문이었다.

"후훔, 하지만 저는 독고 소가주님께서 어떻게 생각하시든 소가주님께서 제게 주신 은혜를 갚을 길은 이것뿐이라 생각합니다."

그 모습을 본 소소는 빙긋 미소 지었다. 앞으로 독고진의 고생길(?)이 훤히 보였기 때문이다.

'진 랑께서 이 말을 들으시면 뭐라 하실까? 이거참, 궁금해지네.'

*　　　*　　　*

“묵 소협.”

짧게 자신을 부르는 독고진을 보며 묵비령은 심드렁한 표정이 되어 대답하였다.

“예, 주군.”

“……”

주군이라는 말을 들은 지 나흘이 다 되어가건만 아직도 적응이 되지 않는지 독고진은 잠시 멈칫했다.

독고진은 씁쓸한 표정으로 말을 이었다.

“언제까지 본인을 따라오실 작정이시오? 이제 곧 세가에 당도할 터인데… 설마 세가 안에까지 따라오실 작정이시오?”

묵비령은 당연하다는 듯 고개를 끄덕였다.

“물론이죠. 설마 세가에 제가 머물 처소 하나 마련해 주지 않으실 생각은 아니죠?”

뻔뻔(?)스럽기 짝이 없는 그의 말에 독고진은 고개를 절레절레 흔들었다. 생각 같아서는 ‘남는 처소가 없다’ 라는 뻔뻔스런 거짓말로 되돌려주고 싶었지만, 차마 그러지 못하는 그였다.

“크으음.”

헛기침만을 하며 고개를 젓는 그를 보며 묵비령은 고소를 지었다. 함께 지내면 지낼수록 그에게 독고진은 알 수 없는 사람이 되어갔다. 그로서는 자신 정도의 인재(?)가 수하 되기를 자청하는 데도 거절하는 것이 도무지 이해가 되지 않았기 때문이다. 하지만 그러면서도 독고진의 모습에 종종 실소를 흘리는 그였다.

"후후. 주군, 다 온 듯싶습니다."

멀찌감치 보이는 세가의 대문을 보며 묵비령이 말하자 독고진은 고개를 끄덕였다.

"일단 그렇긴 한 듯한데… 흐음, 그나저나 패 백부님께선 왜 안 오신다 하시는 건지. 소협께선 혹시 그 이유를 아시오?"

그 말에 묵비령은 눈살을 살짝 찌푸렸다. 독고진이 아직도 자신에게 존대를 하는 것이 불만스러웠기 때문이다.

"그거야 사부님께서 아시겠죠. 주군께선 이제 속하에게 더 이상 존대하지 마십시오. 수하에게 존대하는 주군이 어디 있답니까."

독고진은 이제 거의 체념한 눈치였다. 그는 한숨만을 푹푹 내쉬며 말 고삐를 쥐었다. 어서 세가로 돌아가 좀 쉬고 싶다는 것이 지금 그에게는 가장 주된 심정이었다.

히이이잉—

독고진과 묵비령은 대문 앞에서 말을 세웠다. 묵비령은 말에서 내리려고 했지만 그럴 필요가 없었다. 세가의 무사들이 독고진의 얼굴을 알아보고 바로 문을 열어준 것이었다.

"아, 소가주님. 오셨습니까?"

한 무사의 인사에 독고진은 기분 좋게 웃으며 대답하였다.

"하하, 문지기 일이 힘들지는 않은가? 오늘은 자네가 번인가 보구먼."

친근하게 대답해 주는 그의 모습에 묵비령은 속으로 적잖이 놀랐다. 문지기라면 어찌 되었든 세가의 최하급 무사인데, 소가주씩이나 되는 독고진이 그런 이들과도 편하게 지내고 있다는 것이 놀라운 것이었다.

"예, 오늘은 제가 번입니다. 하지만 뭐, 그렇게 많이 피곤하지는 않습니다. 하핫, 그나저나 소가주님이야말로 안색이 안 좋아 보이시니 어서 들어가서 쉬십시오."

독고진은 고개를 끄덕이며 빙긋 미소 지었다.

"하하. 그래, 자네도 쉬엄쉬엄 하게. 오늘만 지나면 보름은 쉴 수 있지 않겠는가?"

독고진과 묵비령은 말을 몰아 세가 안으로 들어갔다.

"이쪽이 마방이오, 묵 소협. 여기 말을 맡겨놓고 내가 소협이 머물 곳을 마련해 주리다. 일단 내가 처소를 마련해 주면 그곳에서 푹 쉬시오."

말에서 내린 독고진은 묵비령이 말에서 뛰어내리자 말 두 마리의 고삐를 잡고는 마방 안으로 들어갔다. 그러자 마방의 관리인인 듯 보이는 한 중년인이 어쩔 줄을 몰라 하며 독고진이 잡은 말 고삐를 뺏어 들었다.

"아이고, 소가주님. 소가주님께서 마방 안쪽까지 들어오시면 어찌합니까. 말들은 제가 잘 돌봐 드릴 테니 어서 처소로

가 쉬십시오. 방금 세가에 도착해 피곤하실 테지요.”

묵비령은 이곳저곳에서 독고진에게 놀라는 중이었다. 세가의 마방에서 일하는 마부와 이리도 친한 소가주는 정말 그로서는 낯선 풍경일 수밖에 없었다.

“하하, 그럼 수고하시오. 나는 가보오.”

“예에, 그럼 들어가서 푹 쉬십시오!”

마부의 배웅을 받은 두 사람은 천천히 발걸음을 옮겼다. 한동안 아무 말 없던 묵비령이 뜬금없이 입을 열었다.

“그나저나 주군, 지금 어디 가시는 겁니까?”

그의 물음에 독고진은 뻔한 것을 물어본다는 듯 의아한 표정으로 답했다.

“묵 소협이 머물 처소를 마련해 드리러 가지 않소?”

독고진의 대답에 묵비령은 고개를 휘휘 저었다.

“전 주군의 수하로서 주모님을 한번 만나뵙고 싶습니다. 일단 주모님께서 계신 곳으로 가시죠.”

당황스런 그의 말에 독고진은 또다시 머리가 지끈거려 오는 것을 느꼈다. 하지만 소소를 만나는 순간 더욱 머릿속이 어지러워질 것임을 아직 모르는 그였다.

*　　　*　　　*

“소가모님, 예령이에요.”

일비와 막부동과 이런저런 이야기를 나누던 소소는 문밖에서 들려오는 소리에 고개를 돌리며 대답했다.

"그래, 들어와."

드르륵—

문이 열리고, 열두어 살 즈음 되어 보이는 귀여운 시비가 불쑥 들어왔다.

"무슨 일이니?"

소소는 소녀를 향해 부드러운 목소리로 물었다.

"좋은 소식이 있어요."

그 말에 소소는 궁금하다는 듯 한 표정으로 다시 물었다.

"무슨 소식인데?"

소소의 맞은편에 앉아 있던 막부동과 일비도 궁금하다는 표정이 되었다.

"소가주님께서 돌아오셨어요오— 지금 처소로 가셨을걸요?"

소소는 그 말에 반색했다. 다른 사람에게는 몰라도 그녀에게는 이보다 더 좋은 소식이 없었다.

"아, 정말? 언제 오셨어?"

"방금 마방 아저씨가 다녀가셨다고 말씀해 주시는 걸 듣고 오는 길이에요."

두 사람의 대화를 듣던 일비도 슬며시 끼어들었다.

"소가주님께서 오신 거군요?"

"그렇다네요."

아무런 말 없이 찻잔만 만지작거리던 막부동이 갑자기 자리에서 일어난다.

"막형, 왜 일어나시오?"

소소와 일비가 동시에 쳐다보자 약간 무안해진 표정이 된 막부동이 머리를 긁적인다.

"소가주께서 오셨다 하지 않소. 내가 이곳에 온 이유를 잊었소?"

막부동의 말에 소소는 약간 당황스런 얼굴이 되었고, 일비는 웃으며 말을 이었다.

"하핫, 여기 소가모님도 생각을 좀 해주셔야지. 소가모님께서도 독고 소협을 만나러 가실 텐데, 그런 자리에 막형이 끼어 있으면 얼마나 불편하시겠소? 우리는 조금 있다가 가봅시다."

자신의 마음을 정확히 이해해 주는 일비 덕에 한시름(?) 놓은 소소 또한 빙긋 웃어 보였다.

"그래요, 소협. 그렇지 않아도 제가 본 가의 일로 상공께 드릴 말도 있었거든요."

두 사람의 말에 살짝 무안해진 막부동은 헛웃음을 지었다.

"하핫, 그렇습니까? 그렇다면……."

말끝을 흐리며 다시 자리에 앉는 그를 보며 소소와 일비는 웃음 지었다. 덩치에 어울리지 않는 모습이었기 때문이다.

"그럼 전 나가보겠어요."

살짝 고개를 숙여 인사한 그녀는 천천히 일어나 시비 쪽으로 고개를 돌렸다.

"예령아, 이 두 분을 처소로 좀 안내해 드리거라."

소녀는 빙긋 웃으며 대답한다.

"예, 소가모님."

소소는 다시 두 사내를 향해 고개를 돌렸다.

"일비 소협, 막부동 소협."

그 부름에 두 사람은 멀뚱히 그녀를 올려다본다.

"이 아이를 따라가시면 처소를 마련해 줄 거예요. 우선 그곳에서 머물고 계세요."

자신의 처소에서 나온 소소는 서둘러 독고진의 처소로 발걸음을 옮겼다. '보고 싶다'라는 감정도 물론 있었지만, 지금 그녀는 매우 심란했다. 본 가인 당가의 비전 심공인 만독심공(萬毒深功)이 사라졌다는 소식. 아무리 출가외인이라고는 하지만 그처럼 심각한 일이 벌어진 것에 걱정이 되지 않을 수 없었던 것이다.

그녀는 이 문제를 독고진에게라도 털어놓았으면 하는 마음이었다. 물론 독고진에게 무언가 해결책이 있으리란 기대는 하지 않았다. 그저 자신의 고심을 독고진이 알아주고, 그로부터 약간의 위로라도 받을 수 있다면 마음이 편안해질 것 같았다.

그녀는 문앞에 가만히 멈춰 섰다. 그리고 안으로 기별을 넣으려던 찰나,

'상공이 돌아온 것을 나는 아직 모르는 줄 아시겠지?'

소소는 장난스럽게 웃었다. 오랜만에 그녀의 장난기가 동한 것이었다.

'그럼, 어디.'

소소는 조심스레 문짝에 손을 가져다 대고는,

드르르륵─

문을 활짝 열었다. 독고진의 처소는 곧 그녀의 처소. 독고진이 세가에 없는 줄 아는(?) 소소로서는 문을 여는 데 아무런 거리낌이 없었다.

"엇."

문이 열림과 동시에 소소의 눈앞에 뜻밖의 상황이 펼쳐졌다. 놀라기를 기대했던 독고진은 심드렁한 표정으로 앉아 있었고, 오히려 맞은편에 앉아 있는 처음 보는 사내가 놀란 표정으로 소소를 쳐다보고 있었다.

"당 매, 오랜만이야."

독고진은 빙긋 미소 지었다. 크게 내색하지는 않았지만 표정으로 보아 그 또한 소소가 적잖이 보고 싶었던 듯하였다.

"그, 그렇네요. 그런데 저 소협은 누구시죠?"

소소를 보며 밝아졌던 독고진의 안색이 살짝 찌푸려졌다. 그리고 독고진이 대답하려는 순간,

"처음 뵙겠습니다, 주모님. 묵비령이라 합니다."

쿵.

독고진은 흡사 심장이 내려앉는 듯한 기분을 경험했다. 비령에게 제대로 한 방 먹은 것이었다.

"주모… 라니요?"

한편 소소는 당황했다. 주모라니?

'이게 무슨… 대체 가가는 혼자서 뭘 하고 다니신 거야?

그녀로서는 당황스러울 만도 했다. 공식적인 활동은 물론 무림에 정말 티끌만 한 영향력도 행사하지 않는 독고진에게 대체 무슨 이유로 수하를 자처하는 이들이 이렇게 생긴단 말인가?

"당소소 소가모님이 아니십니까? 제가 소가주님을 주군으로 모시고 있으니 소가모님은 당연히 주모님이 되시는 겁니다."

소소는 기분이 좋긴 했지만, 당황스러움이 앞섰다.

"그, 그런 거군요."

소소는 독고진을 힐끔 쳐다보았다. 거의 울상이 된 표정, 말 못할 사연(?)이 느껴지는 복잡한 표정이었다.

"제가 상공께 드릴 말씀이 있어서 그런데… 잠시 자리 좀 비켜주실 수 있으신가요?"

"물론이죠. 그럼 전 처소로 가 있겠습니다, 주군."

분명 같은 어조로 이어진 말이었는데, 왠지 모르게 '주군'이라는 부분이 더욱 크게 들리는 독고진이었다.

또르르륵—

묵비령이 나간 뒤, 은은한 차 향이 퍼지자 다소 어수선했던 처소의 분위기가 차분하게 가라앉았다.

"가가, 대체 혼자서 뭘 하고 다니신 거예요?"

독고진의 찻잔에 차를 따르던 소소가 정말로 궁금하다는 듯한 어조로 묻는다.

"그러게 말이야. 내가 대체 무슨 짓을 하고 다닌 건지……."

거의 자조에 가까운 독백을 중얼거린 독고진은 찻잔을 들고는 창가에 자리한 흔들의자에 몸을 맡겼다. 무슨 실연이라도 당한 사람 같은 모습이었다.

차를 한 모금 홀짝인 소소는 살포시 웃어 보였다. 가끔 이렇게 독고진이 보여주는 바보 같은 모습들이 왠지 싫지 않았다. 오히려 그는 이런 독고진이 더욱 마음에 드는 것인지도 몰랐다.

"으음, 상공께서 정확히 무슨 일을 하고 다니셨는지는 모르겠지만… 하나는 정확하네요."

"뭐가?"

"무덤을 스스로 파셨어요. 그것도 아주 깊게."

능청을 떠는 당소소를 보며 독고진은 할 말을 잃었다.

"정말이지, 정확하군."

"푸훗."

소소는 가볍게 웃음 지었다. 독고진의 모습에 답답했던 가슴이 푸근해지는 것을 느꼈다.

독고진이 한 것은 아무것도 없었다. 그저 옆에 있다는 것만으로도 소소는 기분이 가벼워졌다.

"그건 그렇고, 세가에는 별일없었어?"

소소는 잠시 기억을 더듬어보았다. 딱히 독고진이 알아야 할 만큼 중요한 일은 없는 듯하다.

"글쎄요. 뭐, 다들 별일은 없었어요. 단지 친가에 일이 좀 있었네요."

친가에 일이 있었다는 말에 독고진의 시선이 소소의 두 눈을 향했다. 별일없었냐는 물음은 지나가는 말로 해본 것일 뿐인데 의외의 대답을 들은 것이다.

"당문에? 심각한 일이야?"

염려가 묻어 나오는 물음이다.

독고진은 심각한 일이냐고 물었지만 이미 어느 정도는 짐작하고 있었다. 말끝을 흐리는 소소의 표정이 적잖이 어두워 보였기 때문이다.

"일단은… 꽤나 심각한 일이에요. 정말 중요한 물건이 사라져 버렸거든요.”

　그녀의 말을 듣는 순간 독고진의 안색이 살짝 굳어졌다. 예상보다 더 심각한 일인 것 같았기 때문이다. 웬만한 일은 전부 웃음으로 넘겨 버리곤 하던 그녀였기에 지금 이렇게 자신에게까지 심각한 표정으로 이야기하는 것은 처음이었다. 꽤나 비중있는 문제인 듯싶었다.

　“당문의 중요한 물건? 그런데 나에게 이야기해도 상관없는 거야?”

　당가에 있어서 독고진은 남이 아니다. 소가주인 한천의 생명의 은인이자 소공녀인 소소의 부군인 것이다. 그런데도 불구하고 독고진이 그런 말을 한 이유는, 어쨌든 외관상으로 두 사람의 결혼은 정략결혼이었기 때문이다. 당진천, 당한천을 비롯한 독고진과 친분이 있는 당가의 가솔들이야 독고진을 거의 남으로 생각지 않고 있지만, 당가의 원로들의 생각은 다를지도 모르는 것이다.

　“상공.”

　“응?”

　소소는 빙긋 웃었다. 여러 가지 의미가 담긴 미소, 그리고 그 미소 속에는 살짝 장난기가 담겨 있었다.

　“부부는 일심동체라구요. 전 누구처럼 반려자에게 숨기는 것 따위는 없답니다.”

　그 말에 독고진은 뜨끔한 표정이 되었다. 소소가 하는 말의 의미가 무엇인지 모를 리가 없었기 때문이다.

그의 전생에 관한 이야기. 정확히 말하자면 전생과 관련된, 그리고 자신이 언젠가 떠날 수밖에 없는 이유들.

그라고 왜 소소에게 말하고 싶지 않았겠는가? 하지만 그의 입에서 나올 이야기들은 결코 소소가 받아들일 수 없는 이야기뿐이었다. 전혀 다른 세계의 이야기들. 이는 소소에게 엄청난 혼란을 안겨줄 것임이 분명했다.

만일 누군가가 그런 이야기를 소소에게 한다면, 그녀는 미친놈 취급을 할 것임이 분명했다. 하지만 독고진의 입에서 그 이야기가 나온다면 달라진다. 도저히 믿을 수 없는 이야기들. 하지만 출처가 독고진이라면 그녀는 믿는다. 그래서 더욱 혼란스러울 것이다.

"후우, 할 말이 없네."

그는 말을 돌렸다.

"그건 그렇고, 당문에서 사라졌다는 물건은 어떤 거야?"

얼버무려 버리는 독고진의 모습에 소소는 속으로 쓴웃음을 지었다. 독고진을 비꼬면서도 혹시나 이번에는 이야기를 들을 수 있지 않을까 하는 마음이 있었기 때문이다.

아마도 독고진이 자신에게 이야기를 해주지 않는 것에는 그만한 이유가 있으리라. 하지만 서운한 것은 어쩔 수가 없었다.

"독공이에요. 정확히 말하자면, 당문의 비전이 담긴 독공

비급이죠."

독고진의 안색이 살짝 굳어졌다. 당문 비전의 독공이 사라지다니?

"나 또한 알고 있는 무공이오?"

소소는 고개를 설레설레 저었다. 독고진이 알고 있지도 않을뿐더러 그것은 무공이 아니었기 때문이다.

"가가께서는 아마 모르실 거예요. 만독심공(萬毒深攻)이라는 심공이죠. 독공을 익힌 이들을 독인(毒人)으로 만들어주는 심법이랄까요."

"그런데… 그렇게나 중요한 비급이 어떻게 사라졌다는 말이오? 누가 당문 한복판에 잠입하여 그 물건을 훔치기라도 했단 건가?"

소소는 뒷머리를 긁적였다.

"그거야 저도 모르죠. 하지만 역시나 중요한 건 만독심공이 사라졌다는 사실이에요. 잘못하면 더 이상 당문의 독인이 제대로 된 위력을 발휘하지 못할는지도 모르죠."

독인(毒人)이란 몸 자체가 독기를 띤 사람을 말한다. 보통 혈액까지 전부 극독과 맞먹는 독성을 지닐 정도로 독에 대한 내성과 친화력이 강해지면 독인이라고 불리우는데, 당가에서는 만독심공의 꾸준한 연마와 함께 직접 독 성분과 부딪치면서 내성을 기름으로써 독인을 키워낸다. 직접 극독이 묻어 있는 독초를 삼키기도 해야 하며, 독장을 고스란히 맞아보기도 하는 등 독인이 되는 과정은 그야말로 극악의 고통과 인내를 동반한다.

이렇게 해서 만들어진 독인은 독공으로써 초절정을 넘어선 극경에 다다른 무인에 필적할 만한 무력을 보여준다. 하지만 이것이 전부라고 생각한다면 오산이다. 만일 이것이 독인의 전부라면 만독심공이 그렇게까지 보물 취급을 받지는 않았을 것이다. 극경의 무인이라면 당가에도 얼마든지 존재하는 것이다.

독인의 진정한 무서움은 독공을 배우기 시작할 때 비로소 나타난다. 그저 독물 덩어리인 몸뚱아리, 만독심공으로 인해 키워진 내력과 독기만으로 극경의 무력을 보여주는 독인의 손에서 펼쳐지는 독공은 그야말로 무적에 가까운 힘을 발휘하게 된다.

하지만 이렇듯 대단한 무기인만큼 독인은 손쉽게 만들어낼 수 있는 것이 아니다. 인간으로서 감내해 내는 것이 거의 불가능할 정도의 고통을 십수 년간 수반하며 살아가야 독인이 될 가능성이 생기는 것이다.

현 당문에 독인은 단 한 사람이었다. 가주 당진천의 백부인 당문찬. 그는 당문의 자부심이자, 칠왕에 근접할 정도의 무력을 지녔다고 알려진 노고수였다. 그런 그조차 독인으로서의 힘을 반조차도 제대로 끌어내지 못한 것이라고 하니, 능히 그 위력을 짐작할 수 있겠다.

"상공, 상공도 당문의 독룡은 알고 계시죠?"

만독심공 없이는 당문에서 독인이 나온다는 것은 거의 불가능하다는 소소의 이야기를 들은 후 독고진이 무언가를 생각하는지 아무런 말이 없자 소소가 물은 것이었다.

"당연 당문찬 대협은 알고 있지. 그런데 갑자기 그것은 왜 묻는 거야?"

소소의 얼굴이 살짝 어두워졌다.

"만독심공(萬毒深攻) 비급은 다름 아닌 독룡 어르신께서 보관하고 계셨어요. 그런 비급을, 독룡 어르신만 한 고수의 이목을 피하면서 훔쳐 낼 수 있을 만한 고수가 몇이나 있을까요?"

독고진의 표정이 더욱 심각해졌다. 당문 한복판에서, 그것도 독룡의 이목을 피해서 그만한 물건을 훔쳐 낼 수 있는 고수라면 정말 손에 꼽을 정도였기 때문이다. 세간에 알려진 고수로만 따지자면 삼황과 사존 정도? 그들을 제외한다면, 심지어 칠왕에 속한 절대고수들조차도 불가능한 일일 것이었다. 은신술과 신법에 있어서는 삼황과 사존의 능력을 상회할지도 모른다는 살왕(殺王) 천호라면 가능할지도 모르겠지만, 그 또한 목숨을 걸어야 할 것이었다.

"여러 가지 변수가 있을지도 모르겠지만… 내 생각으로는 삼황이나 사존 정도 되는 고수가 아니면 불가능할 것 같군."

소소는 걱정스러운 어조로 대답한다.

"제 생각도 가가와 같아요. 그나저나 모르겠군요. 대체 그만한 고수가 무슨 이유로 만독심공을 가지고 갔을까요?"

"그러게. 정말 모를 일이야."

독고진은 생각에 잠겼다. 대체 누가 그런 짓을 했을까?

만독심공은 분명 절학임에 틀림없다. 그리고 목숨을 걸어서라도 가져갈 만한 가치가 있음 또한 분명하다. 하지만 삼황사존 정도의 무인이 독공 하나를 위해서 목숨을 걸 리는 없다.

"상공."

나직이 부르는 소소의 목소리에 독고진은 부드럽게 대답했다.

"응?"

"너무 신경 쓰지 마세요. 그냥 답답한 마음에… 상공께 털어놓기라도 하고 싶었어요."

독고진은 빙긋 미소 지었다. 소소의 마음이 이해되었기 때문이다.

"걱정하지 마. 다 잘될 거야."

소소는 독고진의 품에 안겨왔다. 오늘따라 그의 가슴이 더욱 넓게 느껴졌다.

"그런데 상공, 지금 운양방에 상공을 기다리는 사람들이 있다는 건 알아요?"

뜬금없는 그녀의 말에 독고진은 약간 당황한 표정이 되

었다.

"날 기다리는 사람들이라니?"

"잘 생각해 보세요. 모르시겠어요?"

독고진은 기억을 더듬어본다. 하지만 아무리 생각해 봐도 자신을 찾아올 사람들이 있다는 것은 생각이 나지 않았다.

"잘 모르겠는데? 누구지?"

이번엔 소소가 당황스러운 표정이 되었다. 그녀는 막부동과 일비가 독고진에게 미리 말해놓고 온 것으로 착각하고 있었기 때문이다.

"두 분 소협이 찾아오셨는데요. 한 분은 가가를 주공으로 모시고 싶다 하고, 한 분은 가가께 부탁드릴 것이 있다 하시고……."

독고진의 표정이 또다시 변했다. 가히 청천벽력과 같은 말이라 할 수 있었기 때문이다.

"아니, 대체 누가?"

"한 사람은 일전에 가가께 구명지은을 입은 사람이라던데, 모르시나요?"

그제야 독고진은 두 사람이 누군지 알 수 있을 것 같았다.

"누군지 알겠군. 일전에 두 사람에게 한 가지 부탁을 들어준다 했었지. 그런데 한 사람은 나를 주공으로 모시고 싶다 했다고? 허허."

소소는 어이없다는 듯한 표정이 된 그를 보며 고소를 지어 보였다.

"그 덩치가 커다란 소협이 제게 그러더군요."

독고진은 대충 감이 잡혔다. 우직한 막부동이 자신에게 입은 구명지은을 잊지 못하고 있는 것이리라.

"끄응, 이것참."

앓는 소리를 하는 그를 보며 소소는 작게 웃었다.

第三章
결심(決心)

죽은 자의 영혼과 사람의 심혼(心魂)을 다루는 흑마법사 무림에 환생하다!

마왕의 힘을 배워 9클래스의 마법 경지를 넘어서고, 절대의 무공 경지에 들다!

그를 기다리는 건 무림사에 더없을 멸겁의 종말, 새황 오대천의 살혼마신!

FOR
GOD

"주군으로 모시고 싶소이다!"

쿵―!

막부동의 이마가 커다란 소리를 내며 바닥에 닿았다. 그에 독고진은 어쩔 줄을 몰라 했으며, 일비 또한 조금 당황했는지 표정이 묘하게 변했다.

한편 독고진이 어떻게 대처할는지 궁금한지 소소는 재미있다는 듯한 표정으로 독고진을 응시하고 있었다. 아무런 표정의 변화가 없는 것은 묵비령뿐이었다.

"하, 이것참. 주군이라니. 그대는 주군이라는 단어가 의미하는 바가 어떠한 것인지 알고 있소?"

막부동은 이마를 땅에 박은 자세 그대로 말을 이었다.

"물론이오. 나, 막부동은 그대에게 받은 구명지은을 이 한 목숨으로써 갚겠소이다."

그 말에 독고진의 안색이 잿빛으로 변했다. 막부동의 태도로 보아 쉽게 물러날 것 같지가 않았기 때문이다.

"그리고 내가 당신을 주군으로 모시고 싶은 이유는 구명지은 때문만은 아니오."

독고진이 궁금하다는 듯한 눈빛으로 그를 처다보자 막부동의 말이 다시 이어졌다.

"나는 그대가 충분히 이 막부동의 주공이 될 자격이 있다 생각하오. 또한 그만한 가능성을 난 보았소이다."

지끈—

머리가 깨지는 듯했다. 독고진의 등줄기로 식은땀이 흐르기 시작했다.

"난……."

독고진이 입을 열려는 찰나, 막부동이 그의 말을 끊어버렸다.

"어떤 이유를 대더라도 본인은 포기하지 않을 것이오. 내가 소가주의 수하를 자청하는 이유는 일전에 말했던 그것이 전부요.. 소가주께서 아무런 야망도 없이 이대로 살아가신다 해도 내게 후회는 없을 것이오."

더 이상 반박할 여지가 없었다. 독고진이 변명하려 했던 부분을 막부동이 완전히 차단해 버렸기 때문이다.

"으음."

잠시간 정적이 흘렀다. 모두들 사태의 추이가 어떻게 되는지가 무척이나 궁금한 모양이었다.

"일단… 일어나시오."

하지만 막부동은 그 자세 그대로 다시 입을 열었다.

"내가 일어날 때는 소가주님께서 나를 수하로 받아들이는 때일 것이오."

확고한 의지. 고개를 든 막부동의 표정에선 결의라고 할 만한 것이 보였다.

"일어나시오."

이어지는 독고진의 말. 하지만 막부동은 움직일 줄을 몰랐다.

"지금 주군의 명을 거역하는 것이오?"

독고진의 한마디는 그를 제외한 네 사람의 표정을 바꾸어놓았다. 막부동은 얼떨떨한 표정이었으며, 다른 세 사람은 생각보다 쉽게 결정이 나자 뭔가 어이없다는 듯한 표정이었다.

'후, 이것도 운명인가?'

그는 속으로 중얼거렸다. 최근 그의 주변에서 일어나고 있는 일들은 그로서는 이해할 수 없을 만큼 우연성이 짙었다. 거의 필연이라고 느껴질 만큼.

갑작스레 묵비령이 수하를 자청하며 찾아온 것부터 시작

하여 단리철이 자신에게 등천각의 교두 직을 준 것, 지금 이 렇게 막부동이 자신의 수하를 자청한 것까지. 어느 것 하나 평이한 것이 없었다. 모든 것이 그가 꿈에서도 생각하지 못했 던 일들이었다.

"일어나시라는 말 못 들으셨소?"

잠시 멍한 표정이 되어 있던 막부동은 그 말에 정신을 차리 고는 고개를 들었다.

그리고는 그 자리에 부복했다.

"소인 막부동, 주군을 뵈옵니다."

"후우."

살짝 숨을 내쉰 그는 고개를 뒷쪽으로 살짝 돌려 묵비령을 응시했다.

"그대도 나오시오."

방관자(?)로서 구경만 하고 있던 묵비령은 그의 말에 얼떨 결에 따라 나갔다.

"이제부터 나는 그대들의 주군이오."

독고진의 입에서 나오는 목소리라고는 믿을 수 없을 만큼 묵직한 목소리. 지금까지의 그와는 상이한 분위기가 그에게 서 흘러나오고 있었다. 굳이 말로 표현하자면, 위엄이랄 만한 것이었다.

두 사람은 그의 말이 이어지기를 기다렸다.

"지금부터 그대들은 내가 하는 일에 대해 무조건적인 믿음을 주어야 하오. 할 수 있겠소?"

막부동과 묵비령의 입에서 동시에 대답이 나왔다.

"존명(尊命)!"

"주종 관계는 간단한 것이 아니다. 나는 그대들에게서 충성의 맹세를 받았으며, 그대들은 나에게 믿음을 받을 것이다."

독고진의 전생의 지위. 만인지상의 자리에 있던 그의 위엄이 은연중에 흘러나왔다.

"그대들이 가지고 있는 기대 이상의 주군이 되어줄 것이다."

묵비령과 막부동은 독고진의 말에서 전율을 느꼈다.

그리고 그들 모두는 독고진의 모습에서 대단한 자신감을 보았다.

'상공.'

소소는 독고진의 새로운 모습에 말을 잇지 못했다. 목이 메어온다고 해야 할까? 더없이 멋진 그의 모습에 가슴이 벅차올랐다.

독고진은 주변을 둘러보았다.

'그동안 나는 목표 의식이 없었다. 이 세계는 나에게 그저 힘을 기르기 위한, 마음의 안정을 얻기 위한 안식처였을 뿐이며, 이 안식처에서 나는 편안히 살아가기만을 원했던 것이다.'

갑작스런 심경의 변화? 그런 것은 없었다. 단지 오래전부터 가슴속을 조금씩 두드리던 유혹에 마음의 문을 열었다고 해야 할까?

"너무 거창했나?"

독고진은 빙긋 웃으며 소소를 슬쩍 바라보았다. 그 익살스런 모습에 소소의 입에서도 웃음이 흘러나왔다. 너무 진지한 모습보다는 이렇듯 평소 독고진의 인간적인 모습이 더 좋은 그녀였다.

"상공, 상공은 잘하실 수 있으실 거예요."

독고진은 멋쩍게 웃으며 일비에게로 시선을 돌렸다.

"이제 일비 소협의 부탁을 들을 일만 남았군. 일단 들어가서 이야기합시다."

그의 말과 함께 다섯 사람은 독고진을 따라 걸음을 옮겼다.

잠시 아무런 말 없이 걷던 독고진은 갑작스레 멈춰 섰다.

그런 그의 모습에 네 사람의 시선이 그에게로 모였다.

"아, 막부동과 비령은 이 패를 들고 백운각(白雲閣)에 가보거라. 가서 곽 총관께 말씀을 드린다면 머무를 처소를 마련해 주실 게다."

바로 옆쪽의 삼층으로 된 커다란 누각을 가르키며 독고진이 말하자 잠시 어리둥절해 있던 두 사람은 곧 고개를 숙였다. 이제 그들도 독고세가의 식구가 된 것이다.

"존명!"

감동은 없었다. 하지만 비로소 진정 자신들이 택한 길이 실감이 나는 그들이었다.

"그리고 일비 소협께서도 두 사람과 함께 가서서 짐을 풀어놓고 오시오. 막부동과 어느 정도 안면을 트신 듯한데 그의 처소에서 한동안 머무르시면 될 것이오."

일비는 고개를 끄덕였다. 그 또한 그러는 편이 편했다. 이 험상궂게 생긴 막부동이 같이 지내다 보니 은근히 인간미가 느껴지는 녀석이었던 것이다.

"알겠소. 소가주님의 말대로 따르리다. 그건 그렇고, 짐을 풀어놓은 뒤 나는 어디로 가면 되오?"

그의 말에 독고진은 아차, 하는 표정을 지었다. 자칫 어처구니없는 실수를 할 뻔한 것이다.

뒷머리를 살짝 긁적인 독고진이 그의 말에 대답을 하였다.

"이 건물 뒷편으로 해서 쭉 걷다 보면 일층으로 된 누각이 하나 있소. 본 가의 회의실 비슷한 기능을 하는 곳인데, 그곳의 중앙 회의장 말고, 오른쪽에 위치한 독방 비슷한 곳으로 오시면 될 게요. 문앞에 상문각(相問閣)이라 쓰여 있을 거요."

"알겠소."

대답을 한 일비는 몸을 돌려 백운각으로 발걸음을 옮겼고, 묵비령과 막부동 또한 그의 뒤를 이어 발걸음을 옮겼다.

"후후."

　조금은 의미심장한 미소를 지어 보인 독고진은 아무런 말 없이 상문각을 향해 걸었다. 그런 그의 모습을 잠시간 물끄러미 바라보던 그녀는 총총걸음으로 독고진을 따라갔다.

　그녀의 가슴속엔 이미 만독심공(萬毒深攻)에 대한 걱정은 희미해져 있었다. 독고진이 앞으로 보여줄 모습들이 너무도 기대가 되었기 때문이다.

*　　　*　　　*

　드륵—

　독고진은 문을 열었다. 그리고 그의 눈앞에 낯익은 풍경이 들어왔다.

　상문각의 독방. 그가 언제나 아버지 독고명과 이야기할 때면 사용하던 곳.

　꽤나 오랫동안 사람의 왕래가 없었는지 묵은 냄새가 살짝 나는 듯도 했다.

　"최근에는 세가가 조용했나 보군."

　상문각은 흡사 회의장과 같은 개념의 전각이었다. 물론 회의야 중앙에 있는 커다란 방에서 하지만, 이 독방 또한 가주인 독고명이 가신들을 불러 할 이야기가 있을 때면 종종 사용하던 곳이다. 이런 곳에 먼지가 쌓여 있을 정도라면 그것은 곧 별일이 없었다는 뜻이었다.

끼긱—

독고진은 척 봐도 푹신해 보이는 의자에 몸을 뉘였다. 이 의자 또한 오랫동안 사용한 적이 없어서인지 듣기 거북한 쇳소리를 만들어냈다.

독고진은 많이 무료한 듯한 모습으로 입을 열었다.

"당 매, 그런데 왜 나연이의 모습은 안 보이는 거지?"

그의 물음은 당연한 것이었다. 언제나 그가 세가에 돌아올 때면 처음으로 맞이해 주는 이가 바로 나연이었는데, 아직까지 코빼기도 안 보인다는 것이 이상할 수밖에 없었다.

"아, 아마 가주님의 명으로 무림맹에 갔을 거예요."

그녀의 대답에 독고진은 고개를 갸우뚱한다. 나연을 무림맹에 심부름 보낼 만한 일이 딱히 생각나지 않았기 때문이다.

"무슨 일로 간 건지 당 매는 혹시 알아?"

"아마 본 가에서 조사한 건에 대한 내용들을 맹주님께 보내려는 것일 거예요. 제룡회 마지막 날에 있었던 참사의 배후에 대한 것들 말이에요."

"아."

독고진은 고개를 끄덕였다. 최근에 하도 복잡한 일들이 많았던지라 제룡회의 참사는 거의 까먹다시피 하고 있었던 것이다.

"본 가에선 뭐 좀 알아낸 것 있어?"

"글쎄요."

소소는 뒷머리를 긁적였다. 요즘 그녀 또한 만독심공에 관한 일 때문에 심란했던지라 다른 일들에 신경 쓸 겨를이 없었던 것이다.

"그런데 상공, 갑자기 마음을 바꾸신 이유가 뭐예요? 비령 소협이나 막부동 소협 정도의 인재를 수하로 삼았다면 뭔가 그만한 목표가 생기신 것도 같은데… 어때요?"

정말 궁금하다는 듯한 표정으로 묻고 있는 그녀를 보며 독고진은 빙긋 웃어주었다.

"글쎄. 당 매의 생각에는 뭘 것 같아, 그 목표가?"

일단 목표는 생겼다는 말이었다. 소소는 기분이 좋아졌다. 독고진에게 있었던 유일한 불만이 바로 현실에 너무 안주한다는 것이었다.

소소는 한차례 고개를 갸웃하고는 대답했다.

"으음, 세가를 일으키시려는 것 아닌가요? 최근 상황들을 본다면 조금씩 평화에 금이 가고 있다는 것을 알 수 있어요. 상공께서는 요즘 바빠서서 잘 모르실지도 모르겠지만, 얼마 전부터 혈교의 움직임도 심상치가 않고요. 상공께서도 이런 무림의 정황을 느끼고 세가를 키워보려는 마음을 먹으신 것 아니에요?"

속에 있던 말을 마구 쏟아낸 소소는 마지막으로 한마디를 더 덧붙였다.

"무림의 난세를 상공께서 해결하신다면, 독고세가가 천하

 FOR GOD

제일가로 발돋움하는 것도 꿈만은 아닐 거예요.”

조금 과한 말인 듯도 싶었지만, 사실 소소로서는 이 말도 돌려 말한 것이었다. 그녀의 생각으로는 만일 독고진이 마음 먹고 무림에 뛰어든다면, 분명 독고세가는 장차 천하제일가가 될 것이기 때문이었다.

독고진은 피식 웃었다.

“당 매는 이제 본 가의 사람이 다 된 것 같아?”

농담조의 독고진의 말에 소소는 살포시 웃어 보였다.

“그럼요, 저도 이제 당연히 독고세가의 사람이죠.”

독고진 또한 그녀를 마주 보며 웃었다.

“그래, 그렇지. 당 매는 내 사람이니까.”

소소의 얼굴에 홍조가 어렸다. 하지만 잠시뿐, 소소의 표정은 다시 궁금증으로 가득 찼다.

“그런데 제 말, 맞는 거예요?”

“음.”

“음?”

“반은 맞다고 보아도 무방하려나? 후후.”

대답을 하고는 눈을 감아버리는 그의 모습에 소소는 더 이상 묻지 않았다. 앞으로 그의 행보를 지켜본다면 저절로 알게 될 것이기 때문이었다. 미리 아는 것보다 더 가슴 벅찰는지도 모를 일이다.

‘내가 떠나기 전에 본 가의 힘을 키워놓고 위험 요소들을

잘라내어 버리는 것도 좋겠지.'

현 무림은 평온하다. 하지만 무림은 아무리 평온하더라도 휴화산(休火山)이 될지언정 사화산(死火山)이 될 수는 없다. 게다가 현 무림은 이미 폭발한 지 너무도 오래였다. 독고진이 볼때 현 무림은 언제 폭발할지 모르는 활화산인 것이다.

현 무림은 지극히 위험한 상황이다. 적어도 그만은 그 사실을 너무도 잘 알고 있었다. 그것은 켈리어스의 능력 덕이었다.

끼이익—

거북한 마찰음과 함께 문이 열렸다. 독고진을 이미 바깥의 기척을 느끼고 있었는지, 천천히 눈을 떠 들어온 일비를 보며 빙긋 웃었다.

"앉으시오."

일비는 고개를 살짝 숙여 보이고는 독고진의 맞은편에 앉았다. 그의 얼굴엔 어쩐지 긴장 비슷한 표정이 어려 있었다.

"묵비령과 막부동은 어떻더이까?"

지금쯤 세가 내에 처소를 얻어 쉬고 있을 막부동과 묵비령을 생각하며 슬쩍 미소 짓는 독고진이었다.

"뭐, 꽤나 만족스러워하는 표정이었던 것 같습니다."

약간 묘한 어투의 말, 독고진의 입에서 실소가 흘러나왔다.

"후후. 뭐, 그렇다면 다행이오."

그는 의자에 기대고 있던 허리를 곧게 펴며 말을 이었다.

"그건 그렇고, 일단 단도직입적으로 이야기하겠소이다. 내게 원하는 것이 무엇이오?"

독고진의 물음에 일비는 흠칫하더니 잠시 머뭇거렸다. 그 모습을 보며 독고진은 일비가 하려는 이야기가 생각보다 심각한 것일지도 모른다는 것을 직감했다.

"괜찮소, 말해보시오. 내 능력은 당신의 생각보다 대단할 것이오."

마음을 확고히 한 탓일까? 그의 입에서 다소 광오한 말이 흘러나왔다.

하지만 분위기 탓인지 소소와 일비는 그렇게 느껴지지 않았다. 왠지 모르게 두 사람에게는 그 이야기가 당연시 받아들여졌다.

"그럼… 큼, 이야기하겠습니다."

꿀꺽―

일비의 침 넘어가는 소리가 커다랗게 들렸다.

"우선 결론부터 말하자면, 내가 소가주께 부탁할 것은 두 가지 비급의 회수요. 그러니까… 도난당한 비급을 찾아달라는 것입니다."

조금은 의외의 요청이었을까? 독고진은 되물었다.

"두 가지 비급이라……?"

잠시 생각에 잠겨 있던 독고진은 호기심이 동했는지 상체를 조금 더 당겨 탁자에 팔을 대었다.

“어떤 비급이오?”

이번에도 잠시 머뭇거리던 일비의 입이 천천히 열린다.

“그 두 비급은 오대금기무공(五代禁忌武功)들 중 두 질이라 할 수 있지요.”

“……?”

처음 들어보는 생소한 단어에 독고진은 어리둥절해졌다.

“오대금기무공이라는 것은 내 기억을 아무리 뒤져 봐도 모르겠는데… 좀 자세히 설명해 주시겠소?”

그럴 줄 알았다는 듯 일비의 표정이 살짝 일그러졌다.

“후우, 역시 모르시는군요. 내가 아는 대로 다 설명해 줄 터이니 잘 들으십시오.”

“경청하겠소.”

독고진의 표정이 더욱 진지해졌다. 일비의 입에서 나올 말들이 현 무림에 존재하는 암중 세력들과 많은 관련이 있다고 직감하였기 때문이다.

“무림맹의 서고에는 파멸록이라는 책자가 있습니다.”

독고진의 표정이 또 한 번 변했다. 이번엔 적잖이 놀란 듯싶었다.

“그대가 무림맹 서고에 있는 책자를 어떻게 알고 계시오?”

무림맹에는 두 군데의 서고가 있다. 한 군데는 맹의 정중앙에 위치하고 있는 개방된 곳이고, 또 한 군데는 맹주 집무실과 연결되어 있는 지하의 비고였다. 무림맹의 개방되어 있는

 FOR GOD

서고에야 시중에 널려 있는 무림에 관한 서적들을 쌓아논 곳에 불과. 그렇다면 일비가 말하는 서고란 지하 비고를 말함인데, 철저하게 출입이 제한되어 있는 무림맹의 비고에 있는 책자를 그가 알고 있다는 것은 진정 놀랄 만한 일인 것이다.

"뭐, 나도 들은 이야기니 그렇게까지 놀랄 것은 없습니다."

일비는 멋쩍었는지 뒷머리를 살짝 긁적이고는 말을 이었다.

"어쨌든 그 파멸록이라는 책자는 과거 무림의 비사들을 기록해 놓은 금서 비슷한 것이라 합니다."

독고진은 다시 한 번 고개를 끄덕이며 일비를 응시했다.

일비는 계속 이야기하라는 무언의 압박(?)으로 느껴졌는지 쓴웃음을 지으며 말을 이어갔다.

"과거부터 무림에는 오대신맥의 전설이 있습니다. 아니, 전설이라 하기는 좀 뭐하군요. 오대신맥이란 정말로 존재하는 것이니까요. 현재도 분명 존재하고 있고 말입니다. 크흠."

일비는 목이 칼칼한지 헛기침을 한 번 하고는 말을 이었다.

"오대신맥의 힘을 지니고 태어나는 아이들은 언제나 있다고 보는 것이 옳습니다. 수 해마다 다섯 명씩의 신력을 지닌 아이들이 태어난다 하더군요. 그 주기가 정해져 있는 것인지 아닌지는 모르지만 말입니다. 그리고 그 신력을 지닌 아이들은 당연하겠지만, 평범한 아이들에 비해 오성과 근골이 특출

나다 합니다.”

그 이야기를 듣던 소소는 독고진을 슬쩍 쳐다보았다. 혹시 독고진이 그 신맥의 일인이 아닐까 의심해 보는 듯했다.

“그리고 또 오대천이라는 곳이 있습니다.”

“말해보세요.”

느릿느릿 말하는 그가 답답했는지 소소가 재촉했다.

“오래전 일이지만, 분명 오대천은 활동한 적이 있습니다. 나도 자세히는 모르지만 흰소리는 잘하지 않는 내 사부께 들은 이야기이니 거의 확실할 거고요.”

“오대천이라…….”

독고진의 중얼거림을 뒤로한 채 일비의 말은 계속되었다.

“오대천은 장소라기보다는 미지의 단체라고 해야 합니다. 이 오대천의 힘이야말로 전설이지요. 오대천의 진정한 힘은 여태껏 깨어난 적이 한 번도 없으니까요. 내가 말한 오대천이 활동한 적이 있다는 말은 발호하려 했다는 것이지, 발호했다는 말은 아니었습니다. 당시 무림에 의해 사전 제압되었다고 하더군요.”

“오대천의 목적은 무엇이죠?”

“당 소저, 그 질문은 틀렸습니다.”

의외의 대답에 소소의 옥용이 살짝 찌푸려졌다.

“질문이 틀렸다니요?”

“그 질문은 성립될 수가 없습니다. 오대천은 특정 단체, 또는 인물이 아니니까요. 누구든 오대천의 봉인을 푼다면 그 힘을 얻을 수 있다고 들었습니다. 그러니 그 힘을 얻는 이가 누군가에 따라 오대천의 목적도 달라지는 것이고……."

그때 묵묵히 듣고만 있던 독고진의 입이 천천히 열렸다.

"그렇다면 오대천의 힘을 얻는 자는 어떤 정도의 힘을 얻을 수 있겠소? 대충 짐작이 가오?"

일비는 난감하다는 듯한 표정이 되어 대답했다.

"그거야 본인이 어떻게 알겠습니까. 단지 짐작하지도 못할 정도의 강대한 힘이라고만 추측해 볼 뿐입니다."

독고진은 고개를 주억거렸다. 사실 그도 별 기대는 하지 않고 했던 질문이었다.

"오대금기무공이란 바로 이 오대천의 각 천의 힘이 담긴 무공들이라 할 수 있습니다. 그야말로 인간의 것이라고는 하기 힘든, 위험하기 그지없는 무공이지요."

"그런데 소협께서 그 대단한 무공들 중 두 가지나 소지하고 계셨단 말인가요?"

"그렇습니다."

말이 끝나기가 무섭게 소소가 되물었다.

"그 무공을 익히셨나요?"

일비는 씁쓸히 웃고 말았다. 별로 좋지 않은 기억이 떠오른 것이었다.

그가 사부 몰래 금공들을 익혀보려 시도한 것이 몇 번이었던가? 하지만 익히기는커녕 수차례 실패만을 거듭하고는 주화입마의 위험까지 느끼고 포기했던 것이다.

"그런 희대의 무공들이 가까운 곳에 있다면 그 누가 익히려 해보지 않았겠습니까? 그리고 나 또한 그 범주에서 벗어나지 못했습니다. 정말 수도 없이 익히려고 했지요. 하나 나는 지금까지도 의문입니다. 과연 그 악마의 무공을 익힐 수 있는 인간이 존재할지. 그 비급에 쓰여진 대로 수련을 하다가는 경맥들이 뒤틀리거나 아예 막혀 버릴 것입니다."

여전히 표정에 변화가 없는 독고진과는 달리 소소는 적잖이 놀란 듯했다. 무공을 익히다 경맥이 막혀 버릴지 모른다는 이야기는 무척이나 생소한 것이었기 때문이다.

"그건 그렇고, 소협께서 말씀하신 것들로 보아 앞에서 언급하신 오대신맥과 오대천은 모종의 관계가 있는 듯한데, 그것부터 설명해 주심이 어떻소?"

독고진의 물음에 일비는 아차하는 표정을 지었다.

"하하, 본인이 정신이 좀 없습니다. 양해하시길."

일비는 한차례 너스레를 떨어보인다.

"오대천과 오대신맥은 독고 소가주님의 말씀처럼 분명 깊은 관계가 있습니다. 아주 쉽게 설명하자면, 오대신맥이 오대천의 힘의 봉인을 풀 수 있는 열쇠라 할 수 있지요."

"어떤 식으로 말인가요?"

"저도 정확히는 모르지만, 오대신혈을 각각 모아 어떤 기

 FOR GOD

물을 이용한다면 신맥이 끊기게 됩니다. 그리고 그로 인해 오대천의 힘이 각성하게 된다고 들었습니다."

"어렵… 군요."

소소의 입에서 탄식 섞인 말이 나왔다. 일비의 말에 흥미를 느끼고 있긴 했지만 머리가 점점 복잡해지는 것을 느끼는 것이었다.

"그럼, 오대신혈을 전부 모아 신맥들을 끊어놓는다면 오대천은 바로 각성할 수 있는 힘을 얻게 되는 것이오?"

독고진의 다소 예리한 질문. 하지만 일비는 고개를 살짝 저었다.

"아마 그것은 아닐 것입니다. 오대신혈은 오대천의 각성을 위해 필요한 재물 중 하나일 뿐, 그 외에도 몇 가지가 더 필요하다고 들었습니다."

"그나마 다행이라 할 수 있겠군."

중얼거리듯 말하는 독고진의 생각에 일비가 동조했다.

"그렇다고 해야겠지요."

"이것참, 당 매의 말마따나 정말 어렵군."

장난스럽게 이야기하는 독고진을 보며 일비는 미소 지었다.

"어쨌든 지금 중요한 것은 나는 그것들을 괴인들에게 빼앗겼다는 것입니다. 이미 오래된 이야기이고, 좀 더 정확히 말하자면 내 사부께서 빼앗긴 것이지만……."

"그럼 혹시… 소협의 사부 되시는 분의 존성대명을 알 수 있을까요?"

소소의 물음에 일비는 묘한 표정이 되었다.

"저도 모릅니다. 하, 이것도 참 웃기는군요. 사부가 누군지 제자인 나도 모른다니."

어찌 된 영문인지는 알 수 없었지만, 소소는 그에 대해 더 이상 묻지 않기로 했다. 더 묻는 것은 왠지 실례가 될 것 같았기 때문이다.

"내가 내 사부에 대해 아는 것은 딱 한 가지입니다."

이번에는 독고진도 궁금한 표정이 되었다.

"무지막지하게 강했다는 것. 내 주관적인 판단으론 칠왕에 버금갈지도 모르오. 뭐, 어디까지나 내 주관일 뿐이긴 하지만 말이오."

두 사람은 경악했다. 칠왕이라는 명칭이 거론되었다는 것은 아무리 일비의 주관적 판단이라 하더라도 그의 사부가 매우 강하다는 것을 의미했다.

"그리도 강한 소협의 사부께서 어쩌다 그 비급들을 빼앗기셨다는 말이오?"

의문에 찬 표정으로 독고진이 묻자 일비의 표정이 묘하게 변하였다.

"그게… 온통 적색의 장포를 몸에 걸친 괴인이었소."

뜬금없이 적색의 장포를 몸에 걸친 괴인이라니. 그 밑도 끝

 FOR GOD

도 없는 말에 독고진과 소소가 당황하는 중에 일비의 말이 다시 이어졌다.

"그 괴인이 손짓을 한 번 하자 검푸른 빛이 폭사되었고, 내 사부는 그 한 번의 손짓에 온몸이 넝마가 되어 누우셨소."

온몸이 넝마가 된 후 누웠다라는 말은 곧 죽음을 의미하는 것, 독고진과 소소의 입이 쩍 벌어졌다. 아무리 과장이 섞였다 하더라도 칠왕에 버금간다는 평을 받은 무인이, 그것도 일수에 무너졌다니. 정말로 믿기가 힘들었다.

"크으음."

독고진의 입에서 신음이 흘러나왔다. 그 정도라면 자신이 본신의 힘을 전부 사용해도 이길 수 있을지 미지수이기 때문이었다. 물론 켈리어스까지 소환한다면 상황은 달라지겠지만.

한참을 심란한 표정으로 생각하고 있던 독고진의 앞에 불쑥 켈리어스가 나타났다.

─저자가 말하는 사람이 누구인지 통 모르겠군. 중간계에 나의 시야를 벗어날 수 있는 정도의 능력을 가진 자가 있단 말인가?

물론 켈리어스의 능력은 중간계에서 본신의 힘의 반도 채 쓰지 못한다. 하지만 그 능력만으로도 엄청난 것일진대, 생령이 그의 이목을 벗어나기란 불가능하다 할 수 있는 것이었다.

'그렇다면 일비 소협의 말이 거짓이란 말인가?

켈리어스는 시선을 돌려 일비를 잠시 응시하더니 고개를 갸웃했다.

―저 녀석의 모습으로 봐선 그런 것 같지는 않은데… 어쨌든 시간이 지나면 알게 되겠지.

무책임한 켈리어스의 말에 눈살을 살짝 찌푸린 독고진은 이내 감았던 눈을 떴다.

독고진의 두 눈이 일비를 응시했다.

"그런데 소협, 그 두 비급을 빼앗긴 지는 얼마나 된 것이오?"

날짜를 계산하려는 것인지 잠시 중얼거리던 일비가 독고진을 향해 말했다.

"으음, 재작년 여름이었던 것 같습니다."

소소의 얼굴에 의아한 표정이 떠올랐다. 그렇게 오래전에 빼앗겼다면서 지금까지 어째서 아무런 조치도 취하지 않은 것인지 궁금했다.

일비가 이 자리에서 말한 것들이 전부 사실이라면, 그것은 비단 일비만의 일이 아니었다. 전 무림에 치명적일지도 모르는 일인 것이다. 그리고 그런 일이라면 무림맹에라도 알렸어야 하는 것이 아닌가?

"그런데 어째서 이제야… 그것도 독고 가가께 알리는 거예요? 무림맹에라도 미리 알렸으면 벌써 해결이 되었을지도……."

하지만 그 말을 들은 일비의 표정은 더욱 찌푸려졌다.

"당시에 그 이야기를 무림맹에 하는 것은 바보 짓이었습니다. 무림은 너무도 평화로웠으니까요."

무슨 말을 하려는 것인지 일비의 이야기가 계속 이어졌다.

"그러니까… 제가 말하고 싶은 말은 제 이야기를 아무도 믿어주지 않았을 거란 말입니다. 그리고 지금에 와서 이야기를 꺼낸 이유는, 제 이야기를 두 분께서 믿으실 수 있는 이유는 얼마 전 제룡회의 마지막 날, 참사가 일어났기 때문입니다. 소저께서도 생각을 해보십시오. 만일 지금껏 무림에 아무런 일도 없이 평화롭기만 했다면, 과연 소저와 독고 소가주님께선 제 말을 믿어주셨겠습니까? 당시 그런 말은 무림맹에 가서 했다가는 미친놈 취급받기 딱 좋았을 겁니다."

듣고 보니 일리가 있는 말이었다. 하지만 그럴수록 독고진은 심란해졌다.

"일단 알겠소이다. 내 힘이 닿는 한 최대한 소협을 도와보겠소."

독고진의 확답에 가까운 대답을 들은 일비의 표정은 대번에 환해졌다. 일비로서는 독고진의 능력을 정확히 알 수 없었지만, 그의 눈에 비쳐진 독고진의 실력이라면 수십 년 내에 천하제일인이 될지도 모른다는 생각이 들었기 때문이다.

"정말 고맙습니다, 소협."

일비가 고개를 숙여 보이며 고마움을 표하자 독고진은 멋쩍은 표정을 지어 보였다.

 "이것참, 내가 그것들을 찾아드릴 수 있을지 없을지도 모르는데……."

 그 모습에 일비는 빙긋 웃었다.

 "아닙니다. 진심으로 감사드립니다. 소가주님은 꼭 찾을 수 있으실 겁니다."

 부담을 주는 건지, 감사를 하는 건지 묘한 어조로 말을 하는 그를 보며 독고진은 그저 웃을 수밖에 없었다.

第四章
암중모략(暗中謀略)

죽은 자의 영혼과 사람의 심혼(心魂)을 다루는 흑마법사 무림에 환생하다!

마왕의 힘을 배워 9클래스의 마법 경지를 넘어서고, 절대의 무공 경지에 들다!

그를 기다리는 건 무림사에 더없을 멸겁의 종말, 새황 오대천의 살혼마신!

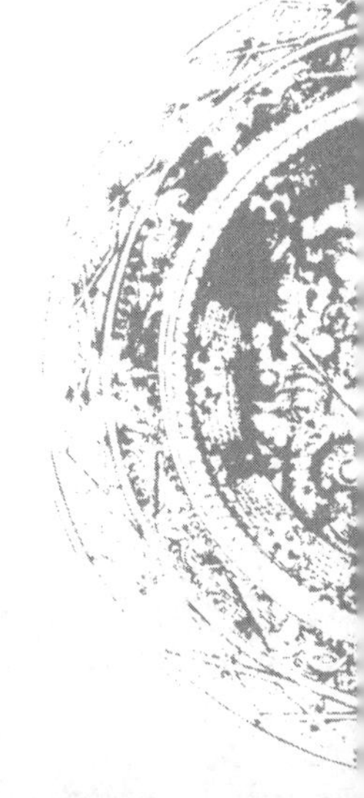

유행이 아닌 자유추구
BOOK Publishing ChungEoram

FOR GOD

열어놓은 창으로 따사로운 햇빛이 스며들어 왔다.

하지만 들어오는 것은 햇빛만이 아니었다. 서늘하다 못해 한기가 느껴지는 차가운 공기.

앙상한 나뭇가지들과 살을 에는 듯한 칼바람은 완연한 겨울이 되었음을 실감케 해주고 있었다.

"으음, 언제나 생각하는 거지만… 이 짓, 할 짓이 못 돼."

차가운 바깥의 환경과는 별개로 맹주의 집무실에는 열기가 가득하다.

"벌써 이틀째군. 그나저나 아직까지 건진 게 하나도 없다니……."

집무실 안에서 홀로 노동열(?)을 불태우고 있는 단리철의 행색은 그야말로 폐인이었다.

쾡해진 눈동자에 흐트러진 머리카락, 부시시한 표정까지. 평소 단리철의 모습은 찾아볼 수가 없었다.

한참을 집무실에서 자료들과 씨름하던 단리철은 조금이라도 쉬어야겠다는 생각에 등받이에 등을 푹 기대었다. 그리고 막 눈을 감으려는 순간,

"맹주님, 독고세가에서 사람이 왔습니다."

아무래도 단리철은 일복이 터진 모양이었다.

"크으음."

한차례 신음성을 흘린 단리철을 행색을 가다듬었다. 전체적으로 까칠해진 모습이야 어쩔 수 없겠지만, 적어도 손님을 접대하려면 흐트러진 머리카락과 옷매무새, 그리고 흐려진 눈동자는 어떻게 해야겠다고 생각한 듯했다.

이윽고 눈동자의 초점을 찾은 그는 바깥을 향해 근엄한 목소리로 말을 하였다.

"들어오라 하게."

드르륵—

집무실의 문이 열리자 단리철의 시야에 목갑을 든 한 여인이 들어왔다. 그다지 많이 치장하지 않았지만 청초한 분위기가 나는 미인, 바로 곽나연이었다.

"소저가 독고세가의 사절인가?"

단리철은 눈에 약간의 이채를 띠며 나연을 응시한다. 대충 보아도 나이에 비하여 대단한 성취가 보이는 후기지수라 판단되었기 때문이다.

"그렇습니다, 맹주님. 이렇게 뵐 수 있어 영광입니다. 독고세가의 곽나연이라 합니다."

정중하게 고개를 숙이며 말하는 그녀를 보며 단리철은 흡족한 미소를 지어 보였다.

"허헛, 내가 뭐 대단한 사람도 아닌데 영광일 것까지야. 그건 그렇고, 그 목갑 안에 들어 있는 것은 독고세가에서 조사한 정보들이겠지?"

나연은 고개를 끄덕이며 대답했다.

"예, 맹주님. 본 가의 가주님께서 더 많은 것들을 조사하지 못하여 죄송스럽다 전해 드리라 하셨습니다."

그 말에 단리철은 헛웃음을 지으며 손사래를 쳤다.

"아니, 그 무슨 소리인가? 허허. 이렇게 협조해 주신 것만으로도 정말 고마운데. 독고가주님께 전해 드리게나. 이 단리모는 귀 가의 수고에 진정 감사를 표한다고 말일세."

나연은 목갑을 내밀며 대답하였다.

"그리하겠습니다."

나연에게 받은 목갑을 한쪽으로 옮겨놓은 단리철은 다시 의자에 앉아 나연을 슬며시 바라보았다. 그의 판단으로는 어지간한 후기지수들과는 비교도 되지 않을 정도의 성취가 나연에게서 느껴졌다.

단리철은 탁자 위에 어지러히 놓여 있는 서류들을 한쪽으로 쓱 밀어놓고는 나연에게 말하였다.

"그런데 소저의 이름이 곽나연이라 하였던가?"

단리철의 이야기에 나연은 잠시 머뭇하더니 대답했다.

"예, 그렇습니다."

단리철은 머리를 긁적였다. 분명 나연이라는 이름이 낯설지가 않았는데, 어디서 들었던 이름인지가 기억이 나질 않는 것이었다.

잠시 후, 그는 문득 무엇인가 생각이 났는지 손뼉을 쳤다.

"소저가 우리 혜아와 어울려 다닌다던 그 소저였구먼?"

나연은 당황스러웠는지 말을 조금 더듬었다.

"아, 예. 예에, 그렇습니다."

우물쭈물하며 대답하는 그녀를 보며 단리철은 인자한 미소를 지었다.

"그렇게 불편해할 것 없네. 하핫, 그나저나 다행이군. 우리 혜아와 어울려 다니는 아가씨가 이렇게 곧은 이였다니, 한시름 놓겠어."

근엄하기만 할 줄 알았던 맹주가 친근하게 이야기하자 곽나연은 어쩔 줄을 몰라 했다. 백도무림맹의 맹주라는 이름이 적잖이 무겁기도 했지만, 무엇보다도 어떻게 대해야 할지 몰랐기 때문이다.

"후우음, 내가 소저와 하고 싶은 이야기가 많네만 지금은 시간이 없네. 내 다음에 시간이 난다면 혜아에 대한 이야기를 좀 나눠보고 싶네. 내가 아비로서 별로 신경도 써주지 못해서 걱정이 이만저만이 아니었거든. 하하."

농담조의 이야기였지만 내용만큼은 진심이었다. 그는 정말 단리혜를 끔찍하게 아꼈고, 그만큼 걱정도 많이 하고 있었다.

"어쨌든 오늘은 내가 할 일이 산더미처럼 쌓여 있어서 시간이 나지를 않는구면. 미안하네."

곽나연은 어리둥절한 표정이 되었다. 그녀가 단리철과 이야기하기 위하여 이곳에 찾아온 것도 아닌데 뭐가 미안하다는 것인지 이해할 수 없었기 때문이다.

"미안하시다니요?"

곽나연이 어리둥절해하는 이유를 대충 알아챈 단리철이 가볍게 웃어 보였다.

"다음에 내가 시간이 생기면 다시 본 가에까지 불러야 할 게 아닌가. 내가 오늘 시간만 있다면 지금 이야기를 하고 보내도 되는데 말이야."

단리철은 이야기를 하면서 계속 나연의 기도를 살폈다. 아무리 나연이 나이대에 비하여 비정상적인 성취를 이루었다고 하더라도 단리철은 검왕이었다. 검왕을 속이고 내력을 숨길 수는 없는 노릇이었다.

그리고 단리철이 파악한 나연의 기도는 기대 이상으로 더 뛰어났다.

'대단한 인재들이 많이 나오는군. 독고진, 그 아이도 믿을 수 없을 만큼 대단하더니 이 나연이라는 아이 또한 괴물에 가깝지 않은가?'

잠시 속으로 중얼거리던 단리철은 품속에 손을 집어넣었다. 생각이 독고진에게까지 미치자 나연을 통해서 독고진에게 전해줄 것이 생각났기 때문이다.

"내 자네에게 부탁할 것이 하나 있는데, 괜찮겠는가?"

단리철의 말에 곽나연은 당황한 표정이 되어서 대답했다.

"제게 부탁이라뇨, 말씀해 보세요. 제가 가능한 일이라면 얼마든지 도와드리죠."

단리철은 품속에서 꺼내 든 서찰을 곽나연에게 건네며 말했다.

"이 서찰을 독고 소가주에게 전해 드리게나. 빠르면 빠를수록 좋다네."

나연은 난처한 표정이 되었다. 그녀가 알기로 독고진은 지금 세가에 없었기 때문이다.

"그게… 저로서는 그 서찰을 빠르게 소가주님께 전해 드릴 방도가 없습니다. 소가주님께선 지금 세가에 계시지 않거든요."

　그 말에 단리철의 안색이 살짝 찌푸려졌다. 그리고 그는 시간을 계산해 보았다. 독고진이 맹을 떠나 본 가로 돌아갈 시간과 나연이 이곳으로 떠나왔을 시간을 재어보는 것이다.

　그리고 그의 표정은 다시 밝아졌다

　"하하, 소저는 걱정 마시게. 소가주는 아마 지금쯤 세가에 돌아가 있을 게야. 예서 출발한 시간과 소저가 세가에서 출발한 시간이 엇갈려 그리 된 듯한 모양이네."

　이에 곽나연의 표정 또한 밝아졌다. 세가로 돌아가면 독고진을 볼 수 있다는 것이 그 이유인 듯했다.

　"아, 그런가요? 그렇다면 제가 그 서찰을 빠르게 전해 드리겠습니다."

　곽나연은 단리철이 내민 서찰을 공손히 받았다.

　그리고 문득, 단리철은 뜬금없이 한마디 하였다.

　"나연 소저는 어떻게 생각하는가? 독고 소가주 말이야."

　"예에?"

　다소 어이없다는 듯한 표정이 된 나연을 보며 단리철은 말을 이었다.

　"본인이 생각하기에 독고 소가주는 대단한 인재일세. 앞으로 무림을 위해 큰일을 해낼 인물이야."

　꽤나 후한 평가에 잠시 놀란 곽나연은 이내 이해가 가는지 고개를 끄덕였다. 제룡회의 참사 당시 독고진의 활약을 기억해 냈기 때문이다.

대부분의 사람들은 자신의 안전을 챙기기에 급급하여 독고진의 선전을 보지 못했겠지만 단리철이라면 보았을 것이라는 생각이 든 탓이었다.

"저 또한 그렇게 생각합니다. 확실히 대단한 분이시죠."

단리철의 입가에 살짝 미소가 걸렸다.

"음, 잘하면 앞으로 자네와도 볼 일이 많아지겠군."

또다시 자다가 봉창 두드리는 소리에 곽나연의 표정이 또 한 번 바뀌었다.

"그건 무슨……."

곽나연이 물어보려는 찰나, 단리철이 그녀의 말을 끊었다.

"자네가 만약 독고 소가주를 수행한다면 말일세."

"……?"

나연의 커다란 두 눈이 동그래졌다. 그 다음에 나올 말이 전혀 짐작이 가지 않았다.

"정말 무슨 말씀이신지… 모르겠습니다."

단리철의 입에 걸린 미소가 장난스럽게 변하였다.

"독고 소가주는 앞으로 본 맹의 풍백단(風魄團) 단주가 될 것이기 때문이네."

*　　　　*　　　　*

"크흐음, 정말 되는 일이 하나도 없구먼. 하필 이런 때에 혈교에서 움직임을 보이는 것은 대체 뭐란 말인가? 설상가상 이라더니……."

당문의 가주, 당진천은 지끈거리는 머리를 부여잡고 중얼 거리듯 말했다.

만독심공(萬毒深攻)을 도난당한 것을 해결하는 것만 해도 충분히 벅찬데, 이제 혈교까지 말썽을 부리니 당진천은 심란 하기 그지없었다.

"아버님, 너무 걱정하지 마십시오. 지금까지의 정황을 살 펴보았을 때 의심스러운 부분이 많기는 하지만 아직 속단하 기는 이릅니다. 혈교에서도 발호할 단계가 아니질 않습니까? 들어온 정보만으로 혈교가 움직일 것이라는 추측은 성급합니 다."

당한천의 말에 고개를 끄덕이면서도 당진천의 찌그러진 표정은 여전히 펴질 줄을 몰랐다.

중원무림에서 비교적 변방인 사천. 게다가 험준하기로도 유명한 이 사천의 한복판에 위치하고 있는 당문에 있어 혈교 는 언제나 골칫덩어리였다. 거리상으로도 가까운 곳이 혈교 였기 때문에 분쟁이 끊이질 않은 것이다.

혈교는 사천의 끝자락에 위치하고 있었다. 사천성만 하더 라도 매우 넓기에 그 끝자락에 위치한 혈교와 한복판에 자리 하고 있는 당문 사이의 거리가 꽤나 된다고 생각할는지도 모 르지만, 그것은 오판이었다.

당문의 직접적인 세력권은 그나마 좁은 편이라 할 수 있지만 혈교는 그렇지 않았다. 사천성 곳곳에 수많은 혈교의 분타가 깔려 있는 것이다.

그러니 당문과 혈교의 분쟁이 일어나지 않을래야 않을 수 없는 상황이었다.

"후유, 그나저나 대주들에게서는 아직도 연락이 없는 게냐? 만독심공을 가져간 범인의 흔적을 실오라기 하나라도 찾아낸 것이 있다면 내게 바로 보고하라 일렀거늘……."

당한천의 표정 또한 심각해졌다.

"만독심공을 훔쳐 간 도적이 그리 허술할 리 없질 않습니까? 아마 상상하기도 힘들 정도의 고수일 텐데……."

그는 말을 흐렸다. 그로서는 아무리 생각해도 만독심공을 누가 가져갔는지 알 수 없었기 때문이다.

"하기사, 네 말이 옳구나. 맞는 말이야. 너무 조급해할 필요는 없지."

진천은 고개를 돌려 창밖을 응시했다. 그의 눈에 들어오는 앙상한 나뭇가지들이 꼭 자신의 가슴속을 보는 것만 같았다.

"아아, 답답한지고!"

그의 심정이 고스란히 드러나는 한마디 탄식이었다.

*　　　*　　　*

스륵―

어두운 밤, 서늘한 월광(月光) 사이로 날랜 그림자 하나가 순식간에 지나간다. 아니, 그림자라 하기도 뭐하다. 그야말로 거뭇한 무언가가 눈 깜짝할 새에 사라졌으니 말이다.

"너무 싱거운데 이거."

온몸에 흑의를 걸친 사내. 흑의 일색에 복면까지 한 것이 분명 좋은 의도를 가진 사람의 모습은 아니었다. 담을 넘어다니는 그의 행동 또한 확실히 옳은 광경은 아니었으니.

사내는 잠시 두리번거리더니 이윽고 씨익, 웃었다. 그의 복면 사이로 비릿한 조소가 보이는 듯했다.

"안휘(安徽)의 패자(覇者)라더니… 후후."

사내가 현재 기웃거리고 있는 곳은 바로 남궁세가(南宮世家)의 한복판. 그가 비웃고 있는 곳은 다름 아닌 남궁세가였다. 만일 이 이야기를 세가의 사람들이 들었다면 그 표정이 가관이었을 것이다. 그리고 그것은 비단 남궁세가의 사람들만은 아닐 것이다. 무인이라면 누구든지 남궁세가를 비웃는 것을 당연시 여기지 못할 것이다.

샤샥―

놀랍도록 신속하고도 은밀한 신법이 펼쳐졌다. 사람이라 믿을 수 없을 만한 움직임을 보이며 사내의 그림자가 순식간에 몇 채의 건물 위를 지나갔다. 단 한 번의 소리도 없는 도약

이었다.

한 건물의 지붕 위에 올라선 그는 몸을 푸는 건지 팔을 쭉 뻗어 기지개를 켜며 중얼거렸다.

"어디 한번… 꼬맹이나 찾아볼까?"

알 수 없는 이야기를 중얼거리며 사내는 가벼운 몸짓으로 지붕에서 뛰어내렸다.

착—

바람 소리만이 살짝 들리는 진정 가벼운 착지. 하지만 그는 무언가 실수를 한 듯했다.

"음?"

바닥에 내려선 그의 앞에 남궁세가의 무인인 듯한 사내가 보이는 것이었다. 실수도 이런 실수가 없었다. 바로 발 아래 있는 무사를 보지도 못하고 뛰어내렸다니.

두 사내의 시선이 정면으로 마주쳤다.

갑작스러운 상황에 남궁세가의 무인 또한 표정이 말이 아니었다.

그도 그럴것이, 미약한 기운조차 눈치 채지 못했는데 그의 바로 앞으로 복면인이 툭 떨어지다니. 만일 그 복면인이 뒤에서 자신을 찔렀다면 그는 이미 저세상 사람일 것이 아닌가?

게다가 이곳은 남궁세가의 한복판이었다. 이러한 일이 있을 수 없는 곳이다. 세상에 어떤 간덩이 부은 놈이 남궁세가의 지붕을 타고 다닌다는 말인가?

무인은 호각을 꺼내어 들었다. 정확히 말하면 꺼내려 품속에 손을 넣은 것이다. 자신이 기척조차 알아채지 못했다면 사내는 분명 자신을 훨씬 상회하는 고수일 터, 그렇다면 얼른 침입자가 들어왔음을 세가에 알려야 한다.

슈각—

푸른 빛깔의 광선이 번쩍이며 정확히 세줄기의 빛이 허공을 갈랐다.

털썩—

무인의 신형이 점점 무너져 내렸다.

그야말로 눈 깜짝할 새였다. 무인은 호각을 불기는커녕 빼들지도 못한 상태였다.

"제기, 이런 실수를 하다니."

복면의 사내는 투덜거렸다. 어쨌든 남궁세가를 우습게보고 있는 그로서는 그리 위험한 순간이라 할 수 없었지만, 자칫 귀찮은 일이 생길 뻔한 것이었다.

그는 품속에서 천 쪼가리를 한 장 꺼내어 들었다. 그리고 그의 손등에 달린 무언가를 닦는 듯했는데, 그것은 무인을 베어낸 병기였다.

"더럽군. 처음부터 이런 녀석의 피를 묻히게 되다니."

중얼거린 그는 쓰러져 있는 무인을 발로 몇 번 툭툭 건드려 보더니 순식간에 사라졌다. 그가 사라진 자리에는 세 가닥의 얇고 길쭉한 혈선이 목에 그어진 채로 쓰러져 있는 무인만이 남아 있었다.

　아무리 극쾌를 구사하는 검술을 사용하더라도 이 사내의 목에 그어져 있는 혈선처럼 정확히 같은 깊이와 같은 깊이, 게다가 같은 간격으로 동시에 혈흔을 만들어내는것은 불가능하다고 해야 했다. 그것은 그가 사용한 무구가 날이 세 개 달린 검이라도 되어야 한다는 것이었다.

　스르륵—

　그의 신형은 온 세가를 휘젓고 다녔다. 하지만 아무도 그의 존재를 알아채지 못하였다. 현재 남궁세가에는 가주를 비롯한 몇몇 장로들, 그리고 원로원의 인물 등 고수들이 대거 빠져나가 있는 상태였다. 하지만 그렇다고 해도 남궁세가는 남궁세가. 장로 급 인사들도 많이 남아 있는 세가를 마치 제집 돌아다니듯 활보하는 그의 모습은 충분히 인상적이었다.

　"쓰읍, 무슨 세가가 이렇게 넓어?"

　그는 투덜거렸다. 아무래도 세가에서 얻고자 하는 것을 찾지 못한 것 같았다.

　"어차피 오늘만 날이 아니니. 후후, 다음에 다시 오면 될 것⋯⋯."

　중얼거린 그는 다시 걸음을 옮겼다. 지금까지는 세가 안을 뒤져야 했기에 조심스레 움직여야 했다. 그것은 곧 느릿느릿 행동했다는 것과 상통하는 말. 찾던 것을 포기한 지금, 세가를 빠져나가는 것이 훨신 수월할 것이다. 조심할 필요가 없어졌기 때문이다.

쐐애액―

커다란 소리의 파공음이 허공에 울려 퍼졌다. 그와 함께 사내의 신형은 빛살같이 쏘아졌다.

그리고 그 소음에 세가는 시끄러워졌지만, 한참이 지나도 한 사내의 시신이 발견된 것 이외에는 아무런 일이 없자, 금새 세가는 조용해졌다. 마치 아무런 일도 없었다는 듯.

남궁세가의 밤은 그렇게 깊어갔다.

*　　　*　　　*

히히잉―

나연이 고삐를 잡아당기자 말은 투레질 소리를 내며 멈춰섰다. 뭔가 적잖이 못마땅한 표정을 지어 보인 말은 발굽으로 방바닥을 슬쩍 긁어댔다.

곽나연은 매우 피곤했다. 새벽부터 달려온 탓인지 안색 또한 매우 파리해 보였다.

"여기 이 녀석에게 여물 좀 주세요. 오래 달리느라 많이 피곤했을 거예요."

나연은 말에서 내려 마방의 노인에게 고삐를 쥐여주며 말했다.

“예, 그리하도록 하겠습니다.”

마방에 말을 가져다 놓은 나연은 빠른 걸음으로 어디론가
로 향했다. 당연하게도 그곳은 독고진의 처소였다.

곽나연이 이렇게 빨리 움직이는 것은 서찰을 가능한 한 빨
리 전해 달라는 단리철 부부의 부탁 때문만은 아닌 듯했다.

저벅— 저벅—

피곤해서 그런지 가볍다고 할 수 있는 발소리는 아니었지
만 마음만은 가벼워서인지 밝은 표정이었다.

이윽고 독고진의 처소 앞에 선 그녀는 살짝 호흡을 가다듬
은 후 입을 열었다.

“소가주님, 저 나연입니다.”

그리고 잠시 후 안쪽에서 독고진의 목소리가 흘러나왔다.
예의 그 부드러운 목소리다.

“들어오거라.”

곽나연의 시야에 들어온 처소 안의 풍경은 문을 열기 전 그
녀의 예상과는 전혀 딴판이었다. 독고진과 소소 두 사람이 마
주 보고 앉아 있을 줄 알았는데 전혀 다른 상황이었던 것이
다. 묵비령과 막부동, 그리고 일비가 독고진과 이야기하고 있
었던 것이다.

“이분 소협들은 누구시죠?”

놀란 듯한 표정으로 묻는 그녀를 보며 독고진은 빙긋 웃었
다.

그의 시선이 먼저 막부동과 묵비령을 향했다. 두 사람은 어느새 친해졌는지 이런저런 이야기를 스스럼없이 나누고 있었다.

"여기 이 두 사람은 내 수하이고……."

그리고 계속 자신과 토론(?)을 벌이고 있던 일비에게로 그의 시선이 다시 향했다.

"이 소협은 내게 부탁할 것이 있어 온 사람이라고 해야 하나? 어쨌든 그렇네."

아무런 표정 변화 없이 설명하는 독고진을 보며 나연의 표정은 경악으로 물들었다. 과연 그녀가 지금까지 알고 있던 독고진이 맞는지 의심스러웠다.

수하라니?

이전의, 이제까지의 독고진이 가지고 있던 사상으로는 턱도 없는 일이었다. 적어도 나연이 알기로는 그랬다.

멍해져 있는 그녀를 보며 독고진은 실소를 흘렸다. 그녀의 반응이 일순 이해가 갔기 때문이다.

"뭘 그렇게 놀라고 그래? 나연이 너도 내 수하가 아니더냐. 본 가의 식솔들이 전부 내 수하인데 두 사람이 더 늘었다 해서 달라지는 것은 없지 않겠느냐."

독고진은 자신의 옆자리를 가리키며 말했다.

"정신 사납게 서 있지 말고 일단 여기 와서 앉거라."

아직 적응이 되지 않았는지 잠시 머뭇거리던 그녀는 엉거

주춤하며 독고진의 옆자리에 앉았다.

"그래, 맹주님을 만나뵙고 왔다고?"

나연은 고개를 주억거렸다.

"예, 본 가에서 제룡회 참사 당시 조사했던 자료들을 가져다 드리고 오는 길이에요."

"그렇군."

대답을 하고는 마시던 차를 다시 들어 홀짝이는 독고진이다. 잠시 이것저것 살피던 그의 눈에 나연의 손에 들려 있는 서찰이 들어왔다.

"그런데 그 서찰은 뭐지?"

곽나연 자신도 깜빡하고 있었는지 뒷머리를 긁적였다.

"아, 맹주님께서 소가주님께 전해 드리라며 주신 서찰이에요."

그 말에 모두의 얼굴에 궁금증이 어렸다. 독고진은 독고진대로 서찰의 내용이 궁금하였고, 일비, 막부동, 묵비령 세 사람은 독고진에게 맹주가 직접 서찰을 보냈다는 것에 놀랐다. 이는 두 사람이 어느 정도 안면이 있음을 의미하는 것이기 때문이었다.

"이리 줘봐."

나연이 서찰을 조심스레 내밀자 독고진은 그것을 받아 읽어 내려가기 시작했다.

"음."

“무슨 내용입니까?”

독고진의 입에서 낮은 신음성이 흘러나오자 일비가 물었다.

잠시 생각하던 독고진은 천천히 대답하였다.

“무림맹으로 가보아야 할 듯싶소.”

당연하겠지만 나연은 확인차 물었다.

“맹주님께서 호출하신 건가요?”

독고진은 고개를 주억거렸다.

“그래, 내게 부탁하실 일이 있다는군.”

나연은 모르겠다는 표정이었다. 맹주가 독고진에게 ‘부탁’ 이라고 할 만한 일이 과연 어떤 것이 있을는지 짐작조차 되지 않았기 때문이다.

“그럼 곧장 맹으로 가시는 겁니까?”

“지금 당장은 아니더라도 곧 출발해야겠지.”

무료하던 차에 잘되었다는 듯 묵비령이 관절을 풀며 말했다.

“물론 저희도 같이 가는 거죠?”

마치 어디 싸움터에라도 나가는 듯한 그의 모습에 독고진은 피식 웃었다.

“무슨 싸움이라도 하러 가는 사람 같구먼. 그리고 동행하는 것은 당연하지. 앞으로 힘들어질 거야. 이곳저곳 따라다니려면.”

장난스러운 투로 말하는 독고진을 보며 막부동은 호탕하게 웃었다.

"핫핫, 얼마든지 환영입니다, 주군. 무료한 것보다야 백번 천번 낫습니다."

"후후."

독고진은 조용히 웃었다. 그가 생각해도 앞으로 해야 할 일들이 참 많았다. 언제 십이신장에게 발각될지도 모르는 마당이라 최대한 빨리 많은 일들을 해놓아야 했다.

"오늘 내로 채비를 하고 떠나야겠다. 이번에는 시일이 좀 걸릴 것 같군. 서찰에 쓰여진 내용으로 보아서는 그럴 듯싶어."

그 말에 막부동과 묵비령은 고개를 끄덕였다.

"저도 함께 갈래요."

곽나연이었다.

제룡회 참사에 대한 조사가 거의 다 끝난 지금, 한동안은 그녀도 세가 내에서 할 일이 없었던 차다.

"그럼 그렇게 하거라."

독고진의 허락이 곧장 떨어졌다. 나연이 같이 가서 안 될 이유가 없는 것이다.

그리고 그는 일비에게로 시선을 돌렸다.

"소협은 어찌하실 생각이오? 같이 가시겠소?"

일비는 뒷머리를 긁적였다. 그 역시 혼자 세가에 남아 있어

봐야 할 일이 없었기 때문이다.

"나도 가겠습니다. 어쩌면 소협께서 하실 일이 내 부탁과 관계된 일이 될는지도 모르고, 혼자 무료하게 시간만 죽이는 것보다는 훨씬 낫지 않겠습니까?"

독고진은 빙긋 미소 지었다.

"그럼 그렇게 하도록 합시다."

그는 좌중을 둘러보며 말했다.

"모두들 자신의 처소로 가서 대략적인 채비를 하게. 석식만을 들고 난 후 바로 출발할 테니 차질없도록."

막부동과 일비, 묵비령 세 사람은 동시에 대답했다.

"존명!"

"알겠습니다."

그리고 완전히 변해 버린 독고진의 분위기에 멍해져 있던 곽나연의 입이 천천히 열렸다.

"알겠어요."

모두들 자리에서 일어나자 독고진은 서찰을 만지작거리며 입을 열었다.

"이제 다들 나가봐. 일비 소협도 나가보시오. 나 혼자 생각하고 싶은 것이 있어서… 혼자 있고 싶소."

일비는 고개를 끄덕였다.

"알겠습니다."

장내에 있던 모든 사람들이 나가자 독고진만이 방 안에 남왔다.

잠시 동안 눈을 감고 상념에 취해 있던 독고진이 서서히 눈을 뜨며 중얼거렸다.

"켈리어스."

스르륵—

독고진의 말이 끝나기가 무섭게 켈리어스가 그의 눈앞에 나타났다.

—왜 부른 거냐.

예의 그 퉁명스런 목소리에 독고진은 웃으며 대답했다.

"내가 일전에 부탁했던 것들이 어떻게 되었나 궁금해서 말이지."

켈리어스의 표정이 와락 일그러졌다. 어쨌든 켈리어스는 독고진과의 계약으로 그의 말을 들어줘야 한다.

하지만 켈리어스는 최고위 영체라 할 수 있는 마왕이었다. 다른 마족들과는 달리 본인의 의지만으로도 얼마든지 계약을 파기할 수 있기에 굳이 독고진의 말을 따를 필요가 없었다. 하지만 현재 그는 계약을 한 상태이고, 원칙은 원칙이다.

—내가 할 수 있는 선 안에서는 다 조사해 보았다.

'내가 할 수 있는 선 안'이라는 묘한 어감의 전제가 붙은 의외의 대답에 독고진은 안색을 살짝 찌푸렸다.

"마왕이 중간계에서 일어나는 일을 조사하는 데에도 문제가 있나?"

그 말에 켈리어스의 귀여운 얼굴이 찌그러졌다.

—난 전지전능한 주신이 아니야. 대략적인 놈들의 위치나 강함 정도야 내 능력으로도 알아낼 수 있지만, 시시콜콜한 이름이나 녀석의 구체적 성향 같은 것들까지 알아낼 수는 없단 말이다. 물론 알아낼 수 있더라도 알아내고 싶은 생각이 없고.

마지막 한마디는 변명 비슷한 것이었지만 독고진은 신경 쓰지 않았다. 그의 예상보다도 켈리어스가 내놓은 것이 훨씬 훌륭했기 때문이다.

"오, 그 정도라면 문제없지. 조사한 것들을 말해봐."

대번에 안색이 밝아지는 독고진을 보며 켈리어스는 속으로 찔리는 것을 느꼈다.

사실 그는 조사라고 할 만한 어떠한 행동도 하지 않았다. 그저 기의 감응을 이용하여 비교적 강한 자들이 모여 있는 곳을 알아내었고, 인간이라고 하기에 너무 강한 몇몇의 위치를 대략적으로 파악해 냈을 뿐인 것이다.

만일 그가 작정하고 사방으로 뛰어다니며 조사했더라면 못 알아낼 것은 하나도 없었다. 하지만 켈리어스는 그렇게 친절한 위인이 되지 못했다.

—일단 내 객관적인 판단으로 보았을 때, 무공만을 따진다면 너와 비슷한 자들이 일곱은 있는 것 같다.

"컥!"

독고진은 헛바람을 삼켰다. 최근까지 그는 수련을 멈추지 않고 계속하여 의지력이 비약적으로 상승한 상태였다. 게다가 패월쌍무도 십성을 바라보고 있었는데, 그런 자신과 동등한 이가 일곱이나 더 있다니 경악하지 않을 수 없었다.

독고진의 표정 변화를 재밌다는 듯 지켜보던 켈리어스의 말이 이어졌다.

―그중 네 적이 될 만한 자는… 흐음, 내가 볼 때 둘에서 다섯 사이일 것이다.

비록 추측이기는 했지만 꽤나 자세한 이야기에 독고진은 눈에 이채를 띠었다.

"왜 그렇게 생각하지?"

켈리어스는 몸을 빙그르 돌리며 답했다. 예나 지금이나 한자리에 가만히 있지 못하는 것은 여전했다.

―일단 두 사람은 워낙 강해서 내가 일전에도 느꼈던 기운인데, 그때부터 지금까지 한자리에서 한 번도 움직이는 일이 없었다. 그건 내가 보장할 수 있지.

잠시 숨을 돌린 켈리어스는 말을 계속 이었다.

―그리고 다른 세 사람은 적아(敵我)가 불확실하다 할 수 있다. 뭐, 굳이 따지자면 일곱 사람 모두 적인지 아군인지 정확하진 않지만, 이 세 사람은 나로서도 전혀 짐작할 수 없는 자들이다. 끊임없이 만나며 이곳저곳 바쁘게 움직이는 두 사

FOR
GOD

람과 연관되어 있는지 당최 알 수가 없어. 각자 따로 움직인다는 말이지. 마지막으로 내가 확실히 적이라 했던 나머지 두 사람. 그 이유는 간단하다. 네가 일전에 말했던 사천성 혈교 총단 부근에 한 사람이 계속 머물고 있으며, 나머지 한 사람이 그쪽으로 계속 드나들고 있기 때문이지. 이는 꽤나 오래된 일이니 의심할 여지가 없다.

켈리어스의 말을 들은 독고진의 입이 쩍 벌어졌다. 켈리어스는 그의 생각보다 너무도 정확하게 많은 것들을 알고 있었던 것이다. 오히려 너무 많이 알고 있어서 더 알 수 있지 않을까 하는 미심쩍은 부분도 있었지만, 그런 일련의 생각들을 다 제하고라도 확실히 엄청난 정보라 할 수 있었다.

"정말 고맙다. 도움이 많이 되었어."

독고진의 진심 어린 감사에 마음이 더욱 찝찝해지는 켈리어스였지만, 일단 겉으로는 매우 의기양양한 표정을 지었다.

"그런 의미에서 부탁 하나만 더 하자. 네게는 그리 어려운 일이 아닐 거야."

제법 뻔뻔해진 독고진의 모습에 켈리어스는 고개를 내저었다. 하지만 어려운 일이 아니라는 말에 켈리어스의 마음이 움직인다.

―크으음. 뭔데?

지극히 못마땅한 표정의 켈리어스를 보며 독고진은 실소

를 흘렸다.

"후후, 뭘 그런 눈으로 쳐다보나? 내가 말했던 대로 분명 네게는 식은 죽 먹기만큼이나 쉬운 일일 거야."

독고진이 빨리빨리 본론을 말하지 않자 답답해진 켈리어스가 재촉했다.

―그런 변명 따윈 집어치우고, 얼른 부탁이 뭔지나 이야기해.

신경질적인 켈리어스의 말에 독고진의 대답이 이어졌다.

"다른 게 아니야. 대대적인 그들의 움직임이 보인다면 내게 알려 달라는 것이다. 특히 혈교의 그 고수 말이야. 알겠어?"

켈리어스는 선뜻 고개를 끄덕였다. 그 정도야 독고진의 말처럼 조금도 어려운 일이 아니었기 때문이다.

―그렇게 하도록 하지.

시원스런 그의 대답에 독고진은 홀가분해진 표정으로 일어섰다.

"그럼 나도 슬슬 채비를 시작해 볼까?"

第五章
희비(喜悲)

죽은 자의 영혼과 사람의 심혼(心魂)을 다루는 흑마법사 무림에 환생하다!

마왕의 힘을 배워 9클래스의 마법 경지를 넘어서고, 절대의 무공 경지에 들다!

그를 기다리는 건 무림사에 더없을 멸겁의 종말, 새황 오대천의 살혼마신!

유행이 아닌 자유추구
BOOK Publishing ChungEoram

FOR
GOD

명(明) 황실의 셋째 공주이자 중원오미(中原五美)의 일인으로 알려져 있는 화화(華化)공주 주혜명(朱慧明). 하지만 지금 그녀는 중원오미라는 칭호가 어색하다 생각될 정도로 초췌해져 있었다. 화화공주라는 칭호처럼 꽃이 무색할 만큼 아름다웠던 그녀의 옥용은 수척해질 대로 수척해져 있었고, 백옥 같던 그녀의 피부는 적잖이 까칠해져 있었다.

이 모든 것의 원인은 단 한 사람이었다.

"새해 첫날입니다, 공주님. 얼마 남지 않았군요. 기억하십시오."

아직도 뇌리에 어지러이 울리는 담휘경의 한마디. 그녀는 가만히 있어도 오한이 드는 불쾌한 경험을 하고 있었다.

"그래, 이제 얼마 남지 않았지, 얼마 남지 않았어. 이대로 시간이 멈춰 버리면 안 되는 걸까?"

그녀는 쉴 새 없이 중얼거렸다. 이렇게라도 하지 않으면 견딜 수가 없을 만큼 괴로웠던 것이다.

정말이지, 하루하루가 지나가는 것이 너무도 원망스러웠다. 그녀에게 내일은 절망으로의 한걸음일 뿐이라 해도 과언이 아니었다.

주혜명은 고개를 돌려 바깥을 바라보았다.

"후우."

창밖에는 첫눈이 내리고 있었다.

올해는 많이 늦었지만, 어쨌든 첫눈이 오고 있었다.

"눈… 이네."

무기력한 한마디.

한때는 온 세상을 새하얗게 덮어가는 백설을 보며 이리저리 뛰어놀던 적도 있었다. 하지만 지금의 그녀에게 첫눈은 시간이 지나가는 것을 알려주는 것만 같아 서럽기까지 했다.

"차라리 언니들이 부럽구나. 정말로."

그녀의 두 언니 역시 정략혼의 희생양이었다. 주혜명만큼은 아니었지만, 아름다운 미모와 재색을 겸비하고 있던 두 공주는 각각 정치의 재물이 되어 희생되었다.

"하지만 언니들은 그 상대가 담휘경은 아니었지."

그랬다. 그녀는 담휘경만 아니라면 누구든 좋을 것만 같았다. 외향과 조건만을 두 언니의 혼인 상대와 함께 놓고 보았을 때, 담휘경은 비교조차 할 수 없을 정도로 훌륭한 인물이었다. 하지만 주혜명에게 담휘경은 짐승 혹은 악마일 뿐이었다. 아무리 못 나고 조건이 나쁘더라도 짐승보다는 인간이 나은 것이 당연한 일이었다.

누군가 이 지독히도 괴로운 상황에서 벗어날 수 있게 해준다면 더 이상 소원이 없을 것 같았다.

"순수한 충정으로 나와 아버지를 대접하고 싶다고? 그거야말로 웃기지도 않는 소리이지."

담휘경은 새해 첫날, 주혜명과 그의 아버지인 황제 주익균(朱翊鈞)을 자신의 별채에서 대접하겠다 하였다. 하지만 그녀의 말처럼 그것은 단지 명분일 뿐인 것이다.

"그날이 아마 내 약혼식이 될지도……."

그녀의 갸날픈 몸이 부르르 떨렸다. 생각만 해도 소름이 끼쳤다. 마주하고만 있어도 구역질이 나는 담휘경과 약혼이라니.

수도 없이 확인하였지만, 그녀의 시선이 다시 달력으로 향했다. 하지만 날짜가 뒤로 미뤄지거나 할 일은 없었다. 시간은 지금도 조금씩 지나고 있었다.

"정확히 보름."

그 보름이 그녀에게는 찰나와 같이 느껴질 것이다. 아니면 참기 힘든 괴로움 때문에 억겁과도 같은 시간처럼 느껴질지도 모르겠다.

중요한 것은… 그녀에게는 꿈을 꿀 수 있는 미래가 없다는 것이었다.

도살장에 끌려가서 죽을 날만을 기다리는 한 마리 가축보다도 비참한 상황이라고까지 생각하는 그녀였다. 도살장이라면 동병상련할 수 있는 동료들이라도 있을 테지만, 그녀는 철저히 혼자였다. 아비라는 황제는 권력과 재물에 눈이 멀어 앞뒤 분간도 못하는 바보가 되어버렸다.

세상에 그녀의 편이 되어줄 이는 아무도 없었다.

"약혼?"

그녀는 그 저주스러운 단어를 다시 한 번 뇌까렸다.

만일 약혼이라도 하고 나면 담휘경은 더욱 노골적으로 변할 것이다. 어쩌면 부부나 다름없다는 명분하에 자신을 접간할지도 모른다고 그녀는 생각했다. 그렇게 되기라도 한다면 그녀는 더 이상 살아갈 자신이 없었다.

"힘들어."

아무런 희망도 없는 지금, 그녀가 할 수 있는 것은 아무것도 없었다.

＊　　　＊　　　＊

스르륵—

부드러운 바람결이 여인의 귓가를 스치고 지나간다.

살랑—

차갑고 매섭던 바람도 그녀의 곁에만 가면 순하디순한 미풍이 되어버리는 것일까? 단리혜는 자신의 귀밑을 간지르는 바람을 느끼며 살며시 눈을 감았다.

또르르륵—

고풍스러운 문양의 찻잔에 찻물이 떨어지며 감미로운 소리를 낸다.

차를 따르는 시녀는 눈에 넣어도 아프지 않을 것 같은 귀여운 소녀였다.

"언니, 자?"

소녀가 총총걸음으로 단리혜에게 다가갔다.

세가 내의 모든 시녀들이 단리혜를 소공녀라 부르며 존대하고 어려워하지만, 이 아이만은 언니라 부르며 살갑고 편하게 대해준다. 그녀는 아이가 자신을 친언니처럼 대하는 것이 너무나 좋았다.

사람 냄새가 난다고 해야 할까?

단리혜는 빙긋 웃어 보였다.

"아니, 안 자."

소녀는 볼을 부풀렸다.

"피이, 그런데 왜 눈을 감고 있어?"

"그냥, 생각 좀 하느라구."

소녀는 배시시 웃으며 단리혜의 팔에 매달렸다.

"헤헤, 나랑 좀 놀아주라, 언니. 은월 언니나 유란 언니는 언제나 바쁘단 말야. 지금도 일하고 있다고."

단리혜의 옥용에 화사한 미소가 깃들었다. 최근 들어 손에 꼽을 정도로 밝은 얼굴이었다. 그녀는 소녀의 머리를 부드럽게 쓰다듬었다.

"뭘 하고 놀지?"

그 말에 소녀는 마치 꿀 먹은 벙어리라도 되어버린 듯 멍해졌다.

"그, 그러게. 뭐 하고 놀아야 재미있을까? 헤헷."

소녀는 단리혜의 머리 한 올을 가지고 장난을 치며 즐거워했다. 평소 같았으면 함께 장난이라도 치며 놀아줬을 단리혜이지만, 지금 그녀는 우울했다. 소녀를 보고 있자면 마음 한 켠이 따스해지긴 했지만, 그뿐이었다.

'독고세가에라도 가서 나연이라도 만나볼까?'

계속 소녀의 머리를 쓰다듬으며 속으로 중얼거린 그녀는 이내 결심했는지 자리에서 일어섰다.

그러자 소녀는 귀여운 두 눈을 동그랗게 뜨고는 물었다.

"언니, 어디 가?"

놀란 토끼마냥 커다란 눈을 깜빡이는 소녀를 보며 단리혜는 멋쩍은 표정을 지었다.

"으응, 누구 만나볼 사람이 있어서."

소녀는 울상이 되었다. 단리혜를 따라가고 싶지만 조를 수도 없는 것이, 그녀는 세가 바깥으로 나갈 수 없었기 때문이다.

"너무 서운해하지 마. 언니가 다녀와서는 재미있게 놀아줄게."

언제 시무룩했냐는 듯 소녀의 귀여운 얼굴이 활짝 펴졌다.

"와아! 정말이지? 약속, 약소옥!"

단리혜는 웃으며 소녀와 손가락을 걸었다. 지킬 수 있을 약속인지는 알 수 없었지만.

"상공—!"

처소로 들어온 소소는 이리저리 두리번거렸다. 언제나처럼 탁자 앞에 앉아 꾸벅꾸벅 졸고 있을 독고진의 모습이 보이지 않자 그녀의 옥용이 한껏 찌푸려졌다.

"연무장에라도 가신 건가?"

소소는 뒷머리를 긁적이며 중얼거렸다. 이제는 그의 따뜻한 품에 안기지 않으면 잠이 오지 않는 그녀였다.

"에이, 찾으러 가야 하나?"

궁시렁거리며 나가려는 찰나, 그녀의 눈에 탁자 위에 놓인 서찰 하나가 눈에 띄었다.

"어? 못 보던 건데……."

그녀는 눈을 이리저리 굴리며 슬며시 서찰을 집어 들었다. 그 모습은 영락없이 장난기 넘치는 소녀 같았다.

"어디."

조심스레 서찰을 편 그녀는 천천히 그것을 읽어내려 가기 시작했다.

아무런 말 없이 사라져서 미안해, 당 매. 맹주님께서 급히 찾으신다기에 석식만 들고 바로 떠났어. 맹주님께서 아마 내게 부탁하실 일이 있는 것 같아. 그 일만 해결되면 금방 돌아갈게. 너무 서운해하지 마.

한참 읽던 소소는 피식 웃었다. 저절로 웃음이 새어 나왔다.

"상공도 참, 내가 요즘 바가지를 긁어서 그런가? 이런 걸 다 남기시고, 안 하던 짓까지 하시네."

중얼거린 그녀는 계속 읽어갔다.

그리고 한 가지, 당 매에게 도움이 될지도 모르는 게 있어. 내가 일전에 구한 독공에 대한 지식들을 모아놓은 책이 하나 있는데, 그걸 당 매에게 주려고. 내가 읽어보기로는 정말 도움이 많이 될

것 같아. 무림에서 사용하는 독공이랑 개념 자체가 다른 발상들도
있거든.

소소의 얼굴에 호기심이 일었다. 아마도 그녀가 만독심공
에 대한 일 때문에 허구한 날 푸념을 늘어놓는 것이 독고진의
마음에 걸렸나 보다.
"그런 건 또 어디서 구하셨대."
또다시 중얼거리며 그녀는 서찰을 양손으로 빳빳하게 폈
다.

그 서찰이 있던 자리의 옆을 보면 책자가 쌓여 있지? 그것들이
야. 아무런 제목도 없는 누런 표지의 책자.

독고진의 말대로 서찰이 있던 자리 옆에는 다섯 권의 누런
책자가 있었다. 제목은 쓰여 있지 않은 서책들은 새것인 듯
깔끔했다.

한번 읽어봐. 도움이 많이 될 거야.

소소는 서책을 만지작거리더니 다시 내려놓았다. 일단은
독고진의 편지 아닌 편지부터 다 읽어보고 싶었기 때문이다.

그리고 좋은 소식이 하나 있어. 등천각에 관한 거야.

소소의 눈에 이채가 어렸다. 그토록 등천각에 가기 싫어하
던 독고진이 아니었던가?

내가 등천각에 교두가 되게 되었어. 그리고 그 조건으로 당 매
와 같은 숙소를 사용하게 해달라 했고. 어때, 좋지?

소소의 얼굴이 대번에 활짝 피었다. 왜 좋지 않겠는가?
그녀의 얼굴이 밝아지는 것이 정말 눈에 보일 정도였다.

금방 돌아갈 테니까, 요리 연습이나 더 해둬. 조금만 더 연습하
면 정말 맛있겠던데. 난 당 매가 만든 음식이 제일 좋아.

"풋."
소소의 입에서 결국 웃음이 새어 나왔다. 독고진의 말이 너
무 재미있었기 때문이다.
"아니, 이 양반은… 조금만 더 연습하면 어쩌구 해놓고, 뒤
에 제일 좋다고 하면 뭐 해?"
그녀의 입가에 미소가 걸렸다. 무슨 연서(戀書)라도 받은
듯 발그레한 얼굴이었다.
소소는 서찰을 고이 접어서 품속에 갈무리했다. 왠지 그러

 FOR
GOD

고 싶었다.

"어디 그럼… 상공께서 주신 선물이나 한번 펴볼까?"

선물이란 그가 일전에 얻은 독에 관한 지식을 모아둔 서책을 말하는 것이리라. 소소는 뭐가 그리 좋은지 콧노래까지 부르며 서책을 폈다.

"에, 이거 뭐야? 이거 상공 필체인데?"

첫장부터 휘갈겨 쓰여 있는 글씨. 아무리 보아도 급히 갈겨 쓴 독고진의 필체였다.

"얻은 책자라면서……."

궁시렁거린 그녀는 조금 어이없다는 듯한 표정으로 책자를 읽어가기 시작하였다.

한 줄 한 줄 읽을때마다 시시각각 그녀의 표정이 변해갔다.

그녀는 시간 가는 줄도 모르며 서책에 빠져들기 시작했다.

＊   ＊   ＊

"웃차!"

독고진이 말에서 내리자 네 사람 또한 뒤따라 안장에서 뛰어내렸다.

곽나연, 막부동, 묵비령, 그리고 일비였다.

"그래도 어찌어찌 자시 전에는 도착을 했군."

독고진은 중얼거리며 말을 끌고 천천히 앞으로 갔다. 그러자 정문의 위사인 듯 보이는 무인이 그의 앞을 막아섰다.

"어디에서 온 누구이십니까?"

독고진은 위패를 꺼내 보이며 대답했다.

"독고세가의 소가주요. 맹주님의 부르심을 받고 왔소."

위패를 잠시 확인한 그는 길을 비켜서며 외쳤다.

"통과!"

착— 착.

정문을 가로지르며 길을 막고 있던 장창들이 직각으로 세워지고 독고진 일행은 그 사이로 천천히 안으로 들어가기 시작하였다.

"말들은 이쪽으로 주십시오."

들어가자마자 한 무인이 독고진에게 말을 건넸다. 마방을 책임지는 무사인 듯 보였다.

"아, 고맙소."

말들을 건네준 후 조금 더 걷자 커다랗게 상록정이라고 쓰여진 간판이 걸린 건물이 나타났다. 무림맹 안에서도 거의 최대의 규모라 할 만큼 커다란 건물이었다.

"이곳이 무림맹의 객소이다. 무림맹을 방문하는 무인들이 쉬어 가는 곳이라고 할 수 있지."

독고진은 자신과 곽나연을 제외한 나머지 세 사람은 무림맹이 처음이라 할 수 있었기에 대략적인 설명을 해주었다.

"너희들은 일단 처소에 들어가 쉬고 있거라. 난 맹주님을 만나뵈러 가보아야겠다. 일비 소협도 그렇게 하시오."

"알겠습니다."

그리고 이어지는 일비의 어색한 대답.

"그리하도록 하지요."

일비는 이미 묵비령, 막부동과는 꽤나 친근해진 상태였다. 그런데 그 두사람에게는 하대를 하는 독고진이 자신에게는 반경어를 쓰자 뭔가 묘한 기분이 들었다.

"그럼."

독고진은 방향을 돌려 단리철의 집무실로 향했고, 네 사람은 천천히 상록정 안으로 들어갔다.

맹주의 집무실이 있는 건물에 도착한 독고진은 천천히 안으로 들어갔다. 그리고 집무실의 앞에 당도한 그는 살짝 당황했다. 밤이 다 되어서 그런지 집무실 앞에서 안으로 기별을 넣어주던 무사가 보이지 않았던 것이다.

독고진은 목소리를 한 번 가다듬고는 안을 향해 말했다.

"맹주님, 독고진입니다."

잠시 후 방 안에서 단리철의 목소리가 들려왔다.

"들어오시게나."

드르륵—

독고진은 문을 열고 들어갔다. 그리고는 입이 쩍 벌어지려는 것을 가까스로 참아내었다. 방 안의 광경은 가관이 아니었던 것이다.

사방에 널브러져 있는 책자들하며, 이곳저곳 어질러져 있는 서류들로 인해 눈이 핑핑 돌지 않는 곳이 없었기 때문이다.

최근 단리철의 폐인 생활이 여실히 드러나고 있었다.

"정말… 수고하십니다."

진심에서 우러나온 말이었다. 내팽개쳐진 서류 뭉치만도 셀 수 없을 정도. 그는 몇 날 며칠을 꼬박 일만 한 듯 보였다.

"하하. 이것참, 보다시피 방 안의 꼴이 말이 아니네만… 양해를 좀 해줬으면 좋겠네."

"뭐, 그야……."

뒷머리를 긁적이는 독고진을 보며 단리철은 빙긋 웃었다.

"일단 앉게. 내 할 이야기가 있다네."

독고진은 아직도 정신을 못 차렸는지 이곳저곳을 두리번거리며 의자에 앉았다. 보면 볼수록 난장판이 따로 없다는 생각이 들 뿐이었다.

"서찰을 읽어보니 제게 부탁하고 싶은 것이 있으신 듯한데……."

독고진이 대번에 본론부터 꺼내자 단리철을 껄껄 웃었다.

"허허. 이 사람아, 뭐가 그리 급한가? 천천히 하시게."

하지만 독고진은 그럴 생각이 없는 듯 보였다.

"밤이 깊지 않았습니까? 오늘은 일단 대략적인 부탁의 내용만을 듣고… 맹주님도 쉬시고 저도 좀 쉬어야 하지 않겠습니까?"

그 말에 깨달았다는 듯 단리철의 표정이 일변했다. 그리고 그의 입에서 한숨이 길게 새어 나왔다.

"후우, 그러고 보니 벌써 자정이 다 되었구먼. 이거, 자네 말대로 해야겠어. 이제 나도 좀 쉬어야겠네."

온종일 정신이 없었던 단리철이다.

"하하. 뭐, 그건 그렇고, 절 급히 부르신 이유가 무엇입니까? 서찰에 빨리 올수록 좋다 하셔서 최대한 빨리 온 것인데……."

독고진은 말끝을 흐렸다. 그로서는 이리 시일을 다투는 급한 일이 무엇인지 감조차 오지 않았기 때문이다.

"흐음, 정말 간단히 직설적으로 말하자면, 자네가 자금성에 좀 다녀와야겠네."

"예에?"

독고진은 정말 당황스럽다는 듯한 표정이었다. 아니, 자다가 봉창 두드리는 것도 아니고, 갑자기 자금성이 왜 단리철의 입에서 나온다는 말인가? 게다가 자신보고 자금성에 다녀와야겠다고 한다.

"말 그대로일세. 자금성에 가서 황제 폐하를 좀 뵙고 오시게."

독고진은 그 자리에서 굳어버렸다. 그로서는 어이가 없을 수밖에 없었다.

잠시간 어질어질했던(?) 정신을 바로잡은 그는 또박또박한 어조로 물었다.

"자금성이라… 게다가 황제 폐하를 뵙고 제가 해야 할 일이 대체 뭐가 있다는 말입니까?"

단리철은 멋쩍은 표정으로 대답하였다.

"자네도 알고 있을지 모르겠지만, 지금 조선에 왜인들이 쳐들어왔다네. 우리 명나라까지 위협하고 있지. 뭐, 이미 하루이틀 일이 아니니 자네도 알고 있을 거라 생각하네만?"

임진왜란(壬辰倭亂).

한창 조선이 왜인들의 조총으로 인하여 파국의 길을 걸어가고 있을 당시였다.

"물론… 들어는 봤습니다만, 그건 조정의 일이 아닙니까?"

그렇다. 독고진의 말이 지극히 옳았다. 설령 명국(明國)에 왜인들이 쳐들어왔다 하더라도 심각한 상황만 아니라면 무인들이 나설 하등의 이유가 없었다. 관군들이 알아서 할 일인 것이었다. 하물며 타국의 일임에야.

어째서 단리철이 그 이야기를 언급하는 것인지 독고진은 이해가 되지 않았다.

"그래, 자네 말이 맞네. 분명 관군들이 알아서 해결해야 할 문제지. 그런데, 그런데 말일세."

단리철의 얼굴에 난색이 떠올랐다. 뭔가 적지 않은 짜증이

 FOR GOD

밀려오는 모양이었다.

"황상께서 무림맹에 지원군으로 보낼 무인을 요청하셨다네. 정말 어이없게도 말이지."

설마 설마 했지만 정말일 줄은 몰랐는지 독고진의 안색이 또 한 번 변했다. 당황을 넘어선 경악이었다. 언제부터 황실이 이렇듯 개념이 없어졌다는 말인가?

"좀 당황스럽기는 하지만, 그 말과 맹주님께서 저를 부르신 이유가 무슨 상관이 있다는 말입니까?"

불안감이 여실히 느껴지는 독고진의 물음. 단리철은 실소를 흘렸다.

"설마 내 자네를 외지로 보내려 하겠는가? 그건 절대 아니니 걱정 마시게."

"아."

독고진의 안도의 한숨이 단리철에게까지 들려오는 듯했다. 정말 독고진은 안도했다. 만일 조선으로 가라 하면 차라리 도주를 택했을 그였지만.

"그럼 제가 해야 할 일이 무엇입니까?"

단리철은 헛웃음을 흘리며 대답하였다.

"허헛, 그리 어려운 일은 아닐세. 이미 무림맹에서는 지원군으로 보낼 무인 백여 명을 차출해 놓았다네. 황실에서 보상으로 무림맹에 보내준 금괴가 제법 되어서 그 돈만으로도 충분히 할 일 없는 녀석들을 꼬실 수가 있었다네. 자네가 할 일은 그저 이들을 황실에 데려다 주는 일일 뿐일세.”

하지만 다시금 독고진의 얼굴에는 불신의 빛이 떠올랐다. 아니, 누구나 해도 되는 그런 일을 굳이 자신에게 시키는 이유가 뭐란 말인가?

“맹주님, 그런데 이번 일이 어째서 시일을 다투는 일인 겁니까?”

단리철은 즉각 대답했다.

“그야 황상께서 정해주신 날짜가 얼마 남지 않았기 때문이지.”

독고진은 목구멍을 타고 올라오는 괴성을 겨우 밀어넣으며 다시 물었다.

“그런데 왜 제가 이 일을 해야 하는 겁니까? 솔직히 맹의 간부들 중 아무나 해도 될 일이지 않습니까?”

단리철은 빙긋 웃었다. 그 말이 나올 줄 알았다는 듯한 표정이었다.

“물론 그렇지. 자네가 자금성에서 해야 할 일이 그것뿐이었다면 당연히 나도 다른 사람을 시켰을 걸세.”

독고진은 단리철의 다음 말을 기다렸다.

“자네가 해야 할 일은 하나가 더 있네. 바로 담휘경이라는 아해를 감시하는 일이지.”

“담휘경이 누굽니까?”

이어지는 당연한 물음. 독고진에게는 그야말로 생소한 이

FOR GOD

름이었다.

잠시 뜸을 들인 단리철은 천천히 대답하였다.

"내가 세작들을 통해 조사해 본 바로는… 아직 확실하지 않지만, 그는 배교의 전인일세."

*　　　*　　　*

아침이 밝았다.

온몸이 부르르 떨리는 서늘한 겨울의 아침이었지만 내리쬐는 햇볕만큼은 언제나처럼 따뜻했다.

독고진 일행은 아침 일찍부터 모여 있었다. 독고진이 일찍부터 자신의 처소로 모두를 모이게 한 것이었다. 다들 일어난 지 얼마 되지 않은 듯 부스스한 얼굴이었다.

하지만 독고진의 말 한마디에 잠이 확 달아난 듯했다.

"황궁으로 가야 한다니요?"

곽나연은 두 눈이 동그래져서 물었다.

"그래, 황궁. 조선에 원군으로 보낼 무사들을 차출하여 데려가는 일을 해야 한다. 사실 이건 명분에 불과하지만……."

지난밤 단리철과 이야기했던 것들을 축약시켜 말하려는 독고진이다.

"이것참, 정신이 없습니다. 좀 차근차근 설명을 해주십시오. 뜬금없이 조선에 보낼 원군은 무엇이며, 또 그것은 명분일 뿐이라니요."

일비의 요청에 대충대충 간략하게 설명하려던 독고진은 입맛을 다셨다.

"크음, 지금부터 설명을 할 테니 잘 들으시오. 다른 사람들도 마찬가지야. 잘 들어."

독고진이 헛기침을 한 차례 해 모두의 시선이 그에게로 모이자 그의 말이 다시 이어졌다.

"일단 처음부터 다시 말하자면, 자금성에서 조선에 원군으로 보낼 무인들을 차출해 달라 맹주님께 명했다더군. 그리고 맹주님은 무인들을 차출하셨고, 내가 그 무인들을 황상께 인계해 드리는 역할을 맡은 것이지."

역시나 간단하기는 했지만 들어가야 할 내용은 전부 들어가 있는 말이었다.

"하지만 이건 아까 언급했듯이 명분에 불과하다. 내가 해야 할 일은 따로 있어. 명 황실의 중랑(中郞)인 담휘경이라는 녀석의 진면목을 알아내는 일이지."

독고진이 잠시 말을 멈추자 묵비령이 기다렸다는 듯 질문했다.

"담휘경이라는 녀석, 제룡회에도 출전했던 무인이 아닙니까?"

독고진의 고개가 끄덕여졌다.

"그랬지."

"그자에게 무슨 문제라도 있는 겁니까?"

다시 묻는 묵비령의 질문에 독고진의 대답이 이어졌다.

"음, 맹주님의 말씀에 의하면 그 사내가 배교의 후예일지도 모른다고 하더군."

잠시간의 정적. 독고진을 제외한 네 사람은 경악했다. 배교가 어떤 곳이던가? 단일 세력으로는 최강을 자랑한다던 마교와 전면전을 벌여 오랜 시간 호각을 유지하던 초거대 방파이자, 그 무공의 악랄함으로 정평이 나 있는 곳이 바로 배교가 아니던가. 이미 오래전에 멸망하여 그 무공 또한 전부 소각되었다던 배교의 후예라니, 놀라지 않을 수 없었다.

"그, 근거가 뭐라 한답니까?"

약간은 떨려 나오는 묵비령의 목소리에 독고진은 심드렁하니 대답하였다.

"자금성에 심어놓은 세작들로부터 담휘경이 묵령공을 사용하는 듯하다는 정보를 얻었다 하시더군. 그 흑색 기류가 얼핏 손가락에 맺히는 것을 여러 번 보았다고 세작에게 들으셨다 하셨고……."

배교의 무공은 그야말로 사공(邪攻)이었다. 파멸(破滅)이 절대선(善)이라 믿는 그들. 그야말로 미친 자들의 집단이라고밖에 설명할 수 없었다.

배교의 상승무공 중 하나인 묵혈취공(墨血醉攻). 스치기만 해도 살갗이 검게 썩어 들어간다는 이 무공만 보더라도 배교

무공의 악랄함을 알 수 있었다.

"그래서 그자가 진정 배교의 후예인지를 조사하는 것이 소가주님께서 하셔야 할 일인 거군요?"

"그렇지."

지금까지의 대화를 묵묵히 듣고만 있던 막부동이 한마디 하였다.

"그럼 자금성에는 주군을 비롯한 여기 다섯 사람이 모두 들어가는 겁니까?"

독고진은 고개를 천천히 저었다. 미리 생각해 둔 바가 있는 듯하였다.

"표면상으로 자금성에는 두 사람만 들어간다."

독고진의 말을 듣는 막부동의 표정이 살짝 찌푸려졌다. 무슨 말인지 당최 이해가 가지를 않았기 때문이다.

"두 사람이면 두 사람인 거지 표면상은 무슨 말입니까?"

그런 그의 마음을 꿰뚫어 보기라도 한 듯 일비가 대신 독고진에게 물었다.

"간단히 말해서 내 행세를 해 묵비령과 곽나연이 자금성으로 들어갈 것이오."

"소가주님 행세요?"

정확히 지목되어 언급된 곽나연이 무슨 말이냐는 듯 되물었다.

"나는 일반 호위무사들 사이에 섞여 들어갈 거다. 은신을

FOR
GOD

하면서 최대한 담휘경의 정체를 파악해 내려면 이 방법이 가장 좋아."

"아."

모두가 이해가 된다는 표정을 지었다.

"주군, 그런데 말입니다. 자금성 안에서도 은신하는 것이 가능합니까? 황제가 기거하고 있는 자금성은 용담호혈(龍潭虎穴)이라 들었습니다. 담휘경이라는 자의 직위가 중랑이라면 꽤나 높은 직책일진대 아무리 주군께서 지니신 무공이 뛰어나다 해도 속하는 걱정이 됩니다만……."

묵비령의 염려는 당연한 것이었다. 자신이 독고진의 행세를 하는 것이야 별 문제가 없었다. 그와 독고진의 체격이 비슷한 것도 도움이 되기는 하겠지만, 일단 자금성에는 독고진이나 자신의 얼굴을 아는 사람이 없을 것이기 때문이었다. 하지만 독고진이 하게 될 담휘경의 감시는 위험했다.

정확한 정보는 없지만 자금성에 기거하며 황실을 보호하는 고수들이 즐비하다고 알려져 있었다. 동창과 금의위만 하더라도 초절정을 상회하는 고수들이 무더기로 쌓여 있는 것이다. 독고진이 삼황 사존 정도의 능력이 된다면 모르겠지만, 그렇지 못하다면 정말 위험했다.

"후후, 그건 내가 알아서 할 것이니 걱정하지 않아도 된다."

딱 잘라서 말하는 독고진. 묵비령은 그저 수긍할 수밖에 없었다. 독고진이라고 생각이 없겠는가? 이 정도로 자신감이 있다면 확실한 방법이 있을 것이다.

"그럼 저와 일비 소협은 뭘 해야 합니까? 이곳에서 기다립니까?"

약간은 불만스러운 듯한 막부동의 말에 독고진은 웃음 지었다.

"하하, 일비 소협께 따로 부탁 드릴 일이 있는데 마침 막부동, 네가 일비 소협과 가장 친분이 깊은 듯하여 일비 소협을 도왔으면 해서 따로 뺀 것이다. 그러니 서운해할 것 없다."

독고진에게 정곡을 찔린 막부동의 얼굴이 살짝 붉어졌다. 그래도 어쨌든 일이 주어진다니 한결 기분이 나아진 듯한 모습이었다.

"그럼, 제게 부탁하시고 싶은 일이 무엇입니까?"

일비의 질문에 독고진은 살짝 웃어 보였다.

"일전에 오대천이라는 곳이 있다 하지 않았소?"

"그랬지요."

"그곳이 발호하기 위해서는 오대신맥을 지닌 이들의 피가 각각 필요하다고 하셨고?"

"분명 그랬지요."

독고진이 품속에서 패를 꺼내자 그 안에서 서찰도 함께 딸려 나왔다.

"이것은 독고세가의 신패와 맹주님께 보내는 서찰이오. 이

FOR
GOD

것이라면 무림맹의 비고에 들어가는 것이 허락될 것이니, 그
안에 들어가서 파멸록이라는 책자는 물론 오대천과 오대신맥
에 관한 자료들을 가능한 한 구체적으로 조사해 주셨으면 하
오. 하실 수 있겠소?"

신패와 서찰을 받아 든 일비는 씨익 웃어 보이며 대답했다.

"물론입니다. 이것은 제가 소가주님께 부탁했던 일을 처리
하기 위함인데 어찌 마다하겠습니까? 자금성에서 나오실 때
즈음까지 할 수 있는 한 많은 것들을 조사해 놓겠습니다."

그 말에 독고진의 얼굴에 만족스러운 미소가 떠올랐다. 이
제 계획대로 움직일 일만이 남았다.

장내를 돌아보며 독고진은 빙긋 웃었다.

"출발은 내일이다. 오늘은 다들 푹 쉬면서 체력이나 비축
해 두어라."

第六章
자금성(紫禁城)

죽은 자의 영혼과 사람의 심혼(心魂)을 다루는 흑마법사 무림에 환생하다!

마왕의 힘을 배워 9클래스의 마법 경지를 넘어서고, 절대의 무공 경지에 들다!

그를 기다리는 건 무림사에 더없을 멸겁의 종말, 새황 오대천의 살혼마신!

유행이 아닌 자유추구
BOOK Publishing ChungEoram

FOR
GOD

“맹주, 오랜만에 뵙소이다.”

“오랜만에 뵙습니다.”

한 주에 적어도 한 번씩은 꼭 열리던 무림맹의 원로 소집이 제룡회 참사가 있은 이후로 처음 열렸기에 오랜만이라면 오랜만이라 할 수 있었다.

수일 만에 본 단리철의 안색은 적잖이 수척했다. 그에 천무진인은 염려 어린 한마디를 했다.

“맹주, 신색이 많이 어두워지셨구려. 너무 과로하시는 것 아니오?”

그에 단리철은 손사래를 치며 대답했다.

"하핫, 이것저것 바쁜 일이 많았습니다. 하지만 심려하실 정도는 아니니 걱정 마십시오."

"허허, 집무도 좋지만 몸 관리를 너무 안 하는 것은 아니되오. 맹주는 무인이오."

"걱정 끼쳐 드려 죄송합니다."

가장 먼저 회의실에 도착한 천무 진인과 현성 대사에 이어서 원로들이 줄줄이 도착하기 시작했다. 그리고 잠시 후, 회의장이 가득 차자 단리철의 입이 천천히 열렸다. 피곤에 찌든 모습이었지만 눈빛만큼은 진지함을 잃지 않고 있었다.

"자, 다들 모이신 듯하니 회의를 진행하겠습니다."

모두의 시선이 일순 단리철에게로 모였다. 회의 때마다 겪는 일이었지만 이 순간만큼은 머쓱한 표정을 짓는 단리철이다.

"일단 이번 회의의 안건은 등천각의 개관에 대한 것입니다. 개관일이 이제 임박했기 때문이지요."

"허허, 벌써 그리 되었습니까? 맹주께서 이 일을 추진하신 것이 엊그제 같은데 말입니다. 하핫."

누군가의 말, 장내의 사람들 얼굴에도 미소가 어렸다. 대부분이 흐뭇한 미소였다.

"오늘은 따로 논의할 사항은 없습니다. 일단 여기 모이신 분들께서는 대부분이 등천각에서 교두로서 도움을 주실 분들이며, 각 천의 총교두를 맡으실 분은 여기 모두 모이셨다 알고 있습니다."

잠시 웅성거리던 장내가 조용해지자 단리철은 다시 말을 이었다.

"각 천에 배정될 교두들의 명단을 제가 작성하였습니다. 그것은 회의가 끝나고 나서 총교두님들께 드릴 것이니 후에 이야기토록 하고, 오늘 제가 등천각 체계에 대해 변경 사항을 한 가지 말씀드릴 것이 있습니다."

모두의 시선이 단리철에게로 모여 그의 다음 말을 기다리고 있었다.

"우선 등천각의 기본적인 체계는 본래와 동일하게 일천부터 십천까지 열 개의 등급으로 나뉘어집니다. 하지만 기존의 방식과는 조금 다르게 운영을 할 생각입니다."

그는 잠시 뜸을 들인 후 말을 이었다.

"등천각의 생도는 우선 입관과 동시에 일천부터 십천까지의 모든 수업을 들을 수 있는 자격이 주어집니다. 이번은 첫 번째로 모집되는 생도들이기에 그 숫자가 많지 않으므로 가능한 것입니다. 내년부터는 바뀌어야겠지요. 어쨌든 이렇게 되면 욕심이 많은 생도들은 모두 십천의 강의를 듣고자 할 것입니다. 그렇게 되면 각 분야별로 시험을 쳐서 생도들을 걸러내는 것이지요. 예를 들어 갑이라는 생도가 검술에서는 십천의 수업을 듣고, 신법에서는 칠천의 수업을 들으며, 진법에서는 일천의 수업을 들을 수도 있게 되는 것입니다."

기존의 방식과 다른 점은 분야별로 세분화되었다는 점이었다. 본래 체계대로라면 학도들은 그 자신의 평균적인 능력을 감안하여 일정 단계에서 모든 강의를 듣게 될 계획이었는데, 각 분야별 능력을 반영하는 것으로 바뀐 것이다.

"그것 참 괜찮은 생각이오이다. 훨씬 더 효율적이겠구려."

곤륜의 무청 진인(無淸眞人)의 말이었다. 그리고 모두들 그에 수긍하는지 고개를 주억거렸다.

"처음이니만큼 등천각의 운영에 있어서 많은 시행착오를 겪게 될 것입니다. 하지만 모든 분들께서 협조를 해주신다면 분명 기대 이상의 좋은 성과가 있으리라 믿습니다."

일단락이 되었다고 생각했는지 단리철의 얼굴에 살짝 미소가 어렸다.

등천각은 아직 구체적인 체계가 잡혀 있지 않은 상태였다. 처음부터 틀을 만들어놓고 그 안에서 제약을 가하는 것보다 시행착오를 겪으며 구체적인 방안을 제시하는 것이 더 효율적이라는 생각이 단리철의 지론이었기 때문이다.

"자, 그럼 이 문제는 추후에 다시 논의하기로 하고, 이제 각 분야의 교두들의 역할을 말씀드리겠습니다. 혹 이 자리에 나오지 못하신 분께는 제가 개인적으로 전해 드리도록 하겠습니다."

*　　　*　　　*

그르릉—

길이가 족히 오 척은 될 법한 거도가 도갑을 빠져나오며 묵직한 쇳소리를 흘렸다.

금빛 용들이 서로 뒤엉키며 승천하는 듯한 문양이 새겨져 있는 도갑. 그리고 한가닥 실처럼 얇디얇은 가닥의 화려한 금빛 문양이 춤을 추고 있는 도신.

구룡칠정도(九龍七正刀).

그 이름 하나만으로도 무림을 피로 물들일 만한 힘을 가진 기물이 흑의괴인의 손에 들려 있었다.

"후후, 이런 물건을 예서 발견할 줄이야."

그는 무척이나 무거워 보이는 도를 이리저리 휘둘러 보더니 다시 도갑에 집어넣고는 뒷쪽을 향해 던졌다.

착—

그러자 바로 뒤에 서 있던 수하인 듯 보이는 사내가 그것을 받아 들었다. 무림십대기보(武林十代奇寶)의 하나라 알려져 있는 구룡칠정도를 사내는 무슨 폐물이라도 대하듯 성의없이 다루고 있었다.

"대기시켜 놓았느냐?"

사내의 입에서 묵직한 어조의 한마디가 흘러나왔다. 아무런 부연 설명 없는 단 한 마디였지만, 그 뒤에 있던 남자는 알아들었는지 고개를 숙이며 대답했다. 절도있는 동작이었다.

착—

"준비가 끝났습니다. 하명만 하십시오!"

그제야 스산한 웃음을 짓고 있던 사내의 입에 흡족한 미소가 걸렸다.

"후후, 교주에게서 받은 멸사잔혼대진(滅死殘魂大陳) 덕에 일이 한결 수월해지는군."

사내의 입에서 흘러나온 한 단어, 멸사잔혼(滅死殘魂). 거의 금기시되었다고 말할 수 있을 정도로 위험한 단어였다.

이제는 멸망한 지가 꽤 되었지만, 과거 배교의 술법 중에서도 가장 악랄하다고 알려진 대법. 이 멸사잔혼대진이 한 번 펼쳐지면 그 범위 내에 발을 붙이고 있는 모든 이들은 순간 이지를 상실하게 된다. 물론 성취가 깊은 고수라면 바로 이지를 상실하지는 않겠지만, 그런 이들 또한 인사불성으로 만들어 버릴 수 있었다.

그 방법은 따로 있는 것이 아니었다. 배교의 고수들 중 누군가가 진 내로 들어가서 그 고수와 대결을 벌이면 되는 것이다. 싸움이 격렬해질수록 그의 정신력은 약해질 것이고, 종래에는 심혼 역시 제압당하고 마는 것이었다.

이 잔혹한 수법들 덕에 배교는 단지 정도무림뿐만이 아닌 천하의 공적이 되고 말았다. 어떤 사람이든 배교의 전인이라는 것이 밝혀진다면 명 황제의 이름으로 척결된다는 건 자명한 일.

"어차피 가주는 죽었다. 살아 있더라도 크게 달라질 것은 없겠지만… 내가 나서지 않더라도 충분히 정리될 수 있을 터. 날이 밝기 전에 모든 일을 끝낸다. 그대들을 믿는다!"

뒤쪽에 늘어서 있던 세 명의 복면인이 부복하며 일제히 대답했다.

"존명!"

*　　　*　　　*

"아, 단리 동생. 여긴 어쩐 일이야?"

마침 세가의 정문 쪽을 지나던 소소가 막 도착한 단리혜를 보며 반갑게 인사했다. 제룡회 당시 곽나연과 함께 어울렸던 뒤로 많이 친해진 사이였다.

"오랜만이에요, 당 언니. 저야 나연이 만나러 왔죠."

빙긋 웃으며 말하는 단리혜를 보며 소소는 마주 웃어주었다.

"아, 그렇구나. 그런데 이거 어쩌지?"

괜히 미안하다는 듯한 표정을 짓는 소소의 모습에 단리혜는 어리둥절해진 표정으로 되물었다.

"예?"

"그게, 나연이가 지금 세가에 없거든."

단리혜의 얼굴에 살짝 아쉬운 기색이 떠오르다 이내 멋쩍은 표정이 되었다.

"그런데 나연인 어딜 간 거예요?"

"으응, 상공께서 맹주님의 부르심을 받고 맹에 가셨거든. 나연이도 따라갔어."

"아, 그렇군요."

"이거 어째? 헛걸음을 했네."

"뭐, 제가 미리 연락도 하지 않고 찾아온 게 잘못이죠. 으음, 어쩔 수 없죠."

"뭐, 그렇게 되었네."

잠시 아무 말 없이 어색하게 있던 두 사람.

그때 소소의 입이 열렸다.

"그럼 돌아갈 거야?"

단리혜는 뒷머리를 살짝 긁적이며 대답했다.

"이왕 왔는데… 조금 머물다 가도 될까요?"

소소는 빙긋 웃어 보였다.

"물론 나야 환영이지. 요즘 상공도 세가에 안 계셔서 혼자 심심하던 참이었는데 잘되었네."

사실 당가의 일로 할 일이 꽤나 많은 소소였지만, 최근에는 좀 여유가 생긴 편이어서 그리 말한 것이었다.

"고마워요, 언니."

*　　　　*　　　　*

자금성(紫禁城).

당대 명 황제의 거처이며 천하를 오시하는 절대권력의 중심이라 할 수 있는 곳.

무림맹의 무인 수백을 이끌고 자금성의 정문인 남문 앞에 선 독고진은 그 웅장함에 절로 입이 벌어지는 것을 느꼈다. 자금성 남쪽의 오문(午門)의 중앙으로는 단 한 사람, 황제밖에 지나갈 수 없다 하여 이동하는 데 번거로움이 있다는 것만 제외한다면, 정말 눈요기 하나는 끝내주게 한다고 생각하는 독고진이었다.

'저 녀석, 잘하려나?'

독고진은 일행의 선두에서 자신의 대역을 하고 있는 묵비령을 보며 속으로 중얼거렸다. 현재까지는 전혀 문제가 없어 보였다.

"통과!"

검열이 모두 끝나고 긴 행렬이 천천히 성 내부로 들어갔다. 대부분의 이들이 자금성에 직접 와본 것은 처음인지 이곳저곳 두리번거리느라 정신이 없어 보였다.

"비령아, 잘해보거라. 그저 황상께서 물어보면 대답하고, 특별한 일만 없다면 어려울 일은 없을 것이다."

독고진은 묵비령에게 전음을 보냈다. 이 즈음해서 자신은 사라질 때가 왔기 때문이다.

“알겠습니다, 주군. 염려 놓으십시오.”

독고진의 입가에 만족스러운 미소가 걸렸다.

“그래.”

“주군이야말로 조심하십시오. 주군의 능력을 믿지 못하는 것은 아니나 자금성은 대명 제국의 황제가 머무는 곳입니다. 능력을 측정할 수 없을 만한 고수들이 즐비할 것입니다.”

격정스러웠는지 전음을 보내며 슬쩍 독고진을 돌아보는 묵비령에게 그는 살짝 웃어 보였다.

‘이제 한번 움직여 보실까?’

독고진은 주변을 슬쩍 둘러보았다. 그리고 잠시 후, 자신 쪽에 닿는 시선이 없자 독고진의 신형이 순식간에 흐려졌다. 보고도 믿지 못할 만한 광경이었다.

스윽—

그는 어느새 오문(午門)의 처마 위에 앉아 있었다. 아무런 기척이 느껴지지 않을 정도로 모든 기를 갈무리한 상태였다.

타탓—

가벼운 발소리와 함께 독고진의 신형이 허공으로 쏘아져 갔다.

순식간에 십여 장을 뛰어넘은 그의 발이 놀랍게도 허공에서 한 번 더 튕겨졌다. 가히 능공허도의 경지에 이른 경신술이라 할 수 있었다.

그야말로 눈 깜짝할 새에 자금성의 내성 남부와 중부를 이어주는 태화문(太和門)까지 다다른 그는 문 위에 걸터앉아 품속을 뒤적였다.

"어디 보자, 일단 담휘경이란 녀석을 관찰하려면 주변인부터 알아두는 게 좋겠지."

그가 품속에서 꺼낸 것은 맹주에게서 받은 담휘경의 신상정보라 할 만한 것이었다. 제법 자세하게 조사한 것들이었다.

잠시간 그것을 읽어 내려가던 독고진의 눈에 이채가 어렸다.

"주혜명(朱慧明)?"

담휘경의 약혼녀가 당금 명 황실의 셋째 공주이자 오대미녀의 일인이라 알려져 있는 주혜명이라는 부분에서 독고진의 시선이 멈췄다. 주혜명은 그 미모가 워낙 유명했기 때문에 독고진도 익히 들어본 이름이었던 것이다. 하지만 조금 의외라는 반응일 뿐, 그 이상도 이하도 아니었다.

"약혼녀라면 이 여인의 처소로 담휘경이 자주 올 것은 불문가지(不問可知)겠군."

한차례 중얼거린 독고진의 입가에 장난스런 미소가 어렸다.

"그럼 어디 한번 공주 마마의 처소로 가볼까?"

독고진은 조심스럽게 일어서 다시금 발을 움직이기 시작했다.

휘릭—

그는 극도로 조심하였다. 지금이 어두운 한밤중이라면 모르되, 아직 어둑어둑해지고 있는 초저녁이라 조심에 조심을 거듭해야 했다. 기척이야 무(無)나 마찬가지로 숨겨낼 수 있지만, 어쩌다 자금성 내부 사람의 시선에 띌지도 모르기 때문이었다. 정말 찰나에 불과한 순간이라도 조심에 조심을 거듭하는 것이 좋았다.

독고진이 다시 내려선 곳은 커다란 고목 위였다. 족히 사람 셋은 가려줄 수 있을 듯한 커다란 가지 위에 몸을 숨긴 독고진은 자신이 입고 있던 옷을 벗기 시작하였다. 정확히 말하면 무림맹의 새하얀 무복을 벗어버린 것이다. 그러자 그는 미리 입고 왔던 흑의 무복 차림이 되었다. 이 상태라면 어지간해서는 눈에 띌 일이 없을 것이다.

화르륵—

독고진은 무복을 손에 쥐고는 삼매진화를 이용해서 한 줌의 재도 남기지 않고 태워 버렸다. 혹시 모를 사태를 대비한 증거 인멸이라 할 수 있었다.

"크으음."

작게 헛기침을 한 독고진은 품속에서 둘둘 말려 있는 누런 종이 한 장을 꺼내었다. 간단히 정리되어 있는 자금성의 내부도(內部圖)였다.

"대충 엇비슷하게 이 부근인 듯한데……."

독고진의 신형이 스르르 사라졌다. 그가 할 수 있는 모든 능력을 동원하여 은신한 것이었다.

하지만 이렇듯 완벽히 사라질 수 있는 데에는 그만한 이유가 있었다. 바로 일전에 터득한 7서클의 흑마법. 굳이 따지자면 흑마법은 아니라 할 수 있었지만… 어쨌든 마법의 일종인 인비져블(Invisible)을 사용한 덕이었다. 과거 그가 사용했던 인비지블은 신체는 투명하게 만들어주었지만, 그 기척까지 숨길 수는 없었다. 하지만 무림에서 은신술을 배움으로써 완벽히 그의 몸은 사라질 수 있었던 것이다.

"으, 어질어질하군."

약간은 과장 섞인 투덜거림이었지만, 그가 은신술과 인비져블을 동시에 사용할 수 있는 시간은 그렇게 길지 못했다. 내력이 부족한 것은 아니었지만, 마법과 무공을 동시에 운용하는 것은 그야말로 극도의 정신력을 요하는 것이었기 때문이다. 어지간한 정신력으로는 단 1초도 흉내 낼 수 없을 만한 기술이었던 것이다.

그는 아래로 내려와서는 이곳저곳으로 움직이기 시작했다. 자금성의 도면상으로는 보화전(保和殿)의 바로 옆에 공주의 거처가 있다고 하였다. 그는 지금 보화전이라 쓰여 있는 건물을 찾고 있었다.

'여기로군.'

지금 이곳은 사람들이 지나다니는 길의 한복판이었기 때문에 입 밖으로 말을 내뱉지는 못한 독고진은 속으로 중얼거리며 움직였다.

탓—

가벼운 발놀림과 함께 독고진의 신형이 순식간에 삼 장여를 솟구쳤다.

감히(?) 자금성의 기물들을 이곳저곳 밟으며 이동한 독고진의 신형은 어느덧 한 창가 옆에 내려앉았다.

'여기가 맞나? 도면상으로는 이곳이 주혜명의 처소인데……'

독고진은 자신이 보이지 않는다는 사실을 자각하며 처소 안쪽으로 슬그머니 발을 내딛었다.

'앗!'

순간 독고진은 기겁하며 다시 발을 빼내었다. 창가 바로 옆에 침상이 붙어 있는 것이 문제였다. 그는 침상에서 곤히 자고 있는 정체불명의 여인을 밟을 뻔했던 것이다.

'휴우, 다행이군.'

아무리 기척을 숨기고 형체까지 없앴다 하더라도 몸의 질량마저 사라지게 할 수는 없었다. 아무 생각 없이 밟았다면 난리가 났을 터였다.

스르륵—

그는 마치 도둑고양이마냥 조심스레 방 안으로 들어갔다. 그리고 침상에 누워 있는 여인의 면면을 보고 칠 할 이상의 확신을 하였다.

'주혜명 공주가 틀림없군.'

절로 경국지색을 연상케 하는 미모. 되레 어색할 정도로 짙은 화장만 아니라면 더 아름다웠을지도 모른다는 생각마저 들 만큼 독보적인 아름다움. 그것이 독고진에게 확신을 갖게 해주었다.

독고진은 감각을 극대화시켰다. 누가 이곳으로 오고 있는지 혹은 주위에 감시자가 있는지를 확인하기 위해서였다.

'없군. 일단 혈부터 짚어볼까?'

독고진은 장난기가 발동했는지 인비져블 마법을 해제했다.

스르륵―

그리고 나서 그는 여인을 손가락으로 툭툭 건드렸다.

"음, 으음?"

그리고 그녀의 눈이 스르르 뜨여지는 순간,

탓―

독고진의 손가락이 마치 섬전과도 같은 속도로 움직였다. 순식간에 아혈을 짚어버린 것이었다.

부지불식간에 무슨 일을 당한 것인지도 모른 채 그녀의 눈은 놀란 토끼마냥 동그랗게 뜨여졌다.

"당신이 주혜명이오?"

여인의 얼굴에 당혹감 비슷한 것이 떠오른다. 잠을 자던 도중 이런 어이없는 일을 당했으니 상황 파악이 잘 되지 않는 것은 당연했다.

"나는 이곳에 잠입해 들어온 것이오. 그렇다고 누군가의 목숨을 해치거나 하러 온 것은 아니니 걱정할 것 없고… 일단 내 물음에 대답하는 것이 신상에 좋을 것이외다. 일단 아혈만을 짚어놨으니 움직이는 데는 지장이 없을 테지만, 보시다시피 나는 무림인이오. 허튼수작을 부릴 생각은 애초에 하지 않는 것이 좋소. 당신이 주혜명 공주요?"

거의 하대에 가까운 독고진의 하오체. 자신의 정체를 아는 듯한 사내가 아무런 거리낌 없이 자신에게 하대를 하자 혼란스러운 그녀였다.

생각을 정리하는지 잠시간 멍한 표정으로 독고진을 바라보던 그녀는 천천히 고개를 끄덕였다.

"제대로 찾아왔군."

복면을 써서 주혜명에게는 보이지 않았지만, 독고진의 입에는 흡족한 미소가 걸렸다. 생각외로 수월하게 주혜명을 찾은 것이었다.

"내가 이곳에 잠입해 들어온 이유는 바로 당신의 약혼자인 담휘경이라는 녀석에 대해 조사할 것이 있어서요."

순간 주혜명의 표정이 급속도로 일그러진다. 정체불명의 괴한의 침입에 약간은 두려웠는지 창백해져 있던 그녀의 얼굴이 이제는 거의 똥씹은 표정이 되었다.

"읍, 읍!!"

그녀는 무언가 말을 하고 싶은지 침상에서 일어서서는 독고진에게 손짓을 했다. 아혈을 풀어달라는 의미였다.

"흐음, 아혈을 풀어주면 보나마나 소리라도 지를 게 아니오?"

말은 그렇게 했지만 독고진도 그녀와 일단 의사소통이 되는 것이 훨씬 편했다.

"이렇게 하면 되지."

그는 품속에서 일전에 담휘경의 신상에 대해 써놓은 종이를 꺼냈다. 그리고 그 종이의 뒷면을 펴고는 방 안을 두리번거렸다. 붓을 찾는 것이었다.

"여기에다 쓰시오."

독고진에게서 붓을 받아 든 그녀가 처음으로 쓴 한마디는 이것이었다.

담휘경은 내 약혼자가 아니에요. 그가 일방적으로 나에게 추파를 던지는 것이지요.

의외의 대답. 무척이나 오해(?)를 풀고 싶었는지 제법 자세히 알려주는 주혜명이었다.

그에 독고진은 갸우뚱하며 물었다.

"어쨌든 내게 중요한 것은 담휘경, 그자에 대해 좀 더 자세히 조사하는 것이오. 이것만 대답하시오. 그자는 이곳에 자주 방문하오?"

주혜명의 얼굴색이 한 번 더 바뀌었다. 담휘경만 생각하면 치가 떨리는 모양이었다.

끄덕끄덕.

천천히 고개를 주억거리는 그녀의 모습에 독고진의 얼굴이 밝아졌다.

"그거면 되었소. 흐음, 그나저나 이제 당신의 혈을 풀어야 하는데……."

생각해 보니 난감했다. 공주의 아혈을 풀자니 자신의 존재를 사방에 떠들어댈 것 같았고, 풀지 않자니 그녀를 찾아오는 인사들이 그 모습을 보게 될 것이었다.

대충 독고진의 고민(?)이 무엇인지 알아챈 그녀는 재빨리 종이에 글을 써나갔다.

내 조건 하나만 들어준다면 그대가 이곳에 왔다는 것을 누구에게도 발설치 않겠어요.

정말인지 다급하게 써 내려가는 모양을 본 독고진은 잠시 생각하더니 선선히 고개를 끄덕였다. 그로서도 달리 다른 방법이 떠오르질 않았기 때문이다.

"좋소. 그렇다면 조건을 제시해 보시오."

독고진의 대답을 듣자마자 빠르게 놀려지는 붓. 주혜명의 조건은 이것이었다.

담휘경을 죽여주세요.

*   *   *

"흐아아, 여기가 무림맹의 비고로군."

독고진이 주혜명과 실랑이를 벌이던 그때, 막부동과 일비는 무림맹의 내각에 있는 서고에 당도하였다. 무슨 내용이 쓰여져 있는지는 모르겠지만, 독고진의 서찰을 읽은 단리철이 흔쾌히 허락을 한 것이었다. 이는 독고진을 적잖이 믿고 있다는 반증이었다.

"정말이지 대단하구려."

막부동과 일비의 진심 어린 감탄이었다. 끝도 없이 이어져 있는 엄청난 양의 서책, 그 서책의 행렬에 기가 질린 것이었다.

"여기서 어떻게 파멸록을 찾는담."

일비의 한탄에 가까운 중얼거림에 막부동은 쓴웃음을 지었다.

"그런데 여기에 그 파멸록인가 하는 책이 있는 것은 확실하오?"

그의 물음에 일비는 고개를 끄덕였다.

“확실하오.”

“끄으응.”

두 사람은 천천히 서고를 둘러보기 시작하였다. 잠시 이곳 저곳을 살피던 일비의 표정이 눈에 띄게 밝아졌다.

“오오, 그래도 정말 불행 중에 다행이로군.”

그의 말에 막부동은 모르겠다는 듯한 표정으로 물었다.

“그게 무슨 말이오? 다행이라니.”

“저길 보시오.”

일비가 손가락으로 가리킨 곳을 본 막부동의 표정 또한 대번에 밝아졌다.

“책들이 성분별로 분류가 되어 있소. 그렇다면 족히 열 배는 찾기가 쉬워지지.”

“휴우.”

안도의 한숨이었다. 본래부터 책이라는 물건과는 거리가 멀었던 막부동으로서는 그야말로 안도의 한숨인 것이다.

“그럼 일단 파멸록이 있을 가능성이 가장 큰 곳은 미분류(未分類) 혹은 비사(秘史) 쪽이겠구먼.”

두 사람은 분주히 걸음을 옮겼다. 아무리 분류가 되어 있다고 하더라도 이 방대한 책들 사이에서 파멸록을 찾는 것이 만만찮은 일임에는 분명했기 때문이다.

*　　　　*　　　　*

"당신이라면 가능할지도 모릅니다. 부탁입니다. 담휘경, 그 작자를 죽여주세요."

독고진은 속는 셈 치고 주혜명의 아혈을 풀어주었다. 그 외에는 달리 방도가 없었기 때문이다. 다행히도 주혜명은 소리를 지르거나 하는 등의 다른 짓은 하지 않았다. 아혈이 풀리자마자 그녀의 입에서 나온 한마디. 그것은 바로 담휘경을 죽여 달라는 것이었다.

"하, 거참. 담휘경은 명 군부의 중랑이자 장군이라 들었소. 그런 자를 무슨 명분으로 내가 죽인다는 말이오? 게다가 내 능력을 어째서 그렇게 과신하는 것인지……."

독고진은 말을 흐렸다. 하지만 곧 고개를 끄덕일 수밖에 없었다. 주혜명의 입에서 나오는 이유가 너무도(?) 타당했기 때문이다.

"제 생각으로는 자금성의 한복판. 그것도 제 처소까지 잠입하여 들어올 수 있는 능력을 가진 사람이라면 그 정도는 충분히 가능하다 생각하는데요?"

충분한 근거. 하지만 오히려 근거를 제시한 주혜명은 확신이 없었다. 아무리 자금성에 잠입하여 들어올 정도의 기상천외한 능력을 가진 이일지라도 담휘경을 제거해 낼 수 있을지 확신이 서지 않았다. 그만큼 그녀에게 담휘경은 무서운 존재였다.

“크으음.”

독고진은 머리가 지끈거리는 것을 느꼈다. 전혀 예상하지 못했던 돌발 상황. 어찌 타개해야 할지 난감하기만 했다. 솔직히 그는 담휘경이라는 이가 무림 십사대고수에 버금가는 고수만 아니라면 쥐도 새도 모르게 흔적 하나 남기지 않고 제거해 버릴 수 있다고 자신했다. 하지만 그는 담휘경을 아직 죽여서는 안 되었다. 우선은 공주의 말만 듣고 어떤 사람인지도 모른 채 그를 죽여 버릴 수도 없는 노릇이거니와, 그에게서 알아내야 할 것이 많았기 때문이다. 그가 배교의 전인이라면 그 뿌리까지 캐내어야 했다.

“담휘경이 대체 어떤 자이기에 그토록 증오하는 것이오?”

주혜명은 온몸을 부르르 떨었다. 언급하고 싶지도 않았지만 그녀로서는 독고진을 만난 것이 기회라 할 수 있었다. 잘하면 지옥과도 같은 작금의 상황에서 벗어날 수 있을지도 모르는 일이었다.

“그자는 쓰레기예요. 인간 말종. 아비의 권력을 등에 업어 위아래도 모르는 짐승만도 못한 놈.”

순식간에 주혜명의 고운 입술 사이로 입에 담기 거북할 정도의 욕지거리들이 흘러나왔다. 독고진은 어안이 벙벙해졌다.

“허, 거참. 그렇다면 이렇게 하는 것은 어떻겠소?”

“……?”

주혜명은 독고진의 다음 말을 기다렸다.

"나는 어차피 얼마간 이곳에 머물며 담휘경이라는 자에 대해 조사할 것이 있소. 그동안 그자의 행태를 지켜보겠소. 그리고 공주의 말처럼 그자가 상종하기도 힘든 인간 말종이 확실하다면, 내가 그자에게서 원하던 것을 얻든 그렇지 못하든 간에 그자를 쥐도 새도 모르게 제거하고 사라지겠소. 어떻소?"

주혜명의 표정이 눈에 띄게 밝아졌다. 일말의 희망이 생긴 것이었다.

"약조… 해주실 수 있겠죠? 확실한 거죠?"

연신 묻는 그녀에 질문에 독고진은 정말 당황스러웠다. 얼마나 악랄한 놈이건대 이렇게 누군가가 이토록 죽이고 싶어 한다는 말인가?

"무, 물론이오. 그리고 만일 그자가 내 예상과 맞물린다면 어차피 그자는 죽게 될 것이외다."

"그게 무슨 말인가요?"

담휘경이 죽을 것이라는 이야기에 놀라서 되묻는 그녀. 하지만 독고진은 더 이상 입을 열지 않았다.

"일단 공주와 나의 거래는 성립되었소. 내가 이곳에 온 이유까지 시시콜콜하게 다 공주에게 말해야 할 필요는 없다고 생각하오만. 약조는 확실하게 이행될 것이오. 그리고 담휘경의 작태는 지극히 보편적인 시각에서 평가할 것이니, 걱정하지 마시고……."

갑자기 독고진은 인상을 살짝 찡그렸다.

"누군가가 이리로 오고 있군. 일단 나는 가보겠소. 물론 이 근방에 머물고 있을 테지만."

스르륵—

독고진은 주혜명이 무슨 이야기를 할 틈조차 주지 않고 사라져 버렸다.

"그럼 내일 즈음이나 다시 뵙겠소."

순식간에 그의 모습이 사라지자 살짝 안색을 찌푸린 그녀였지만, 이내 그녀의 표정은 밝아졌다. 그럴 수밖에 없는 것이었다.

'그래, 잘하면… 잘하면 나도 이 지옥에서 벗어날 수 있을지도!'

*　　　*　　　*

"사형, 정말 등천각에 들어가실 건가요? 솔직히 사형 정도면 등천각에 들어갈 필요가 없을 것 같은데요? 게다가 사형은 대무당검문의 대사형이라구요."

청연지는 청운을 졸래졸래 따라다니면서 계속 종알대었다. 청운이 등천각에 들어가겠다고 파격 선언을 한 것이 그 이유였다.

청운이 등천각에 들어가겠다고 한 것은 분명 파격 선언이었다. 그것은 청운이 무당파의 제자였기 때문이다.

무당파의 어떤 제자도 등천각에 들어가려 한 이는 없었다. 그것은 일종의 자존심이라 할 수 있었다. 무당이 최고라는 자부심. 다른 어떠한 것들도 무당을 넘을 수 없다는 신념에 가까운 확신.

자신들의 무공에 대해 대단한 자부심을 가지고 있는 것은 사대세가나 구파나 매한가지였다. 하지만 두 곳의 다른 점은 개방성이라고 할 수 있었다. 사대세가는 구파일방에 비해 타 무공에 대한 인식이 개방적이었다. 오로지 자파의 무공만을 추구하는 구파의 꽉 막힌 사고방식과는 달리, 사대세가의 사람들은 자파의 무공이 아니더라도 배울 만한 것이 있다면 어떠한 무공이든 존중해 주었다. 반면, 구파는 오로지 자파의 무공만을 익히며 그것을 자랑으로 삼았기 때문이다. 그래서 구파에서는 대부분 등천각에 들어가지 않으려 하였는다. 그런데 그중에서도 자존심이 강하기로 소문난 무당파의, 그것도 청 자 배분의 대사형이라 할 수 있는 청운이 이런 파격적인 선언을 할 줄은 상상조차 할 수 없었던 것이다.

"사매, 사매는 좀 더 넓은 세상을 봐야 해."

느릿느릿하지만 또렷한 청운의 한마디. 하지만 거의 세뇌되다시피 무당파에 대한 자부심이 대단한 그녀로서는 그의 말을 도무지 이해할 수가 없었다.

"사형, 무당은 최고예요. 사형도 아시잖아요?"

똑같은 물음에 똑같은 웅수. 청운은 질렸다는 듯 고개를 저었다. 하지만 그 또한 청연지의 이러한 반응을 충분히 이해했다. 불과 몇 달 전까지만 하더라도 자신 또한 그러한 생각을 가지고 있었으므로.

"후우, 그래. 하지만 사매, 사매도 언젠가는 느끼게 될 거야. 물론 무당의 무공은 최고야. 하지만 다른 무공들에서도 배울 수 있는 점은 분명히 있어. 나는 무당의 무공 대신 다른 것을 취하겠다는 것이 아니야. 내 검식, 무당의 검식을 발전시키기 위해 등천각에 들어가려는 것이야."

하지만 청연지는 전혀 설득된 기색이 아니었다. 그저 짜증난다는 듯한 표정이었다.

"휴우, 사형 알아서 하세요. 난 몰라요."

한차례 쏘아붙인 그녀는 툴툴거리며 총총걸음으로 사라졌다. 그리고 청운은 그런 그녀를 보며 쓴웃음을 지었다.

"후후. 내가 괜히 이러는 것이 아니야, 사매. 제룡회의 참사 때 난 정말 신선한 충격을 받았거든."

당시 제룡회 비무장을 습격했던 괴인들. 그들은 분명 자신과도 나이 차이가 크게 나지 않는 젊은 무인들이었다. 그런데 그런 무인들 하나하나가 전부 자신과 비슷한 경지에 이르러 있거나 혹은 더 강했다. 그것은 자신의 무공에 절대적인 자부심을 가지고 있던 청운으로서는 대단히 큰 충격이 아닐 수 없었다.

"기대되는군. 등천각이라……."

그리고 그는 청연지가 사라진 자리를 한 번 응시하고는 슬쩍 웃어 보였다.

"사매, 내 생각이 맞을 거야. 두고 보라고."

第七章
암영 (暗影)

죽은 자의 영혼과 사람의 심혼(心魂)을 다루는 흑마법사 무림에 환생하다!

마왕의 힘을 배워 9클래스의 마법 경지를 넘어서고, 절대의 무공 경지에 들다!

그를 기다리는 건 무림사에 더없을 멸겁의 종말, 새황 오대천의 살혼마신!

FOR
GOD

희미한 달빛만이 세상에 비춰지는, 칠흑 같은 어둠이 깔린 밤. 대부분의 살수는 밤의 어두움을 이용하여 살행을 감행한다.

샤샥―

바람이 흩날리는 소리와 함께 은밀한 발소리가 고요 속에 울려 퍼졌다.

그 소리의 주인공은 흑의 무복에 두건까지 둘러맨 인영(人影). 등에 길다란 검까지 둘러메고 담장을 넘나드는 모습이 영락없는 살수의 모습이었다.

그런데 놀랍게도 인영에게서 여인의 목소리가 흘러나왔다.

"후우, 정말 찜찜한 기분."

낮게 깔린 목소리. 잠시 쉬어 가려는 것인지 담장에 몸을 기대어 한숨을 쉬던 그녀의 신형이 다시 움직이기 시작했다.

"휴우."

의미 모를 한숨만을 남긴 채 그녀의 신형은 순식간에 사라졌다.

*　　　*　　　*

또르르륵—

찻잔이 향기로운 차 내음으로 가득 찼다. 마음마저 포근해지는 그런 향기였다.

"동정벽라춘(洞庭碧螺春)이야. 얼마 전에 강소성에서 들여온 차지."

말을 하며 소소는 찻잔을 들었다. 한 모금 맛을 본 그녀는 단리혜를 향해 웃어 보였다.

"단리 동생도 한번 마셔봐. 아무 생각 없이 마시면 용정차(龍井茶)와 별반 다를 게 없는 맛이라 생각되기도 하지만 뭐랄까, 특유의 향이 있어."

단리혜 또한 빙긋 웃으며 찻잔을 들었다. 향기롭기 그지없는 차향에 머리가 맑아지는 듯했다.

“좋네요.”

두 여인은 한동안 차 향을 음미하였다. 아무런 말이 없어 답답해 보이기도 했지만, 지친 심신이 편안해지는지 두 사람 모두 기분 좋은 표정이었다.

“그런데 동생.”

소소가 먼저 입을 떼었다.

“예?”

“동생은 태어나서 언제가 가장 행복했어?”

그녀의 물음에 단리혜는 기분 좋은 미소를 지었다. 아직까지도 처음 곽나연을 만났던 때가 생생했기 때문이다. 그건 더없이 기분 좋은 기억이었다. 그리고 그 당시가 그녀에게 있어서 가장 행복했던 때였다.

“처음 나연이를 만나게 되었을 때요.”

조금은 의외였는지 소소의 얼굴에 호기심이 깃들었다.

“아, 정말? 그렇구나. 그런데 나연이랑은 어떻게 친해지게 된 거야?”

단리혜는 천천히 과거를 회상하기 시작하였다. 처음 나연과 마주했던 당시를 생각하니 웃음부터 흘러나왔다.

“으음, 제가 나연이에게 시비를 걸었지요.”

소소는 흥미롭다는 듯 두 눈을 반짝이며 그녀의 다음 말을 기다렸다.

“그때 아마 독고 가주님의 심부름으로 본 가에 나연이가 왔었을 거예요. 어쩌다 마주쳤는지는 기억이 잘 나질 않았지만, 저는 오랜만에 또래 아이를 보게 되어서 친근감을 표현하고 싶었어요. 하지만 사람이랑 친해지는 방법을 잘 몰라서… 결국 괜한 트집을 잡고 종래에는 비무까지 하게 됐지요."

그야말로 아련한 추억이라 할 수 있었다. 삼 년이라는 시간이 길다고는 할 수 없는 시간이었지만, 결코 짧지도 않은 시간이었기에.

"비무? 비무는 어떻게 됐어? 단리 동생이 이겼어?"

그 말에 단리혜는 작게 웃었다.

"아뇨, 제가 졌어요. 자만한 탓도 있지만, 분명 당시에도 나연이가 반수 정도 위였지요."

당시에는 정말 충격을 받았지만 지금 생각해 보면 추억일 뿐이다. 그녀는 웃고 있었다.

"그렇구나. 하긴 나연이의 무재(武才)가 워낙 뛰어난 편이긴 하지."

단리혜의 이야기가 계속 이어졌다.

"그 후로도 저는 나연이랑 꽤나 자주 비무를 했고, 그렇게 서서히 친해지기 시작했지요."

그녀의 말을 듣는 소소의 입에도 절로 미소가 그려졌다.

"훗. 두 사람, 싸우면서 친해졌구나."

"그런 셈이죠, 뭐. 그러는 언니는 태어나서 언제가 가장 행복했어요?"

단리혜의 물음에 소소는 잠시 지난날의 기억들을 떠올렸다. 하지만 얼마 지나지 않아 답이 나왔다. 어릴 적부터 이십여 년간 행복함을 느꼈던 날들은 적지 않았지만 역시 그녀에게 있어서 행복은 단 한 사람이었다.

"나야… 혼인식 날이지."

소소의 옥용이 붉어졌다. 그때를 기억하면 지금도 얼굴이 달아올랐다.

"언니는 소가주님을 만나셔서 정말 행복하신가 봐요."

왠지 모를 아쉬움이 느껴지는 어투. 그 모양을 보며 소소는 빙긋 웃었다.

"응. 정말… 행복했지. 아니, 행복했다고 말하면 안 되겠네. 난 그때 이후로 지금까지 쭈욱 정말 행복하니까."

소소의 얼굴에 떠오른 표정. 만약 행복을 그려낼 수 있다면 화폭 위에 그려질 그림은 지금 그녀의 수줍음 섞인 이 표정일 것이다.

"그 행복, 정말 부럽네요. 하지만 말이죠. 그것도 오늘까지겠군요."

한데 허공에서 목소리가 들려왔다. 옥구슬이 굴러가듯 맑고 아름다운, 하지만 지독히도 차가운 목소리가 두 사람의 귓가에 스며들었다.

두 여인은 일순 당황한 표정이 되었다. 아무런 기척도 느낄 수 없었다. 물론 아무리 둘러봐도 그 누구도 보이지 않았다.

"이 무슨……?!"

두 사람은 벌떡 일어섰다. 정말 믿을 수 없는 상황이 눈 앞에서 펼쳐지고 있었다.

스르륵—

바람 스치는 소리가 작게 들리면서 그녀들의 앞에 목소리의 주인인 듯한 흑의인영이 나타났다. 마치 귀신을 보는 듯한 장면, 놀랍기 그지없는 은신술이었다.

"다, 당신은… 누구죠?"

소소의 입에서 음성이 떨려나왔다. 적잖이 긴장한 모습이었다.

"글쎄요. 내가 누굴까요?"

그녀의 발이 한 걸음 앞으로 다가오자 그와 동시에 두 여인은 한 걸음 뒷걸음질쳤다.

"난 당신에게서는 행복을, 당신에게서는 목숨을 빼앗고자 왔어요. 그다지 반가운 손님은 아니죠?"

저벅—

그녀는 한 발자국 더 앞으로 다가오며 말을 이어갔다.

"뭐, 소리쳐 봤자 소용이 없다는 것은 잘 알고 있을 거예요. 누군가를 불러봤자 희생만 더 늘어날 뿐. 게다가 나는 번거로움을 피하기 위해서 내력으로 소리를 친절히 차단해 놓았죠."

사락—

흑의여인의 오른손이 천천히 들어 올려졌다. 그녀의 옷자락이 부딪치며 내는 소리가 섬뜩하기 그지없었다.

"당신은 지금까지 행복했으니 죽어도 여한이 없겠죠?"

퍼어엉!

순간 여인의 오른손에서 희뿌연 빛의 장력이 방출되었다.

"아악!"

소소는 순식간에 문지방까지 날아가 처박혔다. 어찌 손쓸 틈도 없었다.

"이거 너무 싱거운데요?"

스르릉—

그녀는 등에 메어져 있던 검을 천천히 뽑아내었다. 단번에 소소를 죽이려는 심산인 듯했다.

"흐압!"

그 순간, 어느새 검을 뽑아 든 단리혜가 소소를 보고 있는 여인의 등을 향해 검을 내질렀다.

까아앙!

하지만 그녀의 일검은 흑의여인의 간단한 동작에 너무도 쉽게 막혀 버렸다. 어느새 그녀의 검이 단리혜의 검이 쇄도해 오는 경로를 막아버린 것이었다.

"당신의 실력으로 어찌할 수 없다는 것이 느껴지지 않나요? 허튼수작 부리지 말고 죽음을 기다리세요."

냉기가 풀풀 날리는 목소리. 그 모습을 보며 단리혜는 털썩 주저앉고 말았다. 그녀의 말처럼 상대는 단리혜의 능력으로는 어찌해 볼 수 없는 고수인 것이었다.

단리혜가 바닥에 주저앉은 것을 살짝 응시한 그녀는 다시 소소에게로 고개를 돌렸다. 그리고 그녀의 입에서 예의 그 싸늘한 목소리가 흘러나왔다.

"행복의 대가예요."

소름마저 돋는 그녀의 목소리. 소소는 그런 그녀를 올려다보며 떨리는 목소리로 입을 열었다.

"행복의 대가치고 내 목숨은 너무 작군요. 겨우 내 목숨 따위를 상공이 내게 준 행복과 비교하지 말아줘요."

더 이상 들을 이야기가 없다는 것인가? 신경질적으로 여인의 손에 들린 검이 휘둘러졌다.

촤아악―!

살점이 찢겨 나가는 듣기 거북한 소리. 하지만 검을 휘두른 여인의 얼굴엔 놀라움이 어렸다.

그녀의 검이 가르고 지나간 자리에 쓰러져 있는 것은 소소가 아닌 단리혜였기 때문이다.

"단리 동생……?"

소소는 놀란 눈으로 자신의 앞에 쓰러져 있는 단리혜를 바라보았다.

그런 그녀를 보며 단리혜는 빙긋 웃었다.

"이렇게 하지 않았더라도… 난 조금 있으면 죽었을 거예요. 죽기 전에 독고 소협이 내게 베푼 은혜를 갚고 싶었어요. 결과는 같겠지만, 내 마음은 한결 편해질 테니까요. 나, 너무 이기적인가요?"

어깻죽지부터 가슴팍까지 깊숙한 자상을 입은 그녀의 목소리가 거칠게 흘러나왔다.

"…단리혜, 당신은 어차피 죽을 목숨이 맞아요. 그리고 내 원래 목적은 당신이었죠."

흑의여인은 피 묻은 칼을 든 채로 창백해진 얼굴을 하고 있는 소소를 힐끔 흘겨보더니 말을 이었다.

"여기 와서 저 여자도 죽이고 싶어졌지만 말이에요."

그리고 그녀는 쓰러져 있는 두 여인을 한 번씩 번갈아 보았다. 소소와 눈이 마주친 그녀가 입을 열었다.

"당신의 행복을 빼앗고 싶었어요."

스르릉— 착.

그녀는 검을 다시 검집에 집어넣었다.

"하지만 생각해 보니 당신을 죽이더라도 당신의 행복이 내 것이 될 수는 없을 것 같군요."

그녀는 이번엔 단리혜와 눈을 마주쳤다.

"당신의 목숨을 앗아가겠다 하였죠?"

단리혜의 신형이 부르르 떨렸다. 공포를 느낀 것이었다.

"당신의 목숨은… 앗아갈 수밖에 없어요. 당연하겠지만 나

는 당신과는 어떠한 원한도 없고, 단지 목적이 있어 목숨이
필요한 것뿐이니까요.”

혹의여인은 내렸던 오른손을 다시금 들었다.

“저 여인에게 은혜를 갚고 싶다고 했던가요? 당신의 목숨
을 앗아가는 대신에 은혜는 갚을 수 있도록 해주겠어요.”

소소는 죽이지 않겠다는 뜻이었다. 그 말에 단리혜의 얼굴
에 살짝이나마 희미한 미소가 어렸다. 그것은 슬픈 미소였다.

“미안해요.”

팡—!

그녀의 손가락이 튕겨졌다.

“흡!”

그리고 그녀의 손가락에서 쏘아진 한줄기 지풍은 정확히
단리혜의 왼쪽 가슴을 뚫고 지나갔다.

털썩—

온몸이 피로 물든 그녀의 신형이 천천히 바닥에 쓰러져 갔
다. 즉사한 것이다. 그 모습을 지켜보던 소소의 표정은 사색
이 되었다.

장력에 정통으로 맞은 고통도 참기 힘들었지만 단리혜가
죽어가는 것을 지켜볼 수밖에 없다는 것이 더욱 큰 고통으로
다가왔다.

“으, 대체… 단리 동생을 왜 죽여야 했죠?”

힘겹게 말을 꺼내는 그녀를 보며 여인은 웃음을 흘렸다.

"그걸 당신에게 알려줄 수는 없군요. 당신은 살리기로 했으니까요. 다른 사람에게 당신이 말한다면 곤란한 내용이거든요."

저벅저벅—

그녀는 뒤돌아서 창가 쪽으로 걸어갔다. 처소에 들어올 때도 창문을 이용한 듯싶었다.

창문 앞에 선 그녀는 한차례 뒤를 돌아보았다. 두건에 가려져 보이지는 않았지만, 웃고 있는 듯했다. 그녀는 조용히 말했다.

"당신… 정말 죽이고 싶어요. 하지만 당신이 죽는다면 또 누군가의 마음이 아프겠죠."

타탓—

그녀의 신형이 순식간에 허공에서 사라졌다. 마치 신기루처럼 그대로 없어져 버린 것이다.

그리고 장내에는 그녀가 남긴 알 수 없는 말 한마디와 함께 초점없는 눈빛으로 허공을 응시하고 있는 소소만이 남겨졌다.

소소의 두 눈이 몽롱해졌다. 너무나도 갑작스러운 일. 이해할 수 없는 상황…….

그녀는 이것이 꿈이기를 바라면서 천천히 눈을 감았다.

다시 눈을 뜨면 언제나처럼 똑같은 일상의 아침 해를 볼 수 있으리라 믿으면서.

                    *   *   *

“아침부터 무슨일이죠?”

조반을 막 치운 주혜명은 아침부터 반갑지 않은 손님을 보며 안색을 있는 대로 찡그렸다.

“무슨 일이냐니요. 약혼녀를 뵈러 왔지요.”

능글맞은 표정으로 대답하는 담휘경. 주혜명은 이가 갈렸다.

“내가 왜 당신의 약혼녀죠? 제가 언제 당신과 약혼을 했었나요?”

하지만 담휘경은 여전히 빙글거리며 대답한다.

“뭐, 그럼 정정하지요. 미래의 부인을 뵈러 왔습니다. 이제 됐죠?”

정말 뻔뻔스러운 표정으로 말하는 그의 면상을 한 대 후려갈겨주고 싶은 것을 억지로 참아내며 주혜명은 화를 삭혔다.

“후우, 정말 당신이라는 사람은…….”

주혜명의 말이 중간에 끊어졌다. 어느새 앞으로 다가선 담휘경이 그녀의 어깨 위에 손을 올려놓았기 때문이다.

“이게 무슨 짓인가요?!”

지렁이 수십 마리가 기어가는 듯한 소름 돋는 기분. 주혜명은 안색이 낯빛이 되어서는 담휘경을 향해 소리쳤다.

"아아, 뭐 어떻습니까? 어차피 장차 남편이 될 사람인데."

주혜명은 담휘경의 손을 뿌리치려 했다. 하지만 그녀의 힘으로 담휘경의 거친 손길을 밀쳐 내는 것이 가능할 리가 없었다.

그 모습을 본 담휘경은 슬쩍 웃더니 천천히 손을 내렸다. 주혜명에게 있어서는 더없이 소름 끼치는 웃음이었다.

"다시 오겠습니다, 공주 마마. 지금은 업무를 보러 가던 도중에 잠시 들른 것이라 시간이 별로 없군요."

주혜명은 고개를 휙 돌렸다.

"본녀는 당신을 다시 보고 싶은 생각이 조금도 없군요. 어서 이 방에서 나가세요."

담휘경은 씨익 웃었다. 끝까지 현실에 순응하지 않는 주혜명의 모습이 그로서는 재미있어 보이는 듯하였다. 정말이지 지독히도 소름 끼치는 생각이 아닐 수 없었다.

"그럼 이만."

살짝 고개를 숙여 보인 그는 천천히 처소를 빠져나갔다. 그런 그의 뒷모습을 보고 있던 주혜명은 그가 나가는 것을 확인한 후 침상에 털썩 주저앉았다.

"후우, 후우."

그녀는 숨을 몰아쉬었다. 긴장이 풀리자 온몸에 힘이 쫙 빠지는 것이었다.

그리고 그런 그녀의 앞으로 한 인영이 거짓말처럼 나타났

다. 그 인영을 올려다보며 주혜명은 여전히 창백한 안색으로
입을 열었다.

"보았나요?"

그녀의 앞에 나타난 인영은 독고진이었다. 그리고 그는 담
휘경의 행태를 하나도 빼먹지 않고 고스란히 다 보았다.

"보았소."

독고진의 짧은 대답. 주혜명은 자조적인 웃음을 지었다.

"보셨으면 담휘경이란 작자가 어떤 인간인지 충분히 알 수
있겠군요. 후훗, 어떻던가요? 당신의 눈에 비친 담휘경은 어
떤 인간이던가요?"

그녀의 물음. 독고진은 물끄러미 그녀를 바라보았다. 정말
안쓰러운 모습이었다.

"당신은 대명 제국의 공주가 아니오?"

그 말을 들은 주혜명은 어이없다는 듯 웃었다.

"아시다시피 그렇죠. 그런데 요즘은 그런 것 같지도 않군
요. 당신은 대명 제국의 백성이 아니던가요?"

명 제국의 백성이 어찌 공주에게 이리 무례하게 말하냐고
묻는 것일 것이었다. 독고진은 쓴웃음을 지었다.

"물론 나 또한 명 제국의 백성이오. 하지만 내게 당신이 공
주라는 것은 별 의미가 없소. 나는 나보다 연장자가 아니라면
그 누구에게도 존대할 마음이 없으니까."

무척이나 특이한 독고진의 답변. 주혜명은 웃을 수밖에 없

 FOR GOD

었다.

"꽤나 독특하군요. 뭐, 이런 언쟁은 의미가 없겠죠. 더 중요한 것이 있으니까."

주혜명은 독고진의 두 눈을 응시했다.

"이제 느꼈겠지만, 저자는 일전에 내가 말했던 대로 짐승이에요. 인간 쓰레기죠. 이제 저자를 죽일 마음이 생겼나요?"

"음."

잠시 생각을 하던 독고진은 다른 말을 꺼내었다.

"먼저 내가 궁금한 것을 하나만 풀어주시오. 어째서 대명제국의 공주라는 당신이 일개 장군에게 그렇게 당하기만 하고 있는 것이오? 황상께 한마디만 하면 저자는 곧바로 참수감이 아니오?"

독고진의 물음에 주혜명은 자조섞인 웃음을 지었다. 정상적으로 생각한다면 그가 말한 것이 지극히 옳은 내용이기 때문이었다.

"물론 그게 맞는 거죠. 하지만 내 아버지는 나보다 권력이 우선이신 분이거든요."

그 한마디에 독고진은 대략적인 상황이 이해가 되었다.

"정략혼이군."

너무도 정확한 독고진의 말에 주혜명은 쓴웃음을 지었다.

"맞아요. 정략혼이죠. 게다가 담휘경의 집안은 엄청난 권세를 자랑하는 무가(武家)이죠. 조금이라도 담휘경에 대해 사전에 조사를 했다면 알 수 있겠지만 말이에요."

독고진은 고개를 끄덕였다. 정확히는 모르지만 대충은 알고 있는 사실이었다.

"어쨌든 내게 중요한 것은 다른 것이 아니에요. 담휘경, 저자를 죽여주세요. 부탁이에요. 당신도 보았잖아요? 그는 죽어 마땅한 인간이라구요."

그리고 독고진이 입을 열려는 찰나, 그녀의 말이 다시 이어졌다.

"저자만 죽여준다면 난 당신의 부인이라도 되어주겠어요. 최소한 당신이 담휘경, 저자보다는 나을 테니까요."

그녀의 말에 독고진은 어이없는 표정이 되었다. 그리고 이내 피식 웃었다.

"후후, 당신이 충분히 아름답다는 것은 인정하지만 난 당신에게 관심없소이다."

주혜명의 동공이 확대되었다. 정말 의외의 대답이었기 때문이다. 자신의 외모를 자각하고 있는 그녀로서는 독고진이 자신을 석상 보듯 하는 것이 이해가 되지 않았다.

"하아, 당신은 정말 특이한 사람이군요."

독고진은 실소를 흘렸다. 주혜명의 말을 이해했기 때문이다.

"하하, 자존심이라도 상하셨소? 당신이 아름답다는 것은 나도 인정하는 바이니 너무 서운해 마시오. 단지 나는 당신보다 더 아름다운 마누라가 있어서……."

주혜명의 표정이 순간 멍해졌다. 도무지 종잡을 수 없는 남자였다.

"그건 그렇고. 담휘경, 저 인간을 어떻게 보았냐고 물었소?"

그의 물음에 주혜명은 고개를 끄덕이고는 긴장했다. 독고진의 대답이 어떻게 나올지 알 수 없었기 때문이다.

"나 또한 당신 생각과 같소. 저 정도면 인간쓰레기임이 분명하지."

주혜명의 얼굴이 밝아졌다.

"그럼 죽여줄 건가요?"

독고진은 살짝 눈을 감았다. 아무리 싹수가 노란 인간이라 해도 몇 번의 행태만 보고 죽여 버린다는 것은 뭔가 꺼려졌기 때문이다.

"음, 당신은 저 사람에게서 벗어나고 싶은 거요, 아니면 이 황궁을 벗어나고 싶은 거요?"

잠시 멈칫한 주혜명은 곧바로 대답하였다.

"둘 다 벗어나고 싶군요."

독고진의 안색이 한결 밝아졌다. 나름대로의 해결책(?)을 찾은 것이었다.

"그렇다면 더없이 좋은 방법이 있소. 그냥 당신만 이 황궁에서 빼내주면 되는 것이 아니오?"

주혜명이 아무런 대답이 없자 독고진은 슬쩍 웃어 보이며 말을 이었다.

"난 아무리 싹수가 노란 인간이라 하더라도 처음 본 사람을 죽일 만큼 마음이 모질지 못하오. 그자가 나에게 피해라도 입혔다면 모를까. 좀 서운하겠지만, 그자를 죽이고 싶은 것은 당신이지 내가 아니질 않소?"

주혜명은 곰곰히 생각해 보았다. 그 말을 들으니 나름 일리가 있었다.

"나를… 이 황궁에서 빼내어줄 자신이 있나요? 그리고 아무도 찾을 수 없는 곳으로 숨겨줄 자신이 있나요?"

담휘경을 죽이고 싶은 마음이 굴뚝같기는 했지만, 독고진의 말대로 황궁에서 아예 빠져나가 버릴 수만 있다면 그것이 더 좋을 것 같았다.

담휘경이 죽는다 하더라도 그녀가 황궁에 계속 남아 있다면 어차피 또 다른 누군가와 정략혼을 하게 될 것이기 때문이다.

"뭐, 내 생각이지만, 일단 북경 바깥으로만 나가면 황궁에선 당신을 찾을 수 없을 것이오. 그 드넓은 중원 어느 곳에 당신이 있는 줄 알고 찾겠소? 그런 것은 걱정하지 않아도 될 듯싶소만… 그리고 당신을 이곳에서 빼내는 것은……."

독고진은 잠시 계산을 해보았다. 자신이 알고 있는 모든 지식을 총동원한다면 가능할 것 같았다. 흑마법부터 시작해 은신, 추종술까지 모두 총동원한다면 번거롭기는 하지만 가능하다는 것이 그가 내린 결론이었다.

"가능하오."

주혜명의 안색이 밝아진다. 희망이 생긴 것이었다.

"그럼 그렇게 해주세요. 약조는 꼭 지켜주시리라 믿어요."

그녀의 목소리에서 간절함을 느낀 독고진은 쓴웃음을 지었다.

"약속은 지키리다. 그런데 혹시 내가 일전에 말했던 것, 기억나오?"

"뭐 말인가요?"

그에게 밉보일세라 재빨리 대답하는 그녀였다.

"만일 담휘경의 정체가 내 예상과 같다면 그는 죽게 될 것이라는 거."

주혜명은 기억을 더듬어보았다. 독고진을 처음 만났을 때 들었던 말이었다.

"기억나네요."

"만일 그렇게 된다면, 그러니까 담휘경이 죽게 된다면 당신은 그냥 황궁에서 지내시오."

독고진은 귀찮았다. 주혜명을 빼내는 것은 적지않은 시간과 노력을 필요로 할 것이기 때문이다.

한편 독고진의 말을 들은 주혜명의 얼굴이 일그러졌다.

"그런 게 어딨어요?!"

하지만 그녀의 말을 허공에 울려 퍼질 뿐이었다. 이미 독고진은 사라지고 난 뒤였던 것이다.

“치사한 놈.”

그녀는 뾰족한 목소리로 중얼거렸다. 하지만 이전과는 달리 활기가 느껴지는 목소리였다.

*　　　　*　　　　*

독고세가는 난리가 났다. 지난밤, 세가의 한복판에서 도저히 믿을 수 없는 일이 벌어졌기 때문이다.

“허어! 대체 이 무슨 해괴한 일이란 말인가?!”

독고명은 노성을 터뜨렸다. 세가 내에서 사람이 죽다니. 게다가 세가의 작은 안주인인 소소는 겨우 목숨만을 건진 상태라 할 정도로 위급한 상태였다. 그리고 죽은 사람은… 무림맹주의 금지옥엽인 단리혜였다.

“대체 어찌 이런 일이 일어날 수 있다는 말이오? 추 대주, 말 좀 해보시구려.”

더없이 허탈한 표정이 되어 말하는 독고명. 그런 그를 보며 추모선은 아무런 말도 할 수가 없었다. 세가 전체의 보안을 책임지는 것이 다른 누구도 아닌 그였기 때문이다.

“송구하옵니다, 가주. 이 노구는 가주께 드릴 말씀이 없습니다.”

자조 섞인 어조로 말하는 그를 보며 독고명은 뭐라 할 말이 없었다. 사실 그것은 추모선의 잘못이라 할 수도 없었기 때문이다. 당시 세가의 무사들은 언제나처럼 똑같은 체계로 방비를 서고 있었는데, 그 누구도 아침이 되기 전까지 세가 내부에 침입자가 있었다는 사실을 알지 못했다. 어찌 추모선의 잘못이라 할 수 있겠는가? 단지 흉수의 능력이 경천동지할 만하다고밖에는 설명할 방법이 없었다.

"허어, 이 어찌 추 대주의 잘못이겠소? 너무 상심하지 마시오. 흉수의 능력이 너무도 뛰어났을 뿐이외다. 그나저나 새아기는 아직도 깨어나지 않았는지……."

소소는 현재 치료를 받은 채로 의원에 의식을 잃고 누워 있었고, 비사가 일어난 그녀의 처소는 흉수에 대한 단서를 찾아내기 위해 무사들이 투입되어 있는 상태였다.

"걱정 마십시오, 가주님. 의원이 말하기를 생명에는 지장이 없을 것이라 하였습니다. 소가모님은 곧 있으면 깨어날 것입니다."

독고명은 고개를 끄덕였다. 그 또한 들은 이야기였기 때문이다.

"후우, 그건 그렇다 치고. 내 무슨 낯으로 맹주님을 뵙는다는 말인가? 허허. 이거 어찌해야 할지……."

가만히 있어도 절로 한숨이 새어 나왔다. 검왕 단리철의 금지옥엽인 단리혜의 죽음. 어쩌면 이것은 무림에 커다란 폭풍을 가져다줄지도 모르는 일이었다.

독고명은 추모선을 응시하며 나직이 말하였다. 일단 터진 일, 최대한 완만하게 수습해야 했다.

"추 대주."

추모선은 고개를 살짝 숙여 보이며 말했다.

"하명하십시오."

"대주는 단리 소저의 시신을 최대한 신경 써서 빠른 시일 내에 맹주님께 보내 드리시오. 그것이 본 가의 실책을 조금이라도 만회하는 길일 것이오."

사실 독고세가의 잘못이라고 할 만한 것은 없었다. 단지 상황이 너무나 당황스러울 뿐이었다. 무림에서도 손꼽는 무가의 하나인 독고세가의 한복판에 자객이 들다니. 게다가 자객은 목표한 바를 이루고 아무런 거리낌 없이 빠져나갔다. 이것이 과연 있을 수 있는 일인가!

"지금 당장 채비하겠습니다."

추모선은 다시 한 번 고개를 숙여 보인 후 독고명의 처소를 빠져나갔다.

"대체 이것이 무슨 청천벽력(靑天霹靂)이라는 말인가? 허어."

그야말로 마른 하늘에 날벼락이 따로 없었다.

독고명의 얼굴에 깊은 그늘이 졌다. 단리혜의 죽음은 그에게 있어서도 무척이나 안타까운 일이었지만, 지금은 그런 생각조차 들지 않았다.

오늘은 그의 인생에 있어서 가장 당황스러운 날이었다.

*   *   *

"후후, 내가 이렇게나 빨리 움직일 수 있게 될 줄이야."

이해할 수 없는 말을 중얼거리며 사내는 도갑을 쓰다듬었다.

"이 녀석 덕에 일이 한결 수월해졌어."

사내가 만지작거리고 있는 거대한 도. 그것은 바로 구룡칠정도(九龍七正刀)였다.

타탓―

사내는 도약 한 번으로 순식간에 십 장여를 날아갔다. 무척이나 무거워 보이는 구룡칠정도를 든 것까지 감안한다면 정말인지 놀라운 경신술이었다.

사내는 정말 거칠 것이 없었다. 그가 뛰어 올라가고 있는 길은 어지간히 가파른 산로였지만 그의 얼굴에서는 전혀 힘든 기색을 찾아볼 수가 없었다.

"끄응, 길이 아니라 이건가?"

찰나지간에 수백 장을 이동한 그의 신형이 잠시 멈춰졌다.

그의 앞에 까마득한 절벽이 자리하고 있었던 것이다.

"젠장."

어찌하려는 셈인가? 사내는 허공을 향해 도약했다. 그러나 이번에는 아무리 그라 하여도 한달음에 도약할 수 있을 만한 높이가 아니었다.

　그의 신형이 솟구친 곳에는 절벽 사이에 자리하고 있는 나무 한 그루가 있었다. 그는 그것을 붙잡았다. 하지만 아직도 절벽 꼭대기까지는 까마득했다.

　"훗차!"

　나뭇가지를 발판 삼아 사내의 신형이 다시 한 번 허공으로 솟구쳤다. 정말 놀라운 광경이 아닐 수 없었다. 하지만 사내의 신형이 솟구친 높이는 아직도 정상과는 거리가 좀 있었다. 그야말로 위기일발의 순간,

　파―!

　푸석한 소리, 그리고 사내의 얼굴은 똥이라도 씹은 듯한 표정이 되었다.

　"제길, 모자라는군. 손을 더럽혀야 하는가?"

　놀랍게도 그의 오른손은 절벽에 반쯤 박혀 있었다. 암석으로 이루어진 절벽을 마치 두부 취급하듯 뚫어버린 것이었다.

　파―

　그의 왼손이 더 윗쪽에 틀어박혔다. 그런 식으로 조금씩 올라갈 심산인 듯 보였다.

　"후우."

　별로 힘들어 보이지도 않는 표정으로 한숨을 쉬는 사내.

　정체를 알 수 없는 사내가 화산(華山)을 오르고 있었다.

第八章
오열(嗚咽)

죽은 자의 영혼과 사람의 심혼(心魂)을 다루는 흑마법사 무림에 환생하다!

마왕의 힘을 배워 9클래스의 마법 경지를 넘어서고, 절대의 무공 경지에 들다!

그를 기다리는 건 무림사에 더없을 멸겁의 종말, 새황 오대천의 살혼마신!

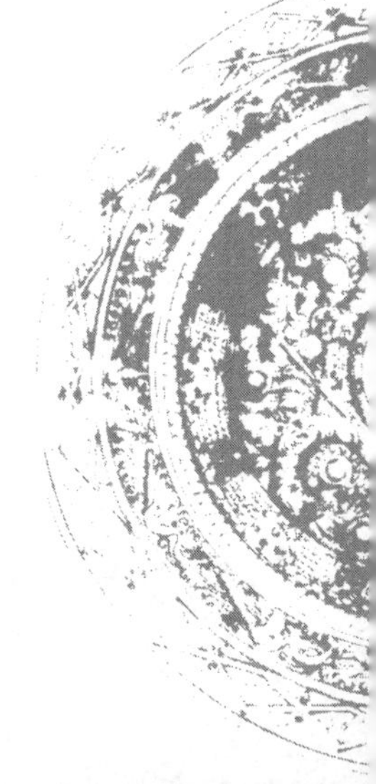

“찾았소!”

희열(?)에 가득 찬 목소리가 장내에 울려 퍼졌다. 누런 표지에 뽀얀 먼지가 쌓인, 고서라도 되어 보이는 듯한 책자 한 권을 빼어 들고 있는 막부동의 표정은 무척이나 기뻐 보였다.

“오오, 정말이오?”

반대편 책장을 뒤적이고 있던 일비가 순식간에 막부동에게로 뛰어왔다.

“파멸록(破滅錄). 이 책자가 맞는 듯하오.”

막부동의 손에 들려 있는 누런 책자에는 붉은 글씨로 ‘파멸록(破滅錄)’ 이라는 글자가 멋들어지게 쓰여져 있었다.

일비는 떨리는 손으로 그 책자를 빼앗아 들었다. 사부에게 말로만 들었던 책자, 과거 강호의 비사가 기록되어 있다는 책자를 이렇게 눈앞에서 보게 되니 긴장이 되는 것이었다.

그는 첫장을 폈다.

서(序).

하늘 밖에는 우리가 알지 못하는 다섯 개의 하늘이 있다.

휘갈겨 쓴 듯한 한 줄의 문구. 짧지만 강렬한, 그리고 무척이나 호기심을 자극하는 문구였다.

"오오!!"

일비의 표정은 적잖이 상기되었다. 진정 파멸록이 맞는 것이었다.

"막부동 소협, 맞소이다. 확실하오."

격한 어조로 한마디를 내뱉은 그는 누런 종이를 천천히 넘기기 시작하였다.

그리고 오랫동안 그 자리에서 굳어버리기라도 한 듯 책자에서 눈을 떼지 못하는 그였다.

*　　　*　　　*

그르릉—

반쯤 모습을 드러낸 구룡칠정도(九龍七正刀)의 도신이 달빛에 반사되어 은은하게 빛났다.

자신이 무림십대기보의 하나라는 것을 확인시켜 주기라도 하려는 것일까? 신비로운 황금빛 사이로 스며 있는 날카로운 예기는 구룡칠정도가 절세의 보도(寶刀)라는 것을 입증해 주고 있었다.

"어디 한번 피의 향연을… 후후."

사내의 입에서 소름 끼치는 웃음소리가 흘러나왔다.

화산의 무인을 암살이라도 하기 위해 온 것인가? 지금 그의 모습은 무척이나 애매했다.

분명 화산을 향해 그가 은연중에 뿜어내고 있는 기운은 적대감 혹은 살기였다. 하지만 살행을 왔다기에는 그의 옷차림이 너무도 평이했다. 그저 평범한 청의 무복에 얼굴에는 복면조차 하지 않았다. 설마 화산 전체를 상대로 전면전을 벌이려는 심산은 아닐 것이고…….

은밀히, 그리고 신속하게 사내의 신형이 움직였다. 묵직하게 깔려 있는 어둠 속으로 사내의 신형이 빠르게 스며들어 갔다.

"드디어 첫 희생양인가?"

그의 입가에 한가닥 미소가 걸렸다. 그것은 미소라기보다 너무도 차가운 냉소였다.

나무 위에서 화산의 산문 안쪽을 둘러보던 사내는 조심스레 발을 움직였다.

탓—

그의 신형이 나무에서 떨어져 내렸다. 사람이 착지했다고 는 믿을 수 없을 정도로 가벼운 소리만을 내며 어느새 그는 산문 앞에 신형을 떨구었다. 그리고 그 순간, 사내의 신형은 춤을 추듯 한 바퀴 회전했다.

쎄에엑—!

날카롭다기보다는 무식할 정도로 소름 돋는 파공음. 그리 고 잠시 후, 두 가닥의 소리가 더 들렸다.

툭— 툭—

믿기지 않게도 산문 앞을 지키고 있던 화산의 무인 둘이 어 느새 머리와 몸통이 분리된 채로 바닥에 널브러져 있었다. 가 공할 쾌도. 너무도 쉽게 두 무인이 명을 달리했기에 그 위력 은 알 수 없었지만, 그 섬전 같은 속도만 놓고 보아도 가히 일 절이라 불리울 만했다.

얼마나 빨랐으면 구룡칠정도에는 약간의 핏자국조차 묻어 있지 않았다.

여전히 은은한 빛깔을 흘리고 있는 칠정도를 들고 사내는 천천히 발걸음을 옮겼다.

저벅저벅—

너무도 당당하다. 화산의 산문 내에서 두 명의 화산 제자를 일도에 죽여 버린 사내는 거칠 것이 없다는 듯 화산의 한복판을 자연스레 걷고 있었다.

"거기 누구시오?"

자다가 일어났는지 부시시한 얼굴의 한 화산 무인이 사내를 향해 말을 걸었다. 그에 사내는 천천히 고개를 돌렸다.

번쩍!

두 사람의 눈이 마주치는 순간, 칠정도는 눈이 부실 정도로 화려한 도광을 뿜었다.

털썩—

또 한 사람의 무인이 바닥에 쓰러졌다. 어찌한 것인지도 알 수 없을 만큼 놀라운 쾌도. 분명 사내와 죽은 화산 무인은 최소 삼 장여의 거리가 있었는데 한순간에 유명을 달리한 것이었다. 아마도 사내가 날린 도기(刀氣)가 원인일 것이었다.

"이런… 걸어오는 싸움을 피하지는 않겠지만… 귀찮은 것은 정말 질색이야."

중얼거린 그는 한 차례 도약하였다. 한 번의 발구름에 그의 신형이 족히 오 장은 솟구쳤다.

사뿐히 건물의 지붕 위에 올라선 그는 느긋하게 다시 걸었다. 과연 그가 목표하는 것은 무엇이란 말인가?

잠시간 지붕 위를 걷던 그의 뒤에 흐릿하게 신형이 나타났다.

스으윽—

그의 목덜미에 예리한 칼날이 들어섰다.

"네놈은 누구냐?"

위기일발이라 할 만한 순간, 그 검이 조금이라도 움직인다면 그는 죽는 것이었다. 하지만 여전히 사내의 표정에는 여유가 가득했다. 아니, 미소를 짓고 있는 듯했다.

"글쎄."

고개를 갸우뚱하며 대답한 그는 차가운 검날을 목에 댄 채로 천천히 신형을 돌렸다.

슈각—

그의 신형이 반쯤 돌아갔을 무렵, 그는 뒷편을 향해 도를 휘둘렀다. 예의 그 쾌도였다.

촤아악—

엄청난 양의 핏줄기가 허공으로 숫구쳤다. 한덩이의 핏줄기가 사내를 덮치려는 순간, 그는 신형을 빼었다. 피벼락을 맞고 싶지는 않은 모양이었다.

"이곳이 화산인가?"

비웃음에 가까운 한마디. 조롱 섞인 어조로 중얼거리던 그는 발걸음을 다시 옮겼다. 건물들의 처마를 밟으며 움직이는데도 마치 지상에서 걷는 듯 자연스럽기 그지없다.

잠시간 고요함 속에서 발을 옮기던 사내는 갑자기 멈춰 섰다. 목적했던 곳에 도착한 모양이었다.

휘릭—

가벼운 바람 소리와 함께 그의 신형이 떨어져 내렸다. 그리고 그 다음은… 이전과 다름없었다. 사내의 신형이 다시 한 번 회전하였다.

서격—

한순간, 소름 끼치는 소리와 함께 그의 주변에는 세 구의 싸늘한 시체가 널브러져 있었다. 그 모양을 본 사내는 한심하다는 듯 혀를 찼다.

"쯧쯧, 수준 이하로군."

오만하기 그지없는 어투. 분명 그럴 만한 자격이 있는 실력을 갖춘 그였지만, 누군가 들었더라면 어이없다는 표정을 지었으리라. 그가 서 있는 곳은 다름 아닌 화산이었기에.

무림 제일의 검파를 자부하는 화산(華山) 한복판인 것이다.

"묵상이 녀석만 보냈더라도 가능했겠어. 물론 소란스러워졌겠지만."

알 수 없는 말을 중얼거리며 그는 성큼성큼 건물 내부로 들어섰다. 분명 무언가 목적이 있는 듯한 모습이었다.

건물 중앙까지 들어선 그는 잠시 멈추어 품속에 손을 넣었다. 그리고 그가 꺼낸 누런 종이 한 장. 그것은 용모파기였다.

"후우, 이런 꼬마 녀석을 죽여야 한다니. 생각할수록 허탈하군."

다시금 종이를 품속으로 쑤셔 넣은 그는 발을 옮겼다.

잠시 후, 그가 멈춰 선 곳은 한 처소 앞이었다.

"이 안이군. 분명 맞아. 신맥의 기운이 분명해."

그는 신맥을 언급했다. 신맥의 기운이라 함은 무엇을 의미하는 것인가?

드르륵—

사내는 문을 열었다. 조심스레 연 것도 아니었다. 좀 전과 다름없이 거친 소리를 내며 문을 열어젖혔다.

"아이야, 네놈을 잡으러 왔다."

마치 인자한 할아버지를 연상케 하는 부드러운 어투. 하지만 그 내용만큼은 소름이 돋을 만한 것이었다.

침상에 누워 있던 청년의 눈이 번쩍 뜨였다. 그리고 그는 눈을 뜨는 순간 마치 용수철이 튕겨지듯 침상에서 일어나 머리맡에 놓여 있던 검을 빼 들었다. 신속한 동작이었다.

"오호."

작게 탄성을 지른 사내는 칠정도를 들었다. 그리고 여느 때처럼 그것을 휘두를 것이다. 그리고 그 대상은 죽는다. 아니, 사내는 그럴 것이라 생각했다.

까아아앙!

사내의 두 눈이 부릅떠졌다. 그의 칠정도가 청년의 검에 막힌 것이다. 물론 별 생각 없이 내지른 일도였지만 그것을 막은 이도 지금까지 몇 존재하지 않았다. 그리고 이 청년 또한 그와 다를 것 없으리라 생각하였다.

또한 사내가 들고 있는 것은 무림 십대기보의 하나인 구룡칠정도였다. 이 도를 막아낼 수 있을 만한 보검을 청년이 지녔을 것이라고는 생각지 못했기 때문이다.

잠시 놀람에 물들어 있던 사내의 표정은 다음 순간 와락 일그러졌다.

"제길!"

사내의 도와 청년의 검이 맞물리며 퍼져 나간 커다란 쇳소리가 화산의 무인들을 깨운 것이었다.

"이거 귀찮게 되었군."

타탓.

그의 신형이 일순 빠르게 움직이기 시작했다. 속전속결 후 신속히 빠져나갈 심산인 듯 보였다.

"어쩔 수 없다. 소형제, 잘가시게. 멸천(滅天)의 위력을 이렇게 구경하고 하직하니 삶에 미련은 없을 걸세."

궤변을 늘어놓으며 도를 휘두르는 사내.

콰아아앙!!

그의 도에서 엄청난 기운이 폭사되었다. 금광과 적광이 한데 어우러진 화려한 한줄기 섬광이 청년을 향해 쏘아져 갔다.

콰앙!

청년은 이를 악물었다. 이 순간만 버텨낸다면 수많은 사형제들이 이곳으로 달려올 것이다. 지금 이 상황이 어찌 된 것인지 이해할 수는 없었지만, 눈앞에 닥친 상황부터 타개해야 하는 것이다.

"크아악!"

청년의 입에서 괴성이 터져 나왔다. 검을 부여잡고 있는 손아귀가 찢겨 나가듯 고통스러웠다.

그는 더 이상 버텨내지 못하고 바닥을 뒹굴었다. 그 한 수에 청년의 전신은 만신창이가 되어버렸다.

기절했는지 죽었는지 청년의 몸은 일체의 미동도 하지 않았다. 그것을 본 사내는 재빨리 그 옆으로 다가가더니 품속에서 작은 병 하나를 꺼내 들었다.

퐁—

병의 마개를 딴 사내는 흐르는 청년의 핏물을 병 속에 한가득 담았다. 그리고 만족스러운 미소를 지은 그는 부지불식간에 장내에서 사라졌다. 잠시간 잔상이 남아 있을 정도로 가공할 속도의 경신술이었다.

그리고 처소 안에 널브러져 있는 청년. 그의 몸이 부르르 떨렸다. 아직 죽지 않은 것이었다.

청년, 능사운은 고개를 들었다. 얼굴은 피투성이가 된 채였다.

"후우, 대… 체 이… 게……."

그는 더 이상 말을 잇지 못하고 고개를 떨구었다. 정신을 잃은 것이었다.

싸늘한 겨울바람이 장내에 가득 찼다.

고요하던 한겨울의 화산에 한차례 소나기가 지나간 것이다.

　　　　　*　　　　　*　　　　　*

　"후우, 이짓도 할 게 못 되는군."

　묵비령은 침상에 벌렁 누워서는 투덜거렸다. 그는 방금 전 황궁에 들어가 무인들의 인계를 모두 끝내고 처소로 돌아온 것이었다. 그런 그를 보며 나연은 피식 웃었다.

　"뭐 대단한 일을 하셨다고 그리 축 처지신 건가요?"

　너무도 냉정한(?) 곽나연의 말에 묵비령은 쓴웃음을 지었다.

　"궁 내에서 황상과 대면할 적에 등 뒤에서 식은땀이 다 나더이다. 명 황제와 대면한다는 것에 긴장되기도 했거니와, 조마조마하기도 하고 답답하기도 한 것이… 어쨌든 다시 생각하고 싶지 않은 시간이었소. 좀 전의 한 시진이 내게는 일 년처럼 느껴진 듯하오."

　과장되게 말하는 그를 보며 나연은 웃고 말았다. 어쨌든 그녀 또한 답답했던 건 마찬가지였기 때문이다.

　"그나저나 소저, 주군께선 잘하고 계실는지 모르겠소. 이 자금성에서 관인의 뒷조사를 한다는 건 결코 쉽지 않은 일일 텐데."

　걱정 어린 묵비령의 말에도 곽나연은 심드렁할 뿐이었다.

"별걸 다 걱정하세요. 소가주님을 걱정하느니 차라리 내일 당장 하늘이 무너질 것을 걱정하겠네요."

물론 과장이 섞인 대답이었지만, 독고진에 대한 나연의 믿음이 얼마나 커다란지를 보여주는 것이었다. 거의 신념에 가까운 믿음이었다.

"하아, 어쨌든 잘하고 계셔야 할 텐데……."

조금은 어이없다는 듯 고개를 절레절레 내젓는 묵비령이었다.

*　　　*　　　*

"사, 사체(死體)? 혜아가… 죽어서 돌아왔다고?"

그리고 사내의 고개가 끄덕여지는 순간,

쾅!

가공할 기의 폭풍이 몰아치기 시작했다.

검왕(劍王) 단리철의 분노.

그에게 소식을 전한 무사는 얼굴빛이 사색이 되었다. 압도적인 기파에 짓눌려 공포감이 밀려온 것이다.

"혜, 혜아가 죽다니! 그럴 리가 없다! 그럴 리가 없어!!"

미친듯이 소리를 지른 단리철은 집무실 내의 기물들을 부수기 시작했다. 주체할 수 없는 감정은 무림의 십사대 초인의 자리에까지 등극한 그의 자제력으로도 감당이 되지 않는 듯했다.

그리고 그때, 집무실의 바깥에서 커다란 소리가 들려온다.

"갈!!"

드르륵—

집무실의 문이 열렸다. 그리고 그곳에는 천무 진인이 서 있었다.

그에 잠시 단리철의 난동이 멈추자 사색이 되어 있던 무인은 재빨리 바깥으로 나갔다.

"진정! 진정하시게!! 어찌 이리 경망스러우신가?!"

천무 진인의 사자후가 터져 나왔다. 그러자 단리철의 안색이 점점 원래의 것으로 돌아왔다.

"헉, 헉."

숨을 몰아쉬는 그의 두 눈에서는 쉴 새 없이 눈물이 쏟아져 내렸다. 단리혜가 그에게 어떤 여식이던가.

단리철은 자신의 모든 것을 잃어도 단리혜 하나만 바라보며 살 수 있다 생각했다. 그런데 그런 딸을, 자신의 모든것보다도 소중한 딸을 잃었다.

그에게 이보다 더 괴로운 일이란 있을 수 없었다.

"후우, 혜, 혜아가……."

단리철의 초점없는 두 눈동자가 허공을 응시하였다. 대체 자신의 여식이 무엇을 그리도 잘못하였건대, 그 어린 나이에 명을 달리했다는 말인가? 게다가 정체를 알 수 없는 고수의 암살이라 하였다. 무림에서 대체 어떤 은원이 있어 그녀가 암살을 당한다는 말인가?

절규하는 그를 보며 천무 진인은 안쓰러운 표정을 지었다.

"맹주, 그 아픔, 내 짐작은 가네만… 이렇게 무기력하게만 있어서 무에 도움이 되겠는가. 어서 힘을 내시게. 딸아이의 원수를 자네 손으로 갚아줘야 하지 않겠는가?"

안타까움이 가득 담긴 그의 말. 하지만 단리철은 주저앉은 채로 움직일 줄을 몰랐다. 그 한마디로 무마되기에는 그의 상처가 너무도 컸다.

처음에는 믿지 않았다.

처음 독고세가에서 서신이 왔을 때까지도 누군가의 장난일 것이라고, 독고가의 위패를 확인하고도 그것은 누군가의 농간일 것이라고 그렇게 생각했다.

그랬는데… 자신의 딸아이가 돌아왔단다. 싸늘한 시신이 되어 돌아왔다고 한다. 다시는 딸아이의 재롱도, 그에게는 언제나 귀엽기만 하던 그 목소리도 들을 수 없다고 한다.

단리철의 모든 것을 저 하늘이 가져갔다고 한다.

"후우, 힘드시겠지만… 맹주라면… 금방 힘을 내어 일어서실 수 있을 것이라 믿네. 빈도는 나가보겠네. 부디… 빠른 시일 내에 원래의 맹주로 돌아오시게나."

천무 진인이 장내에서 나가고, 열린 문틈 사이로는 싸늘한 겨울바람이 스며들어 왔다.

한없이 작아진 단리철의 등에 차가운 바람이 스치고 지나 갔다.

그의 생애에서 가장 추운 겨울날이었다.

*   *   *

"하아암."

입이 찢어져라 하품하는 독고진을 보며 주혜명은 어이없 다는 듯한 표정을 지었다.

"지금 저보고 밥을 달라 했나요?"

독고진은 꼬박 일주일째 아무것도 먹지 않았다. 이제는 천 령이 되어 음식을 섭취하지 않더라도 얼마든지 살아갈 수 있 었지만, 음식은 목숨을 연명하기 위한 수단만은 아니다.

말 그대로 독고진은 지금 음식이 먹고 싶었다.

"뭐 그리 놀란 표정을 지으시오? 먹을 것 좀 달라 했잖소."

"지금은 한밤중이에요. 음식을 들여올 수 있는 시비들은 전부 자고 있을 거라구요. 먹을 것을 어떻게 달라는 말인가 요?"

그녀의 반론(?)에 독고진은 태연스레 대답했다.

"정 안 되겠다면 직접 음식을 하는 것도 하나의 방법이 되 지 않겠소?"

주혜명은 어안이 벙벙했다. 명 황실의 공주인 자신더러 밥을 하라니.

담휘경과의 악연이 시작된 이후부터 하루하루를 괴롭게 보냈지만, 그래도 손에 물을 묻힌 기억은 없었다. 그런 자신에게 정체불명 사내(?)의 밥을 해내라니, 기가 막힐 노릇이었다.

"저더러 음식을 만들라구요?"

독고진은 고개를 끄덕였다.

"뭐, 그런 셈이오."

"당신, 대체 뭐 하는 사람인가요?"

정말 궁금하다는 듯 묻는 주혜명을 보며 독고진은 귀찮다는듯이 뒷머리를 벅벅 긁었다.

"맞춰보시오."

"……."

할 말을 잃은 주혜명이다. 그녀로서는 독고진과 같은 종류의 인간은 처음 접해보는 것이다.

"나는 지금껏 한 번도 요리라는 것을 해본 적이 없어요. 내가 공주의 신분이라는 것은 제하더라도, 나에게 음식을 만들라 시킬 생각이 드나요?"

하지만 독고진의 표정은 별반 달라지지 않았다.

"뭐, 그래도 황실 기본 예법이니 뭐니 해서 요리하는 방법을 배우기는 하지 않소? 그렇다고 알고 있는데……."

독고진의 한마디 한마디가 얄밉기만 한 그녀였다.

“그래요. 그렇다고 쳐요. 그래도 제가 혼자서 음식을 만들어본 경험이 한 번도 없다는 것은 사실이에요. 제가 만든 음식이 과연 사람이 먹을 수 있는 음식인지가 궁금하기라도 한 건가요?”

하지만 주혜명의 말은 씨도 먹히지 않았다.

“상관없소. 내 혀는 생각보다 많이 단련이 되어 있어서.”

순간 소소의 사랑이 담겨 있던 과거의 훌륭한(?) 음식들이 생각났는지 쓴웃음을 짓는 독고진이다.

“하아. 참, 내가 하기 싫다면 어쩔 건가요?”

그 말에 독고진은 피식 웃었다. 주혜명에게는 얄밉기 그지없는 웃음이었다.

“뭐, 그렇다면 협상 결렬이오. 나는 담휘경에게서 알아낼 것만 더 알아낸 후에 자금성을 빠져나가면 그만이니까.”

주혜명은 원통해 죽겠다는 표정이었다. 아쉬울 것이 하나 없는 독고진이었기에 이런 협박도 가능한 것이었다.

“으으, 꼭 먹어야 하겠나요?”

대답이 정해져 있기는 했지만 마지막으로 한 번 더 확인하는 주혜명.

“돼지 죽을 만들어와도 상관없으니 아무거나 만들어오시오.”

장난스레 말하는 독고진을 보며 그녀는 고개를 설설 저었다.

"그 말, 진심이기를 바라겠어요."

잠시 후, 주혜명이 양손에 들고 온 작은 소반 위에는 생각
외로 정상적인 음식들이 놓여 있었다. 그 맛이 어떨지는 짐작
할 수 없어도 겉모양새만 본다면 고급 음식의 축에 속할 법한
것들이었다.

"호오, 정말 돼지 죽을 만들어오시면 어쩌나 걱정했는데,
이건 예상 밖이오."

독고진의 칭찬 아닌 칭찬에 주혜명은 뾰족한 목소리로 대
꾸했다.

"저는 돼지 죽을 만드는 방법은 배운 적이 없네요."

무척이나 불만스러운 듯한 목소리에 독고진은 실소를 흘
렸다. 오랫만에 음식맛을 보는 것도 좋지만, 주혜명을 놀려먹
는 것이 더 재미있는 독고진이다.

주혜명이 그런 그의 내심을 알았다면 분통이 터져 화병으
로 앓아 누웠을지도 모른다.

"잘 먹겠소이다. 음식을 들어본 지 족히 일주일은 넘어가
는 듯하군."

독고진의 중얼거림에 주혜명은 믿을 수 없다는 듯한 표정
이 되었다. 일주일간 음식을 먹지 않았다니.

그 말이 사실이라기엔 독고진의 혈색이 너무도 좋아 보였
다.

"말도 안 돼요. 일주일간 음식을 안 드신 분이 이렇게 쌩쌩하다는 말인가요?"

그러자 너무도 간단한 독고진의 대답이 이어졌다.

"뭐, 나는 무림인이니까."

상식 선상에서 도저히 이해할 수 없는 이야기도 무림인이라는 단어 하나로 일축시켜 버리는 독고진의 모습에 주혜명의 고개가 또다시 저어졌다.

"자, 어찌 되었든 잘 먹겠소이다."

심각한 맛이 느껴지면 씹지 않고 삼킬 각오(?)를 미리 해두고 음식을 드는 독고진이었다. 하지만 음식을 시식한 그의 입에서 나온 첫마디는 의외로 감탄이었다.

"오오, 이거 놀랍군."

억지로 하기는 했지만 자신의 첫 음식이랄 수 있는 것이 어떠한 평가를 듣게 될지 내심 기대하고 있던 주혜명이 재빨리 물었다.

"어떤가요? 괜찮아요?"

독고진은 고개를 끄덕였다.

"충분히 맛있소."

주혜명은 앞에 '충분히'라는 단어가 의미상 아무런 하자가 없음에도 불구하고 어쩐지 거부감이 들었지만, 어쨌든 호평은 호평이었기에 기분이 좋아졌다.

"정말인가요? 다행이군요."

일그러질 대로 일그러졌던 그녀의 안색이 조금 펴지자 독고진은 장난스럽게 한마디 했다.

"다음에도 또 부탁드려야겠군."

그의 위험한 농담에 주혜명은 기겁했다.

"아니, 사양할게요. 그러실 필요 없네요."

당황한 기색이 역력한 그녀를 보며 독고진은 피식 웃었다.

"후후, 한번 해본 말이었소. 걱정하지 마시구려. 공주 마마께서 직접 요리하신 음식을 한 번 맛본 것만으로도 충분히 영광스러우니. 다시 맛볼 일도 없겠고."

비꼬는 건지 장난을 치는 건지 알 수 없는 독고진의 말투. 하지만 주혜명에게는 다른 것이 더 걸렸나 보다.

"뭐, 저야 좋긴 하지만… 음식이 맛있다고 하지 않았나요?"

독고진은 입에 음식을 한가득 넣고는 고개를 끄덕였다.

"그랬지요."

"그럼 왜 다시 제가 만든 음식을 먹지 않겠다는 건가요?"

알 수 없는 것이 여심(女心)이라 했던가? 독고진에게 음식을 해주고 싶은 생각은 추호도 없으면서 자신의 음식을 다시는 먹기 싫다고 하자 괜스레 심통이 나는 그녀였다.

그런데 그와는 별개로 독고진의 대답은 전혀 엉뚱하게 나왔다.

"내일이면 아마도 나와 당신은 다시 볼 일이 없을 것이기 때문이오.”

정말 의외의 대답에 그녀는 잠시 할 말을 잃었다.

“에?”

“뭘 그리 놀란 표정을 지으시오? 내일이면 결과가 나오니 내가 이곳을 떠나는 것이야 당연한 것이 아니오?”

잠시 독고진의 말을 머릿속으로 정리한 그녀는 독고진에게 되물었다.

“그럼 내일 담휘경이 죽는 건가요?”

기대에 찬 그녀의 물음에 독고진은 실소를 흘렸다.

“후후. 글쎄, 그거야 나도 아직 모르오. 담휘경의 정체가 내 예상과 같다면 죽게 될 것이고, 예상과 다르다면 공주 마마께서 황궁을 떠나시게 되겠고…….”

주혜명의 얼굴이 밝아졌다. 어느 쪽이든 그녀로서는 대환영이었다.

“고… 마워요.”

진심 어린 그녀의 말에 독고진은 빙긋 미소 지어 보였다.

“나도 고맙소. 공주께서 협조해 주신 덕에 일이 쉽게 풀렸지.”

독고진은 지난 일주일간 담휘경을 최대한 미행하며 그의 행태를 낱낱이 살폈다. 무언가 단서를 잡아내려는 의도였다.

물론 그가 가장 열심히 주시한 것은 담휘경의 이마였다. 흰색 두건으로 가려진 이마에 과연 문신이 새겨져 있나, 그것이 중요했던 것이다.

그리고 독고진은 담휘경의 행동에서 특이한 점을 발견했다. 특이하다기보다는 매우 이상한 점이었다. 그는 잘 때든 밥을 먹을 때든 처소에 혼자 있을 때든, 심지어 목욕을 할 때까지도 머리에 매고 있는 흰색 두건을 풀지 않았다. 마치 이마에 무언가 숨기고 있기라도 한 것처럼.

'내일이면… 모든 것이 밝혀지겠지. 담휘경이라는 녀석이 오대천인가 하는 것과도 관련이 있었으면 좋겠군.'

독고진의 입가에 희미한 미소가 어렸다. 그리고 그 미소를 물끄러미 보고 있는 주혜명의 표정은 복잡한 무언가를 담고 있었다.

*　　　*　　　*

"허어, 대체 무림이 어찌 돌아가려고 이러는지…….."

한탄에 가까운 한마디가 장내에 울려 퍼졌다. 하지만 그 말에 어느 누구도 대답을 하는 이가 없었다.

"맹주님의 따님에 이어 이번에는 화산의 후기지수인 능 소협까지 습격을 당했다니. 빈승은 도무지 믿을 수가 없구려."

허탈한 듯, 씁쓸한 어조의 현성 대사의 말에 장내의 분위기는 더욱 가라앉았다.

화산의 습격. 정말인지 믿을 수 없는 사건이었다. 어떤 간덩이 부은 자가 화산의 한복판까지 살인을 하러 들어갔으며, 대체 무슨 목적으로 화산의 제자를 죽이려 하는지 이해할 수 없는 것들 투성이었다.

그리고 바로 이 사건이 맹주가 앉아 있어야 할 상석이 비어 있음에도 불구하고 회의가 진행되고 있는 가장 큰 이유라 할 수 있었다.

"그래도 다행인 것이, 능 소협의 생명에는 지장이 없다 하더이다."

누군가의 한마디. 하지만 매화검(梅花劍) 단천학(丹踐鶴)의 안색은 더욱 굳어졌다. 능사운이 살았다는 것은 분명 다행이라 할 수 있는 일이었지만, 그 와중에 괴인에게 목숨을 잃은 화산의 일반 제자들이 적지 않았다. 그러니 어찌 기분이 좋을 수 있겠는가? 그리고 무엇보다 이번 일로 인하여 화산의 위상이 적잖이 추락하고 말았다. 화산에게 이번 사건은 치욕, 그 자체였다.

"후우, 모두들 기탄없이 말씀을 해보시구려. 대체 괴인들이 노리는 것이 어떤 종류의 것인지 빈도는 짐작조차 되지를 않소. 아무리 허망한 이야기라도 상관이 없으니 일단 말들을 꺼내보시오."

하지만 장내는 쥐 죽은 듯 조용할 뿐이었다. 그 어떠한 단서도 없는 상황에서 어느 누가 짐작해 낼 수 있겠는가?

그렇게 무의미하게 시간은 흘러가고 있었다.

$$*\qquad*\qquad*$$

　온몸에 흰 천을 동여맨 채로 침상 위에 무기력하게 누워 있는 능사운. 그리고 그 앞에는 그를 간병하고 있는 듯 보이는 팽은지가 앉아 있었다.

　조금 더 자세히 말하자면 능사운은 잠들어 있었고, 팽은지는 꾸벅꾸벅 졸고 있었다. 밤새 한숨도 자지 않고 간호한 듯 보였다.

　꾸벅—

　여러 차례 위태위태하게 고개를 떨구던 그녀는 결국 침상에 고개를 박고는 아예 잠이 들었다. 어지간히 피곤해 보이는 모습이었다.

　"크으음."

　능사운의 입에서 신음 비슷한 소리가 흘러나왔다. 그리고 잠시 후 그의 두 눈이 천천히 뜨여졌다. 거의 사흘 만의 일이었다.

　"어떻게… 된 거지?"

　그는 천천히 몸을 일으키려 했다. 하지만,

　뿌드득—

　뼈 어긋나는 소리와 함께 그는 다시 침상에 드러누워야 했다. 온몸 구석구석 성한 곳이 한 군데도 없었다.

"제길."

힘없는 어조로 한마디를 씹어뱉은 그는 한숨을 내쉬며 그 앞에 고꾸라져 있는(?) 팽은지를 보았다. 순간 그의 얼굴에 빙긋 미소가 걸렸다.

"후후, 사매도 참."

아예 코까지 골아대며 자고 있는 그녀를 보는 능사운의 눈빛은 따뜻하기 그지없었다. 일전부터 자신을 끔찍히도 챙겨주던 사매였다. 그에게는 가장 소중하다고 할 만한 사람이 바로 팽은지였던 것이다.

잠시 망상을 하던 능사운은 괴인이 침입했을 당시를 천천히 떠올려 봤다. 압도적인 무위에 공포를 느꼈던 당시가 너무도 생생히 기억이 났다. 아마도 충격이 컸기 때문일 것이다.

'내가 그렇게 무기력하게 당했다니……'

떠올리면 떠올릴수록 비참했던 상황이다. 괴인의 일수에 곤죽이 되어버린 자신을 생각하면 치욕스럽기 그지없다.

'게다가 매화검이 아니었다면 나는 지금쯤 이미 저승에 가 있었겠지.'

당시 괴인의 거도에 맞서던 능사운의 검. 그것은 화산의 상징이자 무림십대기물의 하나인 매화지검(梅花之劍)이었던 것이다.

처음 괴인이 내질렀던 일도(一刀). 그것은 가공스럽기 짝이 없었다. 만일 그에 맞선 능사운의 검이 평범한 것이었다면 검

이 부서짐과 동시에 능사운은 살아남기 힘들었을 것이다. 그
것이 능사운의 직감이었다.

그만큼 괴인의 무위는 가공할 만했다.

"이번이 마지막이다. 더 이상은… 용납할 수 없어."

능사운의 중얼거림에서 굳은 의지가 내비쳐졌다.

"난… 강해질 것이다."

第九章
흑비객(黑飛客)

죽은 자의 영혼과 사람의 심혼(心魂)을 다루는 흑마법사 무림에 환생하다!

마왕의 힘을 배워 9클래스의 마법 경지를 넘어서고, 절대의 무공 경지에 들다!

그를 기다리는 건 무림사에 더없을 멸겁의 종말, 새황 오대천의 살혼마신!

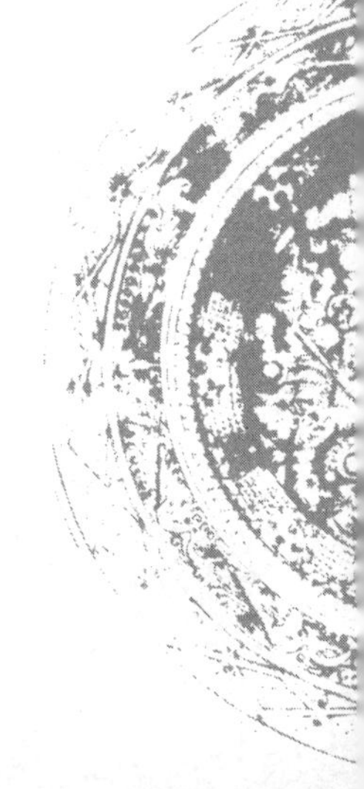

유행이 아닌 자유추구
BOOK Publishing ChungEoram

FOR
GOD

　조반(朝飯)을 들고 난 후, 오늘도 어김없이 담휘경은 주혜명의 처소를 찾았다. 언제나처럼 더없이 능글맞은 표정을 지은 채로.

　"조반은 맛있게 드셨습니까, 공주 마마."

　뺀질뺀질한 담휘경의 면판을 보며 한 대 쥐어박아 주고 싶다는 생각을 골백번도 더 하는 주혜명이었다.

　"언제나 똑같죠. 중랑은 또 어쩐 일이신지요?"

　노골적으로 싫은 기색을 내비치며 질문하는 주혜명. 하지만 담휘경의 표정은 변함이 없다. 그야말로 얼굴에 철판을 깔아놓았다는 것이 무엇인지 여실히 보여주고 있었다.

"저야 언제나처럼 공주 마마의 안부를 여쭙고자 온 것이 아니겠습니까?"

안부 따윈 필요없어요, 라고 속으로 중얼거리며 주혜명은 다른 말을 입 밖으로 꺼내었다.

"정말 고맙군요."

독고진은 주혜명의 처소 바로 앞에 숨어들어 있었다. 담휘경이 처소에서 나오면 미행을 하여 한적한 곳에서 덮칠(?) 요량인 듯하였다. 어떻게든 최대한 소란은 피하고 싶은 것이 그의 심정이었다. 하지만 그것이 생각만큼 쉽지는 않을 듯하다.

자금성은 도시를 방불케 할 정도로 방대한 넓기를 자랑한다. 하지만 중요한 것은 그 넓은 자금성에 인적이 드문 곳은 거의 없다는 것이다. 게다가 인적이 드문 곳을 찾았다손 치더라도 담휘경이 그 방향으로 갈 확률은 전무하다고 보아도 무방했다.

'내 예상으로는… 그 녀석, 배교의 전인이 분명한데…….'

다른 일련의 행동들은 볼 것도 없었다. 이마에 두르고 있는 흰색 두건. 그것을 절대 풀지 않는 것만 보더라도 담휘경이 배교의 문양을 숨기고 있다는 것은 거의 확실했다.

'후후, 그 녀석이 배교의 전인인 것이 확인된다면 곧바로 생포해야 하려나. 그리고 금의위에 넘겨야겠지.'

군부의 장군을 족친 다음 금의위에 넘긴다? 어찌 보면 정말 어이없게 보일는지도 모르지만, 이것은 분명 합리적인 판단이라 할 수 있었다.

무림과 암묵적으로 불가침의 규율을 세워놓은 관(官)이었지만 배교만큼은 예외였다.

인간이기를 포기하기라도 한 듯, 차마 눈뜨고 볼 수 없을 만큼 잔혹한 수법들을 사용하며 살생을 서슴치 않는 교인들의 사상과 무인이든 일반인이든 닥치고 죽여대는 그들은 금의위에서도 척살 대상이 되어 있었다. 배교가 멸망한 지 꽤나 오랜 시간이 흐른 현재까지도 배교의 전인이라는 꼬리표를 달고 있는 사람을 발견하면, 그것이 누구든지 곧바로 관으로 압송하게 되어 있었다. 게다가 그것을 찾은 이에게는 적지않은 포상 또한 마련되어 있었다. 그것은 아무리 명의 군권을 손아귀에 쥐고 있는 담휘경이라 하여도 예외는 아닐 것이었다.

"후후."

독고진의 입에서 작게 웃음이 흘러나왔다. 자금성에 숨어든 일주일간 그는 담휘경의 도저히 눈뜨고 봐주지 못할 만한 만행들을 샅샅이 보아왔기 때문에 적지않은 반감이 쌓여 있었다. 알고 보니 주혜명에게 대하는 그의 모습은 매우 양호한 축에 속했던 것이다.

황제의 여인이라 할 수 있는 궁녀들을 희롱하는 것이며, 자신보다 나이가 훨씬 많은 위사들을 강아지 부리듯 하는 것 등

도무지 정상적인 행동이 한 가지도 없었다.

'나오는가?'

독고진의 극대화된 감각에 담휘경의 기운이 움직이는 것이 포착되었다. 그는 천천히 주혜명의 처소를 빠져나오고 있었다.

'후우, 하지만 아무런 방해도 없기를 바라는 건 무리일지도.'

그의 말처럼 아무런 방해도 없기를 바라는 것은 말이 되지를 않는다. 독고진이 힘을 개방하기만 하여도 순식간에 관심이 주목될 터인데, 자금성의 한복판에서 드잡이질을 벌이는데 '몰래' 라는 것이 가능할 리 없었다.

'어차피 배교의 전인이라면 명분은 내게 있다. 속전속결로 제압한다면 그 뒤는 알아서 되겠지.'

독고진이 생각을 정리하고 있는 동안, 어느새 담휘경은 건물 밖으로 빠져나왔다. 언제나 그렇듯 기분이 좋은 모양이었다.

가벼운 발걸음으로 움직이는 담휘경을 독고진은 천천히 미행하기 시작했다. 지난 한 주 동안 관찰했던 그의 패턴으로 보아서는 그는 지금쯤 서고에 갈 것이다. 담휘경이 움직이는 경로 중에서 서고에 가는 길이 그나마 인적이 드문 길이라 할 수 있었다. 그때가 바로 독고진이 노리는 그 시간이었다.

저벅저벅.

일정한 보폭으로 여유롭게 걷고 있는 담휘경. 그리고 그 뒤를 독고진은 소리없이 따라가고 있었다.

독고진은 덮칠 기회만을 보며 최대한 인적이 드문 곳이 나타날 때까지 기다렸다.

스릉—

독고진은 양손에 검을 하나씩 들었다.

'지금이다!'

속으로 외친 그의 손이 순간 뻗어졌다. 그의 검극(劍極)이 향한 곳은 담휘경의 이마였다. 이마의 두건을 벗겨내려는 의도였다.

스르륵.

담휘경의 이마에 묶여 있던 백색 두건이 천천히 흘러내렸다. 그리고 담휘경의 표정이 일변했다. 검이 자신의 이마를 베고 지나가는 순간, 섬뜩함을 느꼈던 것이다.

"누구냐!"

그는 극도로 긴장한 상태였다. 마정을 흡수하기 시작한 후에는 그 누구도 자신의 윗줄에 놓지 않았던 그였는데, 아무리 방심을 하고 있었기로서니 검이 지척까지 다다랐는 데도 알아채지 못했다니. 충격일 수밖에 없었다.

탓—

독고진의 신형이 사뿐히 내려앉았다. 그는 웃고 있었다.

"후후, 배교의 전인."

담휘경의 이마에 떡하니 새겨져 있는 것은 다름 아닌 묵빛의 삼두룡(三頭龍). 배교의 상징이 분명했던 것이다.

담휘경은 당황한 표정이 역력했다. 그제야 오랫동안 잊고 있던 이마의 문양이 떠오른 것이다. 하지만 그 표정은 곧 살기로 바뀌었다. 자신의 오랜 숙원을 물거품으로 만들어 버리려는 자. 무슨 일이 있어도 죽여야 했다. 분명 상대하기가 쉽지 않을 것이며, 싸움을 벌이는 동안 수많은 무인들이 달려올 것이었다. 하지만 눈앞의 상대를 죽이기만 한다면 그 후의 일은 어떻게든 무마할 자신이 있었다.

담휘경의 기도가 일순 달라졌다.

화아아아!!

검붉은 기류가 그의 온몸을 덮기 시작했다.

극마지기(極魔之氣). 바로 마정의 기운이었다.

"허어."

독고진은 의외의 상황에 멈칫했다. 그로서도 무시할 수 없을 만큼의 강렬한 기운이었기 때문이다.

'뭐지, 이건?'

그가 가장 이해할 수 없는 것은, 갑작스럽게 엄청난 기운이 모이는 과정이었다. 담휘경의 자세가 변하는 순간, 그의 주위에 있던 자연지기들이 마치 빨려들어 가듯 그의 체내로 흡수되었기 때문이다.

"죽어줘야겠다."

싸늘한 목소리로 한마디를 내뱉은 담휘경의 신형이 순간 독고진을 향해 쏘아져 왔다.

까가강―!

독고진은 담휘경의 일검을 여유롭게 막아내었다. 그의 예상보다는 월등히 강한 한 수였지만 힘겨울 정도는 아니었다. 하지만 독고진의 뇌리에는 경고성이 울렸다.

'이거, 생포하기 힘들어지는 거 아닌가?

원래 그의 계획은 십 초식 내로 담휘경을 제압하는 것이었다. 하지만 이렇게 되면 십 초식은커녕 이삼십 초식으로도 생포할 자신이 없었다.

'처음부터 강하게 몰아붙여야겠군.'

생각을 정리한 독고진은 자세부터 바꾸었다. 그가 익힌 패월쌍무 중 위력이 가장 강한 초식들을 처음부터 난사하기로 작정한 것이었다.

"조심하시오."

자신이 혹여 죽이지는 않을까 싶어 염려의 한마디까지 건네는 독고진을 보며 담휘경은 이를 뿌드득 갈았다.

"어디 계속 그런 말을 할 수 있을는지 보겠……!"

그의 말이 끝나기도 전에 독고진의 신형이 움직이기 시작했다. 수많은 잔영이 끌려가는 듯한 착각이 들 정도로 가공할 속력의 움직임이었다.

촤라라랑―

그의 우수(右手)가 움직이기 시작했다. 화려하게 뻗어 나가는 은백색의 강렬한 섬광. 백월린검의 초식이 펼쳐진 것이다

독고진의 검이 둘, 셋 늘어나는 것처럼 보인다. 그야말로 찰나지간, 그의 검은 수많은 잔영을 남기며 담휘경을 압박해 갔다. 그야말로 압도적인 기세였다.

차차차창—

담휘경은 백월린검을 그럭저럭 잘 막아내는 중이었다. 하지만 그는 계속 불안했다. 바로 아직 사용되지 않고 있는 독고진의 좌수(左手) 때문이었다. 쌍검술이라는 것은 경험해 본 일이 없는 그였기에 불안감은 더욱 가중되었다.

스윽—

그런 그의 불안감에 부응이라도 하려는 것일까? 찰나지간에 독고진의 좌수가 사라졌다. 그 모양을 본 담휘경은 두 눈을 부릅떴다.

콰콰쾅!!

극쾌와 더불어 강력한 위력의 검격(劍擊). 담휘경의 신형이 그대로 일 장가량 주르륵 밀려 나갔다.

"크으윽."

독고진의 두 눈에 이채가 어렸다. 방금 그의 일격은 거의 전력을 다했다 보아도 무방할 만큼 강력한 것이었다. 비록 오랜 시간 마법과 은신술의 병렬 운용으로 정신력이 많이 쇄약해져 있는 상태이며, 백월린검과 묵월신검이 동시에 펼쳐져

하나의 초식을 이루는 패월쌍무가 아니었다고 하더라도 그걸 적수공권으로 막아낼 줄은 몰랐던 것이다.

독고진은 슬쩍 주변을 응시했다. 벌써 꽤나 많은 수의 금의위들이 주변을 둘러싸고 있었다. 하지만 두 사람 사이에서 일어나는 기파가 너무도 강렬하여 섣불리 접근은 하지 못하고 있는 실정이었다.

'이거, 저들이 끼어들면 정말 귀찮아지는데.'

살짝 안색을 찌푸린 독고진은 다시금 신형을 움직였다. 조금이라도 빈틈을 보인다면 금의위들까지 자신에게 달려들 것이었다. 그는 그들까지 해치고 싶은 생각은 조금도 없었다.

"하압!"

기합성을 내지른 독고진은 양손의 검을 동시에 들었다. 이제 진정한 패월쌍무를 펼쳐 내려는 것이다. 잠시 몸을 추스르던 담휘경은 그 모양을 보고는 즉시 맞서갔다. 독고진의 검격을 피해가려다가는 오히려 걷잡을 수 없이 그의 검세 안에 말려 버릴 것임을 알았기 때문이다.

쾅—! 콰쾅—!

담휘경의 주먹과 독고진의 검이 커다란 굉음을 일으키며 부딪쳤다.

카아앙!

쉴 새 없이 사방에 뿌려지는 백월린검과 그 사이를 교묘히 파고들어 와 허를 찌르는 묵월신검. 담휘경은 점점 수세에 몰리고 있었다.

"흐아아아!"

한차례 기합성을 내지른 담휘경이 신형을 회전시켰다. 그러자 무지막지한 양의 묵빛 기운이 사방으로 퍼져 나갔다.

쿠쿠쿠쿵—! 콰아아아!!

그에 독고진은 살짝 주춤했고, 그들과 일정 간격을 유지하며 어쩔 줄을 몰라 하던 금의위들의 비명이 사방에서 울려 퍼졌다. 어느 정도 내공을 익힌 이들은 그나마 괜찮았지만, 아예 내공을 모르거나 입문한 지 얼마 되지 않은 이들이라면 기혈이 뒤틀릴 정도의 강렬한 기파였던 것이다.

"아아악!!"

잠시의 틈을 만들어낸 담휘경은 독고진을 향해 맹렬히 돌격해 오기 시작하였다.

그는 알고 있었던 것이다. 믿을 수는 없는 노릇이지만, 어디서 나타난 물건인지도 모르는 독고진이 자신보다 몇 수 위의 경지에 이른 고수라는 것을.

담휘경은 일격필살(一擊必殺)의 각오로 맹렬히 신형을 날렸다. 여차하면 동귀어진(同歸於盡)의 수법이라도 쓰려는 것이다. 두 사람이 동시에 쓰러진다면, 금의위사들은 자신을 구할 것이기에 동귀어진도 하나의 방법이 될 수 있는 것이었다.

고오오오—

묵빛 기류의 소용돌이가 일어났다. 그리고 그 중심에는 담휘경이 있었다. 정확히 말하자면 담휘경의 주먹이 있었다.

독고진으로서도 무시할 수 있는 수준을 넘어선 강렬한 권강(拳剛)! 그 모양을 본 독고진의 쌍검이 빠르게 움직이기 시작하였다. 저 무지막지한 권격을 그대로 맞아줄 생각은 조금도 없었다.

"파월검(破月劍)."

독고진은 조용히 중얼거렸다. 그리고 그의 쌍검에도 각기 은백색과 칠흑 같은 검빛의 기류가 어리기 시작했다.

잔월역린(殘月逆鱗)!!"

두 상극의 빛깔을 지닌 강기가 서로 어우러지며 허공에서 작렬했다. 보기만 해도 스산할 정도로 서늘함이 느껴지는 담휘경의 권강과 독고진의 쌍검이 뿜어낸 파월검의 초식이 허공에서 맞부딪쳤다.

쿠쿠쿠쿵!! 콰콰콰쾅!!

고막이 찢어질 듯한 굉음이 일어났다. 흡사 자연재해를 연상케 할 정도로 패도적인 두 기운의 만남은 강렬했다.

두 사람을 중심으로 반경 오 장여가 초토화되었다. 그 주위에 머뭇거리며 서 있다가 죽음에 가까운 부상을 당한 무인도 있었으며, 담휘경의 본래 목적지였던 황궁 서고의 건물은 이미 삼분지 일쯤이 흔적도 없이 날아가 버렸다.

이 어이없는 상황의 소란을 제압할 요량으로 동원되었던 금의위 무사들은 하나같이 입만 쩍 벌리고 있을 뿐이었다. 인간이 만들어낸 광경이라기엔 너무도 비현실적인 상황. 담휘경을 도울 엄두도 나지 않았다.

"크아아악!"

담휘경은 괴성을 질렀다. 더 이상 버텨낼 재간이 없었다. 잠시간 폭발적으로 끌어올렸던 마정의 기운도 이제는 한계에 다다랐다.

콰아앙!!

패월쌍무(覇月雙舞), 파월검(破月劍)이라는 무공명에 걸맞게 패도의 극치를 보여주는 파괴적인 검세가 담휘경의 신형에 그대로 작렬했다.

"아아악!!"

담휘경은 괴성을 지르며 이리저리 손을 휘둘러 댔다. 마지막 발악에 가까운 몸부림이었다.

그러나 그의 손에서 쏘아진 검빛의 기운들은 독고진의 지척에도 다다르지 못하고 죄 없는 금의위의 무사들만을 가격했다.

그리고 담휘경의 신형은 삼 장여를 공중 부양한 후 힘없이 바닥에 널브러졌다.

"후우, 후."

낮게 숨을 몰아쉬는 독고진.

일순 장내는 적막에 휩싸였다. 그의 주위를 둘러싸고 있던 금의위사들은 손가락 하나 까딱하지 못했다. 그저 초점없는 눈으로 허공만을 응시하고 있을 뿐이었다. 너무도 믿기 힘든 광경을 목도해서일까? 어떻게 행동해야 할지도 갈피가 잡히지 않았다.

저벅저벅.

쓰러져 있는 담휘경을 향해 독고진의 걸음이 천천히 옮겨졌다. 하지만 어느 누구도 그를 제지하지는 못했다.

담휘경의 지척까지 다가간 독고진은 그의 맥에 살며시 손가락을 대었다.

"이런!"

그는 짧게 탄성을 터뜨렸다. 맥이 끊어진 것이다.

"죽었군."

죽었다 하더라도 딱히 문제될 것은 없었다. 너무도 명맥한 증거인 이마의 문신이 있었으며, 고맙게도 담휘경은 죽어가면서 또 다른 증거를 남겨주었던 것이다.

그가 마지막에 마구잡이로 쏘아댄 묵빛 기류에 맞은 금의위사들. 그들의 썩어 들어가는 살갗이 또 다른 증거물이 될 것이었다.

"흐음, 어차피 상관없으려나?"

무심한 목소리로 중얼거린 그는 아직도 그의 주변에 멍하니 서 있는 무사들을 향해 입을 열었다. 수백까지는 아니더라도 족히 이백여 명은 될 법한 위사들이 독고진의 무위에 전부 다 질려 버린 것이었다.

"이자는 배교의 전인이다."

웅혼한 목소리로 울려 퍼지는 사자후. 정신을 차린 금의위 사들은 다시 한 번 경악했다. 명 제국의 군부에서도 최상위 직책을 역임하고 있는 담휘경이 배교의 전인이라니.

믿기 힘든, 차마 믿을 수 없는 말이었지만 아무도 감히 반론을 제기하지 못했다. 그런 그들을 보며 독고진은 다시 입을 열었다.

"내 말의 진위를 확인하려거든 저자의 이마에 새겨진 문양을 살펴보면 될 것이다. 또한 저자의 손에서 터져 나간 기파에 부상당한 이들의 증상을 보면 알 수 있겠지. 빨리 치료하지 않는다면 아마도 살갗이 전부 썩어 들어갈 것이다."

그 말에 몇몇은 얼굴색이 사색이 되었으며, 몇몇은 슬쩍 담휘경의 이마로 시선을 돌렸다. 과연 독고진의 말대로 묵색의 문신이 새겨져 있었다.

"증거는 너무도 명백하다. 이에 수긍하지 못하겠다는 자가 있다면 그 누구든 백도무림맹으로 와서 날 찾으라."

광오하기 짝이 없는 말투. 하지만 그 누구도 독고진의 언사가 과하다는 생각을 하지 않았다. 바로 조금 전, 그의 믿지 못할 무위를 목도한 탓이었다.

"그럼."

짧게 한마디를 남긴 독고진은 신형을 날렸다. 마치 신기루라도 되는 듯, 그의 신형은 순식간에 사라졌다. 단지 그 자리에는 멍한 표정을 짓고 있는 위사들만이 남아 있을 뿐이었다.

그리고 그 광경을 지켜보던 또 하나의 시선.

"저, 저게……."

주혜명은 말을 잇지 못하였다. 그녀는 독고진과 담휘경이 싸우는 것을 처음부터 끝까지 창을 통하여 전부 지켜보고 있었다. 그리고 그녀는 입을 벌린 채 아무런 말도 할 수가 없었다. 지금까지 그녀가 보아왔던 세계와는 또 다른 광경. 무예라는 것은 단지 쇠꼬챙이를 다루는 기술인 줄로만 알던 그녀에게는 신선한 충격이었다.

한동안 멍하니 독고진이 사라진 자리만을 응시하던 그녀는 정신이 돌아오자 가장 먼저 든 생각이 있었다.

'담휘경이… 죽었다?'

그녀로서는 정말인지 꿈만 같은 상황. 이것이 꿈이라면 영원히 깨어나고 싶지 않은 그녀였다. 이제 더 이상 짐승 같은 사내와 대면하지 않아도 되는 것이다.

'게다가 담휘경이 배교의 전인이라니… 그렇다면 이제 담가는 몰락이라고 보아도 무방하겠어.'

그녀의 생각은 정확했다. 담휘경이 배교의 전인이라는 것이 확실해짐과 동시에 담가의 초토화는 예정된 것이나 다름없었다. 이제 판결이 나는 순간, 담휘경의 아버지인 담만우는 물론 담가의 모든 식솔들이 처형될 것이다.

배교의 전인이라는 죄목은 반역에 준할 정도로 엄하게 다루어지는 것이었다.

"정말……."

주혜명은 더 이상 말을 잇지 못하였다. 그녀의 볼을 타고 한줄기 눈물이 흘러내렸다. 지금까지와 같은 고통의 눈물이 아닌 기쁨의 눈물이었다.

그녀의 옥용에 십여 년 만에 화사한 웃음이 피어올랐다. 기쁨이 깃든 그녀의 얼굴은 그 어떠한 꽃보다도 아름다웠다.

환희의 감정이 떠오름과 동시에 그녀의 뇌리에 한 사내의 얼굴이 떠올랐다. 누군지, 어디에 사는 사람인지조차 알 수 없었지만 어쩐지 잊지 못할 것 같다.

"재미있는 사람."

독고진을 떠올린 그녀는 피식 웃었다.

그와 함께 지냈던 십여 일간은 이제 그녀에게 추억으로 남을 것이다. 처음으로 추억이라는 것을 가지게 된 그녀였다.

＊　　　＊　　　＊

전 무림(武林), 아니, 온 천하(天下)가 떠들썩해졌다.

흑비객(黑飛客), 무면신룡(無面神龍). 한 사람을 지칭하는 이 두 별호는 어느새 전 중원에 화제가 되어 있었다. 자금성의 한복판에서 배교의 마지막 고수를 처단한 영웅이라느니, 흑비객이야말로 강호제일의 고수라느니 하는 수없이 많은 소문들이 중원 전역을 떠들썩하게 한 것이다.

독고진 일행은 유유히 자금성을 빠져나와 무림맹으로 돌아가고 있는 중이었다. 갈 때는 수많은 행렬들의 선두에 마차를 타고 편안하게 이동하였지만, 올 적에는 번거로웠는지 말을 한 필씩 잡아 타고 돌아오는 중이었다.

"쳇, 이거 답답해 죽겠습니다."

묵비령의 투덜거림에 독고진은 씨익 웃으며 되물었다.

"뭐가?"

"온 천하에 흑비객이니 무면신룡이니 하는 별호들이 떠돌고 있다는 말입니다. 게다가 그게 누군지 별별 추측들이 난무하고 있다니… 그 장본인이 바로 여기 있는데 말이죠."

묵비령은 독고진의 이름이 알려지지 않은 것이 못마땅한 듯싶었다. 물론 그 일을 지시했던 단리철이나 그의 주위 몇몇 사람들은 알고 있을 테지만, 괜히 자신이 더 억울한 묵비령이었다.

"난 그게 정말 다행이라 생각하고 있는데?"

독고진의 대답은 그를 더욱 답답하게 만들었다. 이런 말을 할 때면 언제나 장황한 설명을 늘어놓는 그였지만, 언제나 결론은 하나였다. 간단히 일축하여 '유명해지면 귀찮아진다'. 게다가 이제는 이유가 하나 더 생겨 버렸다. 아직 찾아내지도 못한 암중 세력과 맞서기 위해서는 자신을 숨겨야 한다는 것이다.

"예, 저도 그렇게 생각하렵니다. 하지만 답답한 건 답답한 거지요."

묘한 어감으로 대답하는 묵비령을 보며 독고진은 쓴웃음을 지었다. 아무리 또래에 비해 성취가 월등하다 하더라도 묵비령은 아직 이십대의 혈기왕성한 청년이었다. 그런 생각을 지니고 있는 것이 당연한 것이다.

"흐음, 그나저나 일비 소협은 책자를 찾았을는지… 파멸록이라고 했던가?"

독고진은 중얼거렸다. 그의 직감으로는 파멸록이라는 그 책자가 흑무(黑霧) 속에 숨겨져 있는 신비 단체를 찾아내는 데 방향타가 되어줄 것 같았다.

'너무 급해질 필요는 없겠지. 다만 십이신장의 눈길이 언제쯤 내게 닿느냐가 가장 불안하군.'

언젠가는 십이신장에게 발각될 수밖에 없다던 켈리어스의 말이 떠올랐다. 그리고 그날이 머지않았다는 말 또한 함께 떠올랐다.

불안하기는 하지만 두렵지는 않다. 십이신장에게 발각되면 정면으로 부딪치면 되는 것이고, 그가 원하는 것을 해주면 될 것이다.

솔직히 무림의 일은 그리 급하지 않았다. 암중에 스며 있는 이들 중 무공만 놓고 보았을 때 자신과 비견될 만한 고수가 몇 있다는 점이 걸리기는 했지만, 그 정도라면 자신이 없더라도 무림 자체의 힘으로 막아내는 것이 가능할 것이다.

'다 잘되겠지.'

독고진은 마음을 편히 먹었다.

*　　　*　　　*

단리철의 상태는 다시 제자리를 찾아가고 있었다.

며칠간은 평소 입에 잘 대지도 않던 술을 하루 종일 퍼마시며 무의미하게 보냈지만, 세상은 그를 가만히 놓아두지 않았다.

그가 방황하던 며칠 사이, 기다리기라도 한 듯 하나같이 소홀히 할 수 없는 소식들이 꼬리에 꼬리를 물고 전해졌다. 대부분이 비보에 가까운 것들이었지만, 단리철의 기분을 약간이나마 풀어주는 것도 있었다. 그것은 바로 독고진의 서찰. 미리 흑비객이라는 별호와 함께 들려오는 배교 전인의 척살에 대한 소식은 들었지만, 확인 도장격인 독고진의 서찰을 받은 것이 조금 더 기분이 좋았다.

"후우, 할 일이 태산같군. 혜아를 보낸 삼 일조차도 내게는 사치였나?"

괴로움은 이겨냈지만 아직도 그의 면면에는 슬픔이 자리하고 있었다. 이제는 그 슬픔을 열정으로 승화시켜야 한다. 단리철은 마음을 다잡았다.

"일단 임박한 것은 등천각 건인데… 정말 개관이 며칠 남지 않았군."

탁—

읽고 있던 서류를 덮고 난 뒤, 그는 천천히 자리에서 일어났다. 직접 등천각 개관식의 준비 상태를 보러 가기 위함이었다.

"등천각만 정리되고 나면… 그 후에는 네놈들을 처단할 것이다."

아마도 단리혜를 암살한 정체불명의 단체를 향한 다짐일 것이다. 집무실을 나서며 단리철은 한마디를 더 중얼거렸다.

"그나저나 독고 소가주는 시간 한번 잘 맞췄군. 개관식에 맞춰 도착할 수 있겠어."

*　　*　　*

"후우."

소소의 도톰한 입술 사이로 나직히 한숨이 흘러나왔다.

외출이라도 하는지 근래에 보기 드물게 치장을 한 그녀. 하지만 아직도 완쾌가 된 것은 아닌 듯 혈색은 창백하기 그지없었다.

"단리 동생……."

그녀는 아직도 그날의 비극을 잊지 못하고 있었다. 공포스럽던 순간들, 그리고 자신을 대신해 희생한 단리혜.

"어째서, 어째서 이런 일들이 생긴 걸까?"

그리고 그녀는 자신과 단리혜를 공격했던 그 여인이 남긴 한마디를 떠올렸다.

"행복의 대가예요."

그리고,

"당신의 행복을 빼앗고 싶었어요."

대체 누구란 말인가? 그 여인의 정체가 무엇이건대 자신에게 그러한 악감정을 가지고 있다는 말인가? 게다가 그녀의 마지막 행동은 더욱 이해할 수가 없었다.

"당신, 정말 죽이고 싶어요. 하지만 당신이 죽는다면 또 어떤 누군가가 아프겠죠."

알 수 없는 그녀의 마지막 독백. 하지만 왠지 그 한마디가 그녀의 가슴속에서 계속 메아리치고 있었다.

"진정… 내 눈앞에 벌어지는 이 일련의 상황들이… 내가 가진 행복의 대가란 말인가요? 설령 그렇다 해도 나는 이 행복을 버릴 수가 없네요.”

그녀의 고개가 죄책감으로 조금 떨궈졌다.

“이 행복은 나의 전부니까요.”

누구를 향해 하는 말인지 모를 말들을 중얼거리며 소소는 힘없이 일어나 천천히 처소 바깥으로 나갔다. 처소의 문지방 앞에는 시녀 하나가 대기하고 있었다.

“소가모님, 제가 부축해 드릴까요?”

시녀의 물음에 소소는 천천히 고개를 저었다.

“그 정도는 아니야. 괜찮아. 그냥… 힘이 좀 없어서 그러는 거니까.”

건물 바깥으로 나가자 마차가 준비되어 있었다. 몸이 썩 좋지 못한 소소를 위한 배려인 듯했다.

“소가모님, 어서 오르세요. 가주님과 가모님께서는 먼저 무림맹으로 출발하셨어요. 늦지 않으려면 얼른 타셔야 해요.”

시녀의 말에 소소는 고개를 끄덕였다. 그녀가 마차를 타고 갈 곳은 무림맹. 정확히 말하자면 그 지척에 위치한 등천각이었다. 오늘이 바로 등천각의 개관식이 열리는 날이었던 것이다.

털썩—

마차 안에 힘없이 주저앉은 그녀의 입에서는 또다시 한숨이 나왔다.

‘이럴 때 상공이라도 옆에 있어주셨으면……’

아쉬움이다. 그녀는 흑의여인에게 죽을 위기에 놓여 있을 때도 독고진만이 떠올랐다. 만일 죽게 된다면 마지막으로 그의 얼굴을 한 번이라도 볼 수 있다면… 하는 생각이었다.

그리고 심신이 괴로운 지금, 그녀에게는 독고진의 따뜻한 가슴이 필요했다.

*   *   *

“이랴!”

푸드득—

독고진이 말 고삐를 잡아당기자 말은 한차례 투레질을 하며 멈춰섰다. 그의 뒤에서 나란히 말을 몰고 오던 곽나연과 묵비령 또한 말을 멈춰 세웠다.

“너희들은 처소에서 짐을 풀고 있거라. 나는 맹주님을 만나뵙고 가겠다.”

독고진의 말에 두 사람은 동시에 대답하였다.

“예.”

독고진은 마음이 가벼웠다. 일단 생각보다 수월하게 일이 정리되었기 때문이다. 담휘경의 무위는 그의 예상을 한참 뛰어넘는 것이었지만, 생각 외의 변수들이 더욱 일을 쉽게 풀리게 도와주었다.

그는 흥얼거리며 맹주 집무실 앞에 섰다.

"안에 기별을 좀 넣어주시오."

고개를 끄덕인 무사는 집무실을 향해 기별을 넣었다. 독고 진이 꽤나 자주 오자 그의 얼굴을 익힌 듯 이제는 따로 이름 을 묻지도 않았다.

"맹주님, 독고 소가주님이 오셨습니다."

그러자 안에서 묵직한 단리철의 목소리가 들려왔다.

"들어오시라 하게."

드르륵—

집무실의 문이 열리고, 단리철은 반갑게 독고진을 맞아주 었다. 하지만 아직도 슬픔이 채 가시지 않은 듯, 음울한 분위 기가 약간 느껴졌다.

"어서 오시게. 내 자네의 활약상은 잘 들었다네."

소문을 말하는 것이리라. 독고진은 미소 지었다.

"활약상이랄 것까지 있겠습니까. 과찬이십니다."

포권을 취하며 살짝 고개를 숙여 보이는 그를 보며 단리철 의 입가에 흡족한 미소가 걸렸다.

"후후, 그나저나 시간 한번 잘 맞춰 왔군."

무슨 말인지 모르겠다는 듯 독고진은 되물었다.

"예? 무슨 시간을 말씀하시는 겁니까?"

단리철을 씨익 웃었다.

"자네 취임 날짜에 잘 맞춰 왔다는 얘기일세."

잠시 무슨 이야기인지 못 알아듣는 독고진.

"내일이 등천각 개관식이 열리는 날이 아닌가?"

그제야 알아들었다는 듯 독고진은 고개를 주억거렸다.

"아, 그렇군요. 그런데 정말 제가 등천각의 교두 직을 맡아도 문제가 없는 겁니까?"

"물론일세. 사실 분란이 우려되어 혜원 대사님이나 천무 노사께서도 걱정의 말씀을 하셨지만, 이제 그분들도 흔쾌히 찬성을 하시네. 그분들은 흑비객이 자네인 줄 아니까."

독고진은 멋쩍은 표정이 되었다. 그 역시도 흑비객이니 무면신룡이니 하는 별호들을 한두 번 들은 것이 아니었기 때문이다. 들을 적마다 낯이 뜨거워지는 독고진이었다.

"그런데 맹주님, 무슨 안 좋은 일이라도 있으신지요?"

갑작스런 독고진의 물음에 단리철의 안색이 어두워졌다.

"후우, 어찌 그리 생각하는가?"

"전체적으로 평소보다 많이 침울해 보이시기에 물어본 겁니다. 그런데 정말 무슨 일이 있긴 있는 거군요?"

눈에 띄게 어두워진 단리철의 안색을 본 후 단정 짓듯 말하는 독고진의 모습에 단리철은 한숨부터 내쉬었다.

"휴우, 아직도 그리 티가 난다는 말인가? 허, 본인의 수양이 이리도 부족하다니."

자책하는 어투. 하지만 그는 어느새 슬픔에 잠겨 버렸다. 겨우 눌러놓은 감정이건만 독고진이 다시금 끄집어냈기 때문이다.

"무슨… 일입니까?"

다시 묻는 독고진을 보며 단리철은 억지웃음을 지었다.

"하하, 딸아이 때문에 말일세."

조금 의외였는지 독고진은 어리둥절한 표정이 되었다.

"단리 소저께 무슨 안 좋은 일이라도……?"

단리철은 시선을 슬쩍 돌렸다. 눈물이 나올 것만 같았기 때문이다.

"내 딸아이가 얼마 전에 죽었다네."

잠시간의 정적. 이 믿을 수 없는 말에 독고진은 멍한 표정이 되었다. 그의 상식으로는 도저히 이해할 수 없는 이야기였기 때문이다.

"단리… 소저가 어찌……?"

여러 물음이 함축된 독고진의 말에 단리철은 힘없는 목소리로 대답하였다.

"독고세가에 자객이 들었다네. 그리고 거기에 머물고 있던 내 딸아이가 죽었지."

쿵!

독고세가에 자객이 들었다는 말에 독고진은 심장이 철렁 내려앉는 듯했다. 세가에 자객이 왜 든단 말인가? 독고진은 지금 상황에서 이기적이게도 혹여 식솔들 중 누군가 상하기라도 하지 않았을까부터 걱정했다. 하지만 잠시 후, 그는 사태의 심각성을 깨달았다. 독고가에서 머물던 단리혜가 암습을 받아 죽었다면 독고세가의 책임이 큰 것이 아닌가?

"그, 그럴 수가… 본 가에 자객이 든 이유는 혹시 알고 계십니까?"

조심스럽게 묻는 독고진. 이에 단리철은 한숨을 내쉬었다.

"후우, 정확한 건 아니지만 사건 현장에 함께 있던 자네 부인의 말에 의하면, 자객이 우리 혜아를 노리고 들어왔던 것 같네."

"아니, 자객이 무슨 이유로 단리 소저를 노린다는 말입니까?"

영문을 모르겠다는 듯한 독고진의 표정. 하지만 그 이유를 알 수 없는 것은 단리철 또한 마찬가지였다.

"그러게 말일세. 우리 혜아는 무림에 은원 같은 것이 있을 수가 없는 아이인데……."

잠시 동안 장내에 정적이 흐르며 아무런 말도 오가지 않았다.

"힘드… 시겠습니다."

단리철은 힘겹게 미소 지었다. 힘들어도 어쩌겠는가? 이미 이 세상 사람이 아닌 것을.

"힘들지, 힘들다네. 하지만 언제까지 무기력하게 있을 수만은 없질 않은가?"

독고진은 진정 단리철에게 감탄했다. 그 또한 단리철이 단리혜를 얼마나 끔찍히 여기는지 잘 알고 있는데, 그런 그녀의 죽음에도 크게 흔들리지 않는 모습이 대인(大人)이라기에 부족함이 없어 보였다.

잠시간 상념에 잠겨 있던 단리철은 다시 입을 열었다.

"자, 이제 이런 이야기는 그만 하고, 자네도 피곤할 텐데 어서 돌아가서 쉬게. 내일이면 개관식이 열릴 것이니 피로가 더 쌓일지도 모르네. 오늘은 푹 자두게나."

누구보다 피로한 것이 단리철일 것임을 잘 아는 독고진이기에 다른 어떤 말도 할 수가 없었다. 그저 고개를 숙여 보일 뿐이었다.

第十章
개관식 (開關式)

죽은 자의 영혼과 사람의 심혼(心魂)을 다루는 흑마법사 무림에 환생하다!

마왕의 힘을 배워 9클래스의 마법 경지를 넘어서고, 절대의 무공 경지에 들다!

그를 기다리는 건 무림사에 더없을 멸겁의 종말, 새황 오대천의 살혼마신!

“헉, 헉.”

흑마(黑馬)를 타고 쉴 새 없이 달리는 노인. 그리고 그 뒤로 금의위인 듯 보이는 일단의 무인들이 말을 몰며 빠르게 추격하고 있었다.

“크윽, 조금만 더…….”

노인은 있는 힘이란 힘은 모두 쥐어짜 내어 정신을 잃지 않으려 안간힘을 쓰고 있었다.

“흐으.”

신음을 흘리는 노인의 몰골은 말이 아니었다. 어깻죽지에는 두 발의 화살이 박혀 있었으며, 옷에는 온통 핏자국에 백발은 어지러이 헝크러져 있었다.

온몸에는 힘이 하나도 없어 보였지만, 말 고삐를 잡고 있는 오른손과 무언가를 꼭 끌어안고 있는 왼손만은 다부져 보였다.

"게 섯거라!"

연신 뒤에서 들려오는 호통. 하지만 노인이 멈출 리는 없었다.

'뭔가 대책을 강구해야 한다.'

노인은 이를 악물었다. 이대로라면 언젠가는 잡히고 말 것이다. 그는 지금 잡힐 수 없었다. 아니, 잡혀서는 아니되었다.

'휘경아, 대체 무슨 일이란 말이더냐!'

노인의 정체는 바로 담만우. 하루아침에 명 제국의 최고 권력자에서 비참한 도망자 신세로 전락하고 말았다.

'여기서 끝낼 수는 없다. 휘경이를 죽인 흑비객이라는 자… 내 손으로 베어버리고 말리라.'

절로 이가 갈리는 담휘경. 그에게 있어 흑비객이라는 별호는 악몽과도 같았다. 그 하나로 인해 그의 오랜 숙원이 물거품이 되고 만 것이었다.

한참을 말을 몰던 그의 시야에 깊은 계곡이 보였다. 그리고 무언가 결심이 선 듯 그의 노안이 살짝 빛났다.

'그래, 이대로라면 어차피 가망이 없다. 하늘에 맡겨보는 수밖에.'

극단적인 결정을 내린 그는 말 고삐를 당겨 방향을 틀었다. 그 모습에 뒤따라오던 금의위들은 당황했다.

"앗, 저 미친 새끼, 뭐 하는 거야?!"

금의위들의 목소리를 뒤로한 채 담휘경은 말을 몰았다.

'나는… 죽지 않는다.'

속으로 한 번 더 다짐을 한 담만우는 말 고삐를 거세게 잡아당겼다.

히히이잉―!

투레질을 하며 말이 멈추고, 그는 그 반동을 이용해 안장을 밟고 몸을 날렸다.

"미, 미친!!"

그의 신형은 순식간에 일 장여를 날아가 계곡 아래로 떨어졌다.

그 뒤를 쫓아오던 금의위들은 어느새 계곡 앞에 도착해 말에서 내렸다.

"후후, 이거참."

한 금의위사가 중얼거리자 나머지 위사들도 어이없다는 듯한 표정을 지었다.

"이거 죽었다고 보고하면 되겠지?"

어떤 이의 중얼거리는 듯한 물음에 그들은 서로를 보며 고개를 끄덕였다. 담만우가 불사신이 아닌 이상 저 깊숙한 계곡에 몸을 날리고도 살아남는다는 것은 불가능한 것이다.

"돌아간다!"

*   *   *

자금성의 분위기는 온통 어수선했다. 너무도 커다란 사건이 일어난 탓이었다.

담만우(潭晩遇)의 죽음과 담가(潭家)의 몰락, 그리고 담휘경(潭輝傾)이 배교의 전인이었다는 사실. 이는 황실 세력 구도에 엄청난 타격을 주었다. 그동안 담가의 절대 권력에 눌려 입도 뻥긋 못하고 지내왔던 문무대관들이 일어나기 시작하였고, 담가에 빌붙어 콩고물을 챙겨 먹던 대다수의 세력들은 몰락의 길을 걷기 시작하였다.

황제인 주익균은 물론 황실의 모든 인사들이 혼란스러움을 겪고 있을 이때, 어수선한 자금성의 한복판에서도 한곳만은 춘풍이 불고 있었다.

"하아암."

창을 열어젖히며 하품을 하는 주혜명.

"이렇게 편안하게 잠을 자본 것도 얼마 만인지."

엊그제까지만 하더라도 더없이 차갑던 싸늘한 새벽의 겨울바람조차 지금의 그녀에게는 더없이 시원한 바람일 뿐이었다.

"후훗."

무슨 생각을 하는 것일까? 그녀의 입가에 미소가 걸렸다. 살짝 들어간 보조개가 그녀의 미모를 더욱 빛내주었다.

잠시 이곳저곳을 두리번거리던 그녀는 침상에 걸터앉더니 중얼거렸다.

"흐음, 이 자금성을 벗어날 수 있었으면 더 좋았으련만."

괜히 한 번 투덜거려 본 그녀는 침상 옆에 놓여 있는 커다란 동경(銅鏡) 앞에 앉았다. 여느 때처럼 화장을 하려는 것이었다.

"에."

습관적으로 서랍을 열던 그녀는 잠시 머뭇거리더니 이내 서랍을 닫았다.

"이제 화장은 하지 않아도 될 것 같은데?"

그녀는 중얼거리며 혼자서 좋아했다. 사실 그녀에게 화장이라는 것은 다른 여인들과는 다른 의미였다. 평범한 여인들은 아름다워 보이기 위하여, 조금이라도 더 화사해 보이기 위해 화장을 하지만 주혜명은 아니었다.

그녀에게 화장이란 오히려 자신의 얼굴을 가리기 위한 수단이었던 것이다. 분가루가 풀풀 날릴 정도로 짙은 화장은 타인에게 그녀의 어두운 얼굴을 가려주는 수단이자 담휘경에게 자신의 본모습을 보이고 싶지 않다는 생각의 산물이었다.

하지만 이제는 그럴 필요가 없었다. 이제 더 이상 담휘경을 볼 일이 없었기에 그녀의 입가에서는 미소가 떠날 줄을 몰랐다.

“오늘은 오랜만에 외출이라도 해볼까?”

주혜명은 콧노래까지 흥얼거렸다. 어지간히 들떠 있는 모양이었다.

“흐응, 그나저나 그 사람은… 만날 방법이 없을까? 고맙다는 인사라도 하고 싶은데…….”

그 사람이란 독고진을 말함일 것이다. 자신에게 이 행복을 가져다준 사람. 독고진이야 물론 주혜명을 위해서 한 일이 아니었지만, 그래도 그녀는 독고진에게 너무나 큰 은(恩)을 입은 것이었다.

“음, 음, 그리고 보니……?”

뭔가 생각이라도 난 것일까? 골똘히 생각하느라 조금 찌푸려졌던 주혜명의 표정이 활짝 펴졌다.

“무림맹?”

독고진이 담휘경을 죽이고 난 후 금의위사들에게 했던 말이 생각난 것이다. 주혜명은 용케도 그 마지막 한마디를 떠올렸다.

“그래, 맞아. 백도무림맹이라 했어. 무림맹에 가면 그 사람을 만날 수 있을까?”

무슨 망상을 하는지 표정이 수도 없이 바뀌는 주혜명이다.

“조만간 무림맹이라는 곳에 한번 가보아야겠어.”

그녀의 입가에 다시금 미소가 걸렸다. 어쩐지 들떠 보이는 모습이다.

"그런데 무림맹이 중원 어디에 붙어 있는 곳이지?"

장난스레 웃음 짓는 그녀였다. 언제나 냉막하기만 하던 그녀의 표정은 이제 또래의 평범한 소녀들과 다를 바가 없어 보였다.

*　　　*　　　*

둥— 둥— 둥—

황룡고가 울려 퍼졌다. 지난 용봉지회(龍鳳之會) 이후 오랜만에 엄청난 인파가 용봉각(龍鳳閣)으로 몰렸다. 오히려 용봉지회 당시보다 더욱 많은 사람이 보였다. 그야말로 인산인해가 따로 없었다.

"자, 강호 동도 여러분! 이제 곧 맹주님의 말씀이 계실 것입니다! 정숙해 주시면 감사하겠습니다!"

커다란 사자후가 장내에 울려 퍼지고, 웅성웅성 시끄럽기 그지없던 용봉각은 천천히 조용해지기 시작했다.

단상에 오른 단리철은 주위를 둘러보며 천천히 입을 열었다.

"안녕하십니까, 여러분. 본인이 지금 이 자리에 선 이유는 여기 계신 모든 분들께서 잘 아시리라 믿습니다."

나직하지만 내력이 깃든 탓인지 단리철의 목소리는 웅혼

한 분위기를 내며 장내에 쫙 깔렸다.

"오늘이 바로 등천각의 개관식입니다. 지금 이곳에 와 계신 분들은 아마 본 맹의 위패를 지닌 무가 혹은 문파의 인사들이실 겁니다."

장내에 깔려 있는 수많은 사람들은 모두 등천각에 들기 위해 모인 후기지수들만은 아니었다. 각파를 대표하는 장로 급의 인사들은 물론, 식솔들까지 있어 사람이 적을래야 적을 수가 없는 것이다.

"그리고 등천각은 본 맹의 위패를 지닌 가문 혹은 문파의 자제들이라면 누구나 입관이 가능합니다."

모든 이들의 시선이 단리철을 향해 있었다. 그외에 다른 행동을 보이는 이들은 아무도 없는 듯했다. 그들은 모두 단리철의 다음 말만을 기다렸다.

"등천각 안에서는 노력만 한다면 그 누구나 훌륭한 무인으로 커나갈 수 있을 것입니다. 제 이름을 걸고 그렇게 되도록 만들 것입니다."

잠시 심호흡을 한 단리철은 다시 말을 이었다.

"여기 모여 계신 후기지수 여러분들은 백도무림의 미래입니다. 그리고 등천각은 그런 여러분들을 더욱 빛나게 해줄 준비가 되어 있습니다."

단리철의 마지막 한마디가 더욱 크게 울려 퍼졌다.

"등천각 개관식에 오신것을 진심으로 환영합니다!"

 FOR GOD

"와아아아!!"

그의 말이 끝남과 동시에 여기저기에서 박수갈채와 함성이 터져 나왔다. 대부분 사람들의 표정은 들떠 있었다.

"오늘은 마음껏 즐기시면 됩니다! 하지만 내일이 되어 방문객 분들이 돌아가시고, 등천각에 입관할 후기지수 분들만이 이곳에 남게 된다면 그때부터는 한가할 틈이 없을 것입니다. 모두들 각오 단단히 하시길 바랍니다."

더욱 커다란 함성이 용봉각을 뒤흔들었다. 함성을 지르는 대부분의 이들은 새로운 무공을 배울 수 있게 되었다는 기대감에 들떠 있는 중소 문파의 자제들이었다.

단상에서 내려간 단리철은 총관에게 천천히 다가갔다.

"총관, 연회를 베풀도록 하게. 그리고 자네도 즐기도록 하게나. 내일부터는 할 일이 두세 배 이상 많아질지도 모른다네."

웃으며 말하는 단리철의 모습에 총관은 흐뭇한 미소를 지어 보이며 고개를 숙였다.

"맹주님께서도 쉬십시오. 최근에 가장 피곤했던 것이 맹주님 아니십니까."

단리철 또한 마주 웃어 보였다.

"허허, 그래야지. 정말이지 내일부터는 다시 눈코 뜰 새 없이 바빠지겠군."

*   *   *

다음날, 등천각의 입관식은 일사천리로 진행되었다. 일천부터 십천까지의 각 천의 총교두가 각기 짧게 연설을 하였으며, 입관을 하고자 하는 후기지수들은 개인적 정보를 총관부에 등재한 후 용봉각의 새로 지어진 커다란 기숙사 건물에 각자 자신의 짐들을 옮겼다. 그러나 소소만은 예외로 교두 숙소로 짐을 옮겼다. 단리철의 장담대로 독고진과 소소는 다행히(?) 신혼 생활을 함께할 수 있게 된 것이었다.

용봉각과 등천각은 잔잔히 흐르는 천 하나를 사이에 두고 거의 붙어 있다 해도 과언이 아닐 정도로 가깝게 위치해 있었다. 등천각의 학도들은 용봉각에서 기숙하고, 등천각으로 건너와서 수업을 듣게 되는 것이다.

등천각의 규정과 방침 등 이야기할 것들이 많은 탓인지 독고진과 일반 교두들은 따로 소개가 되지 않았다. 그에 시간이 남은 독고진은 소소와 함께 등천각의 이곳저곳을 돌아다니고 있었다. 등천각의 정문이랄 수 있는 곳에 들어서면 가장 처음에 볼 수 있는 것은 나무판자로 만들어진 게시판이었다. 두 시진 정도 전만 하더라도 이 게시판 앞에는 수없이 많은 인파가 몰려 있었지만, 현재는 텅 비어 있는 상태였다.

각 천의 설명.

일천(一天).
총교두─천무 진인(天武眞人).

이천(二天).
총교두─영풍 도인(永楓道人).

삼천(三天).
총교두─화운(華韻).

사천(四天)…….

독고진은 한참 게시판을 들여다보는 소소를 힐끔 보며 입
을 열었다.

"뭘 그렇게 열심히 봐, 당매?"

그 물음에도 소소는 여전히 시선을 게시판에서 옮기지 않
은 채 대꾸했다.

"상공의 이름을 찾고 있어요. 상공께서는 칠천의 교두라
하셨죠?"

눈동자를 이리저리 굴리던 소소는 손가락을 들어 한곳을
탁, 짚었다.

"아, 여기 있다."

그에 궁금해진 독고진은 은근슬쩍 고개를 돌렸다. 소소의
손가락이 짚힌 곳에는 작은 글씨로 전임 교두(專任敎頭) 독고
진(獨孤振)이라는 문구가 쓰여 있었다.

"에? 전임 교두라니? 내가 왜 전임 교두지?"

독고진은 전임 교두가 일반 교두와 다른 것이 무엇인지는
전혀 알지 못했다. 하지만 전임이라는 수식어가 왠지 탐탁치
는 않은 듯했다.

"글쎄요. 상공은 그런 것도 언질을 못 받았어요?"

그 말에 독고진은 뒷머리를 긁적였다.

"그게… 억지로 떠넘기듯 맡아버린 교두 직이라서…….."

소소는 피식 웃으며 대꾸했다.

"누가 들으면 어이가 없겠네요. 등천각 교두라하면 엄청난
명예직이라구요. 그런 걸 억지로 맡았다는 소리를 하다
니…….."

하지만 독고진의 표정은 여전히 찜찜해 보였다.

"그나저나, 칠천은 현성 대사(賢成大師)께서 총교두를 맡고
계신다 들었는데… 상공, 고생하실지도 모르겠어요?"

그 말에 독고진은 어리둥절한 표정이 되었다. 그녀의 말이
전혀 이해가 되지 않았기 때문이다.

"그게 무슨 말이야? 현성 대사께서 총교두이신 것과 내가
고생하는 게 무슨 상관이지?"

소소의 입가에 장난스런 웃음이 걸렸다.

"현성 대사께서 무무승(武舞僧)이라는 칭호 외에 별호를 하나 더 가지고 계시다는 것, 모르세요?"

독고진은 고개를 갸웃했다.

"모르겠는데?"

소소는 베시시 웃으며 강조하듯 말한다.

"괴승이라구요, 괴승(怪僧). 얼마나 괴팍한 성정이시면 괴승이라는 별명이 붙겠어요?"

하지만 아직 겪어본 일이 없기에 별로 와 닿지 않는 독고진이다.

"뭐, 그런 거야 어떻게든 잘되겠지."

"피이."

너무도 평이한 독고진의 반응에 김이 새버린 듯 소소는 샐쭉한 표정을 지었다.

그리고 다시 게시판을 살피던 소소는 화제를 살짝 다른 것으로 돌렸다. 그래봐야 독고진의 교두 생활(?)에 대한 이야기였지만.

"그럼 상공께선 검술 교두가 되시는 거네요?"

그 물음에 독고진의 표정이 다시 어리둥절하게 변했다.

"에? 현성 대사께서 총교두이신 칠천에서 검술 교두라니? 당연히 권각술을 위주로 가르치는 교두가 되겠지."

그 말에 소소는 당황스럽다는 표정을 지었다.

"상공, 현성 대사께서 소림의 현 자 배분 중에서 유일하게 검술을 구사하시는 분이시라는 것, 설마 모르세요?”

소림(少林)이라 하면 보통 떠오르는 것이 권각술이다. 그 유명한 소림 칠십이종절예(七十二種絶藝) 또한 전부 다 권각술 위주의 절기들이다. 하지만 소림이라고 검법이 없는 것은 아니었다. 소림 수호신승에게만 전해진다던 달마검(達摩劍). 이것이 현성 대사의 무공이었던 것이다.

“아, 맞다. 그분이 수호신승이시지?”

그제야 기억이 났다는 듯 고개를 주억거리는 독고진. 그를 본 소소는 한숨을 내쉬었다.

“휴우, 상공은 어떨 때 보면 조금 모자라 보이는지 알아요?”

너스레를 떨며 말하는 그녀의 모습에 독고진은 피식 웃으며 그녀의 머리를 살짝 쥐어박았다.

콩—

“아야.”

소소가 뾰족한 눈매로 노려보자 독고진은 짐짓 엄한 표정을 지어 보이며 말했다.

“어디 하늘 같은 지아비에게 모자라 보인다는 말을 해!”

하지만 그녀는 비실비실 웃으며 독고진의 팔에 매달렸다.

“뭐, 저는 보이는 대로 말한 것뿐이라고요.”

다시 한 번 날아오는 독고진의 꿀밤을 슬쩍 피한 그녀는 독고진에게 찰싹 달라붙으며 배시시 웃었다.

"설마 이렇게 이쁜 마누라를 또 때릴려는 건 아니겠죠?"

어리광을 부리는 소소의 모습에 어쩔 수 없다는 듯 웃고 마는 독고진이었다. 그리고 그는 길게 늘어진 소소의 흑발을 쓰다듬으며 말했다.

"정말 애라니까."

*   *   *

"유모, 유모는 내가 이곳에서 배울 것이 있다 생각하나요?"

여인은 몸에 걸치고 있던 푸른 장포를 벗어서 침상 위에 올려놓았다. 그녀가 안에 입고 있는 것은 푸른빛이 살짝 감도는 백의. 비교적 몸에 붙는 이 백의 무복이 여인의 아름다운 몸매를 여실히 보여주고 있었다.

"제가 무얼 알겠습니까. 다만 지엄하신 궁주님의 명이신지라."

여인은 얼굴을 가리고 있던 면사를 걷어내었다. 드러난 그녀의 옥용은 그야말로 천상의 것이라 할 수 있었다. 눈송이가 앉아 있는 듯한 백옥 같은 피부에 이국적인 분위기를 연출하는 푸른빛의 눈동자, 오똑한 콧날과 도톰한 입술이 흡사 하늘에서 내려온 눈의 요정을 연상케 하였다.

"정말 모르겠어요. 아버지께서 무슨 생각으로 절 이곳에 보내신 건지…….”

그녀는 말을 하며 안색을 살짝 찌푸렸다. 어쩐지 현재의 상황이 매우 못마땅한 듯싶었다.

“궁주님께서도 생각이 있으실 겁니다. 아가씨께서 이미 이곳에 오셨으니 속하는 그저 좋은 결과가 있길 바랄 뿐입니다.”

여인에게 유모라 불리운 노파가 고개를 숙여 보이며 말했다. 그에 여인의 안색은 더욱 찌푸려졌다.

“휴, 알겠어요, 유모. 하지만 기분이 썩 상쾌하지는 못하네요. 이 시간에 차라리 본 궁에서 폐관수련이라도 하는 게 나았을 것이라는 생각이 드는 건… 제 착각일까요?”

“너무 안 좋게만 생각지 마십시오, 아가씨. 궁주님께선 아가씨께 경험을 쌓으라는 의미에서 이곳으로 보내신 것일 겁니다.”

북해빙궁과 백도무림맹은 현재 동맹 관계이다.

본래 새외에 자리한 북해빙궁은 수십 년간 중원과 대립하여 왔다. 직접적인 큰 싸움이 있었던 것은 아니지만, 분명 우호적 관계라 할 수는 없었던 것이다. 하지만 얼마 전 북해빙궁의 궁주가 바뀌면서 이야기는 달라졌다.

칠왕의 일인이였던 전대 북해빙궁의 궁주 빙왕(氷王) 단목해(端木海)가 은퇴를 선언한 후, 그의 아들이었던 단목유(端木流)가 빙궁의 궁주가 되었다. 그런데 이 단목유는 현 무림맹주인 검왕 단리철과 막역한 사이였고, 그로 인하여 빙궁과 무림맹은 동맹 관계가 되어버린 것이었다. 이는 두 사람 중 하나가 죽지 않는 한 지속될 굳건한 동맹 관계였다. 하지만 그들이 친하다고 하여 그 구성원들까지 손쉽게 가까워질 수 있는 것은 아니었다. 아직도 북해빙궁의 문도들이나 백도무림맹의 무인들은 서로를 그다지 탐탁치 않게 생각하고 있으며, 더러는 아직도 분쟁이 일어나곤 했다. 북해빙궁의 소공녀이자 궁주 단목유의 막내딸인 단목하(端木霞). 그녀 또한 이 범주에서 벗어나지 못했다.

현재 그녀는 아버지 단목유의 강압에 못 이겨 백도무림맹에 머물고 있는 상태였다. 정확히 말하자면 용봉각(龍鳳閣)에. 그녀는 등천각에 입관한 것이었다. 하지만 그녀는 중원의 무인들에 대해 그다지 좋은 감정을 가지고 있지 못하였다. 딱히 악감정이 생길 만한 근거가 있는 것도 아니었건만, 그저 분위기에 영향을 받은 탓인 듯했다. 동맹을 맺은 최근에야 많이 사그라들었지만 여전히 빙궁의 문도들은 무림맹에 대한 악감정을 완전히 버리지 못하고 있었던 것이다. 하지만 아무리 그녀라도 궁주의 명을 어길 수는 없는 터, 결국 이렇게 억지로 발걸음을 한 것이었다.

"유모도 보셨으면 알 거예요. 이 등천각이란 곳에 입관하는 자들의 수준은 정말 형편없더군요. 무공 수준만을 이야기하는 것이 아니에요. 입버릇이며, 행실이며, 눈에 거슬리지 않는 구석이 단 한 군데도 없어요."

노파는 단목하의 이야기를 조용히 듣고만 있었다. 사실 그녀의 이야기는 지극히 주관적인 것이었다. 처음부터 곱지 못한 시선으로 사람들을 바라보았기 때문에 생긴 결과이지, 정말 등천각에 입관하는 후기지수들 모두가 그녀의 말처럼 수준 이하의 인물들은 아니었다.

"그나마 그 단리철이라는 사람은 인상이 괜찮더군요."

그 말에 묵묵히 듣고만 있던 노파의 입에서 큰 소리가 나왔다.

"아가씨! 말을 가려서 하셔야 합니다. 그분은 궁주님의 절친한 친우이시라는 걸 아가씨께서도 잘 알고 계시질 않습니까? 극단적으로 말하면, 궁주님을 비하하신 것이나 다름이 없습니다."

단목하의 고개가 절래절래 흔들어졌다. 전신에 짜증이 걷잡을 수 없이 밀려왔다.

"아, 알겠어요, 알겠다구요. 말조심하면 되잖아요."

그녀의 짜증 섞인 말에 노파는 고개를 숙여 보이며 대답했다.

"주제넘는 말을 하여 죄송합니다, 아가씨. 하지만 너무 부정적으로만 생각하지 마세요. 어차피 오신 것, 기분 좋게 계시다가 돌아가는 것이 좋지 않겠습니까?"

단목하는 고개를 끄덕이며 대답했다.

“그래, 알겠어요. 유모는 이제 나가보세요. 난 좀 쉬고 싶네요.”

귀찮다는 듯 설렁설렁 대답하며 손을 젓는 그녀를 보며 노파는 한숨을 내쉬었다.

“후우, 그럼 소인은 나가보겠습니다.”

드르륵—

그녀가 나가자 단목하는 침상에 털썩 주저앉았다. 짜증이 가득한 표정이었다.

“하아, 아버지께선 나에게 대체 이곳에서 뭘 하라고 하시는 건지.”

침상 위에 몸을 뉘인 그녀는 낮은 목소리로 중얼거렸다.

“아무리 아버지의 명이라도 어쩔 수 없어. 한 달 정도 지내보고 정말 배울 게 없다 싶으면 궁으로 돌아가겠어.”

*　　　*　　　*

“아, 소소 언니!”

자신을 부르는 목소리에 소소는 뒤를 돌아보았다. 그리고 그녀와 나란히 걷고 있던 소령 또한 덩달아 뒤를 돌아보았다. 두 사람의 눈에 들어온 것은 앳된 두 소녀였다.

“아, 영령이구나. 오랜만이네.”

빙긋 웃으며 인사하는 그녀를 보며 남궁영령은 정말 반가운 표정으로 대답했다.

"예, 정말 오랜만이에요, 언니. 아, 그리고 여기 이 애는 일전에도 보셨던 황보세가의……."

그녀의 말을 끊으며 소소는 빙긋 웃었다.

"기억나, 미령이라고 했지?"

소소의 말에 남궁영령은 기분 좋은 표정으로 고개를 끄덕였다.

"맞아요, 언니. 얘가 미령이에요."

"안녕하세요, 황보미령이라 해요."

"그래, 반가워. 나는 당소소라고 해."

두 사람을 인사시킨 남궁영령은 소소의 옆에 멋쩍은 표정으로 서 있는 독고소령에게로 시선을 돌렸다.

"아가씨는 제룡회에서 결선까지 진출하셨던 그 독고소령 소저죠? 만나서 반가워요."

제룡회에서 엄청난 선전을 보인 후라 소령은 제법 얼굴이 알려져 있었다. 그녀의 화려했던 초식이 많은 이들의 뇌리에 각인이 되어버린 것이다.

"아, 저도 반가워요. 남궁영령 소저, 맞나요?"

영령은 빙긋 웃었다.

"예, 맞아요."

서로 통명성을 한 네 여인은 무슨 할 이야기가 그리도 많은지 쉴 새 없이 떠들어대기 시작하였다. 워낙 장내가 시끌벅적

하고 소란스러워서 그다지 시끄럽게 느껴지지는 않았지만 사
람들의 시선이 그들을 향해 모이기 시작했다.

당소소야 원래부터 뭇 사내들의 시선을 한몸에 받았던 유
명인사였으며, 그녀 옆에 서 있는 독고소령은 제룡회 이후로
적잖이 유명해졌기 때문이다. 하지만 그런 것들은 신경조차
쓰지 않는 건지, 아니면 자각을 하지 못하고 있는 건지 그들
은 계속 떠들어댔다.

"그런데 소소 언니, 오늘 입관 시험을 보잖아요. 언니는 어
디 어디 지원하실 거예요?"

일천부터 십천 중 어느 곳의 시험을 볼 생각이냐는 의미였
다. 또한 모든 이들은 각각 세 군데의 시험을 볼 수 있었기에
어디어디에 지원하느냐 물어본 것이었다.

"음. 글쎄, 일단 칠천에는 확실히 지원할 거야."

그녀의 의외의 발언에 남궁영령과 황보미령은 눈이 동그
래졌다.

"무슨 이유라도 있으세요?"

황보미령의 물음에 소소는 장난스럽게 웃었다.

"후훗. 글쎄, 무슨 이유가 있을까? 내가 갑자기 검술이 배
우고 싶어져서 그런 걸까?"

그녀가 되묻자 더욱 궁금해진 남궁영령이 재촉했다.

"에, 그러지 말구요, 언니. 왜 칠천에 들어가려 하시는 거

예요? 무슨 이유예요?”

소소는 뜸을 들이며 대답하였다.

“음, 다른 게 아니고, 상공께서 이번에 등천각 교두로 들어가셨거든. 칠천의 전임 교두가 되셔서 나는 무조건 칠천에 지원할 예정이야.”

“에?”

두 여인의 입이 떡 벌어졌다. 소소가 지금 무슨 말을 하고 있는 것인가?

“그게 무슨 말씀이세요, 언니? 언니가 상공이라고 말할 사람이야… 당연 독고가의 소가주님이시겠고, 그분이 등천각에서 교두가 되셨다구요? 그것도 전임 교두(專任敎頭)?”

어이없다는 듯한 표정이 되어 말하는 남궁영령을 보며 독고소령은 조용히 웃고 있었다. 그녀의 이런 반응이 충분히 이해가 되었기 때문이다. 독고진의 진면목을 아는 사람이 아니라면 이런 반응은 당연한 것이다.

“웅, 맞아. 독고 가가께서 칠천의 전임 교두셔.”

하지만 여전히 믿을 수 없다는 표정을 하고 있는 남궁영령.

“그게 어떻게 가능해요? 등천각의 교두 직이 어떤 자리인데…….”

소소는 피식 웃었다.

“상공께서 무림맹 일을 하시면서 공로를 좀 인정받으셨나 보던데, 나도 정확히는 몰라.”

대충 얼버무려 버리는 그녀였다.

"뭐, 그거야 어쨌든 보면 알게 되겠죠. 그럼 언니는 일단 칠천만 지원하실 생각이세요?"

소소는 고개를 설레설레 저었다.

"아니, 그건 아니고. 아마도 제갈가주께서 총교두로 계시면서 진법에 대한 걸 배울 수 있는 구천(九天)이랑 암기술에 관한 것들을 배울 수 있는 십천에 지원할 생각이야."

"아아."

고개를 끄덕이는 황보미령. 독고소령이 소소의 말에 덧붙인다.

"저는 일단 칠천만 지원할 생각이에요. 검 이외에 다른 것을 배워볼 생각이 아직은 없거든요."

그녀들의 말을 들으며 무엇인가를 생각하던 남궁영령이 중얼거리듯 입을 열었다.

"에, 그럼 나도 칠천이나 지원해 볼까?"

어차피 남궁세가의 여식인 그녀 또한 검에 가장 관심이 많았다. 검을 가르치는 곳은 일천, 육천, 칠천. 이렇게 세 곳이었는데, 그렇지 않아도 그녀는 현성 대사의 달마검에 관심이 조금 있었다.

"그럼 저도……."

조심스럽게 말하는 황보미령. 그리고 그 모습을 본 소소는 활짝 웃으며 결정짓듯 말했다.

"좋아. 그럼 우리는 일단 칠천에 지원하는 거다!"

*   *   *

"하, 이것참. 그것이 정말인가?"

남궁소운은 놀라운 기색이 역력한 모습이었다. 꽤나 충격적인 이야기를 들은 듯싶었다.

"아니, 설마 자네는 모르고 있었던 겐가? 허허, 정세에 꽤나 어둡구먼."

제룡회의 결승에 나란히 진출한 후 남궁소운과 능사운, 그리고 청운은 어느 정도 친분을 쌓은 상태였다. 그래서 남궁소운은 등천각에 도착하자마자 두 사람을 찾았는데, 청운만 보이고 능사운은 보이지 않았던 것이다.

"허허. 아니, 대체 누가 화산에 단신으로 들어가 그런 미친 짓을 하였다는 말인가?"

청운은 어깨를 으쓱하며 대답했다.

"그거야 나도 모르지. 정말 요즘 들어 커다란 사건들이 왜 이리도 많이 터지는지. 자네 맹주님의 따님인 단리혜 소저가 암습으로 죽었다는 건 알고 있지?"

소운은 고개를 끄덕였다. 그것은 이미 며칠 전에 듣고 미리 충격을 받았던 소식이다.

"알고 있다네. 거참, 최근들어 정말 말도 안 되는 일들만

일어나는구먼."

잠시 한탄을 하던 두 사람. 청운의 입이 다시 열렸다.

"그런데 자네, 왜 어제 개관식에는 참여하지 않았는가? 뭐, 오늘에라도 왔으니 다행이지만……."

소운은 머리를 긁적였다. 그는 자금성에 갔다가 시간에 맞춰 도착하지 못하였다.

"아버님의 명으로 자금성에 갔다가 시일을 맞추지 못하여 늦었다네."

"아, 그 흑비객인가 뭔가 하는 사람에 대해 조사하러 갔던 겐가?"

자금성이라는 말에 바로 되묻는 청운. 무당에서도 자금성으로 몇몇 제자를 파견했기에 당연한 추측이었다.

"그렇다네. 하지만 도무지 조사가 진행이 안 되니……."

청운은 흥미롭다는 듯한 표정이 되어 물었다.

"조사가 진행이 안 된다니, 그게 무슨 말인가?"

소운은 한숨을 푹푹 내쉬며 말했다.

"말 그대로일세. 사람들이 도무지 말이 되는 이야기를 해야 그걸 토대로 추측을 해나가지. 이건 무슨 말도 안 되는 이야기들만 떠들어대니……."

의아한 표정이 된 청운이 다시금 물었다.

"말도 안 되는 이야기라니?"

"그러니까, 사람들이 무슨 전설에서나 나올 법한 이야기들만 해대는 거야. 일단 흑비객의 인상착의는 많은 사람들이 봤어. 다들 자세히 본 것은 아니지만 아무리 많게 잡아도 이립도 되지 않았을 법한 사내였대.”

“그런데?”

“그런데 말이지, 애기들을 들어보면 그 사내가 담휘경이라는 그 배교의 전인과 싸우면서 허공답보에 검기를 자유자재로 날리는 것은 물론이고, 검강도 마구 뽑아낸다 하더군.”

어이없다는 듯한 표정이 되어버린 청운을 향해 소운은 계속 말을 이었다.

“이런 상황에서 무슨 조사가 진행이 되겠는가? 진척은커녕 계속 미로에 빠지고 있는 중일세.”

“뭐, 그것도 그렇겠구먼.”

두 사람은 천천히 걸으며 이야기를 계속했다. 오늘 하루 내에 각 천에 지원을 하고 시험을 봐야 하지만 아직 시간은 넉넉했기에 두 사람은 느긋했다. 게다가 오히려 지금 간다는 것은 더 바보짓이었다. 지금 간다면 수없이 많은 사람들 사이에 끼어서 평가까지 시간도 오래 걸리기 때문이다.

“그럼 자네는 검술만 세 가지를 지원할 생각이지?”

소운의 물음에 청운은 힘차게(?) 고개를 끄덕였다.

“물론이지. 검만 파고들어도 시간이 턱없이 부족한 판국에 어찌 다른 것을 또 배운단 말인가?”

소운도 그에 동조하며 고개를 주억거렸다.

"그게 맞는 말이지. 나 역시 자네와 같은 생각일세. 사실 본 가의 검법조차 제대로 익혀내지 못하고 있는 나인데 검 외에 다른 것을 들어서 무에 쓰겠는가?"

소운의 겸손한 말에 청운은 피식 웃었다.

"후후, 제룡회의 결선까지 올라간 자네가 그런 말을 한다면 다른 모든 무인들은 뭐가 되는가?"

하지만 소운은 멋쩍은 표정으로 웃을 뿐이었다.

"하하, 이것참."

第十一章
모용광(慕容廣)

죽은 자의 영혼과 사람의 심혼(心魂)을 다루는 흑마법사 무림에 환생하다!

마왕의 힘을 배워 9클래스의 마법 경지를 넘어서고, 절대의 무공 경지에 들다!

그를 기다리는 건 무림사에 더없을 멸겁의 종말, 새황 오대천의 살혼마신!

유행이 아닌 자유추구
BOOK Publishing ChungEoram
FOR GOD

"다음!"

입관 시험이 진행되는 것을 지켜보던 모용광은 무척이나 거만한 표정으로 혀를 끌끌 찼다.

"아니, 저게 지금 뭐 하는 건가? 장난을 하는 건지, 검으로 짚단을 베게 하는 것을 시험이라고 진행하다니……."

그의 말에 옆에서 함께 지켜보던 한 사내가 동조하였다.

"그러게 말이오. 후후, 이런 시험을 봐야 하는 건지."

유유상종이라 했던가? 두 사내는 똑같이 거만한 표정으로 시험이 진행되는 것을 지켜보고 있었다. 진행되고 있는 시험은 모용광의 말처럼 짚단을 베어넘기는 것. 비록 내공을 운용하지 않아야 한다는 전제 조건이 붙어 있지만 그다지 신경 쓰일 만한 것은 아니었다. 적어도 그는 신경 쓰지 않고 있었다.

"그나저나 팽 소협, 이다음이 소협 차례요."

팽문기는 고개를 끄덕이며 대답하였다.

"알고 있소. 뭐, 이런 시험쯤이야 가볍게 지나갈 수 있겠지."

거들먹거리며 앞으로 나서는 그를 보며 모용광의 표정은 심드렁해졌다. 정말이지 뭐 저런 것을 시험이라고 보느냐는 듯한 표정이었다.

"뭐, 당연히 최고 성적으로 통과하겠지. 대체 이런 시험에서 이기, 삼기로 떨어지는 녀석들은 뭔지."

정말 이런 시험 같지도 않은 시험 정도는 눈에 차지도 않는다는 듯 모용광은 투덜거렸다.

"다음! 하북팽가의 팽문기 소협!"

팽문기가 호명되고, 그는 자신의 도갑을 쓱쓱 문지르며 앞으로 나갔다.

"여기 있소."

그의 대답이 이어지고 진행자는 고개를 끄덕이더니 다시금 입을 열었다.

"지금까지 보셨으리라 믿소."

팽문기가 고개를 끄덕이자 그는 손을 들며 말했다.

"그럼, 시작!"

말이 떨어지기가 무섭게 팽문기는 도갑에서 그의 커다란 도를 빼내었다. 그리고 발도(發刀)하는 순간,

서걱―

쏜살 같은 속도로 그의 도가 짚단을 베고 지나갔다. 깔끔한 솜씨였다.

툭―

베어넘겨진 집단이 바닥에 툭 떨어지고, 진행자의 목소리가 천천히 장내에 울려 퍼졌다.

"팽문기 소협, 일기(一期)!"

팽문기는 당연한 결과라는 듯 거만한 모습으로 걸어나왔고, 진행자는 다음 시험자를 호명하였다.

"모용세가의 모용광 소협, 앞으로 나오시오!"

자신을 호명하자 모용광은 으쓱하며 앞으로 나섰다.

"여기 있소."

진행자는 다시 한 번 똑같은 대사를 읊조린다.

"지금까지 보셨으리라 믿소."

척―

아무런 말 없이 모용광은 검을 빼어 들었고, 그 모습을 본 진행자는 고개를 끄덕인 후 손을 들었다.

"시작!"

좌악!

모용광의 검이 빛살같이 휘둘러졌다. 그리고,

툭—

잠시 그 모양새를 훑어보던 진행자가 판정을 내렸다.

"모용광 소협, 이기(二期)!"

순간 모용광의 몸이 움찔했다. 당연 일기라 생각했던 그로서는 당황스러웠던 것이다.

"크음."

하지만 이미 결정난 것을 반박할 수는 없는 노릇이었다. 이미 시험관은 다음 응시자를 부르고 있었다.

*　　　　*　　　　*

"후아암."

독고진은 침상에 누워 이리저리 뒹굴거리고 있었다. 하루 종일 할 일이 없어 무료함에 찌들어 있는 표정이다.

드르륵—

혼자서 이런저런 잡념을 하고 있던 독고진의 귀에 문이 열리는 소리가 들렸다. 그리고,

"상공, 저 왔어요—"

들려오는 소소의 목소리.

독고진은 기지개를 켜며 침상에서 일어났다.

"하암— 당 매, 왔구나."

처소 이곳저곳을 두리번거리던 그녀는 침상 위에 앉아 기

지개를 켜고 있는 독고진을 발견하고는 배시시 웃었다.

"뭐예요, 아침부터 지금까지 계속 누워만 계셨던 거예요?"

정곡을 찔린 독고진은 움찔했다. 하지만 차마 그렇다고 말할 수는 없었는지 우물거리는 독고진이었다.

"음. 그게, 그렇게 되나? 하하, 그래도 아침에 잠깐 맹주님은 만나뵙고 왔다고."

그 모습을 보며 소소는 질린 듯한 표정을 지었다.

"대체 어떻게 하루 종일 누워 있어요?"

독고진은 멋쩍은 표정으로 뒷머리를 긁적였다.

"뭐, 그냥. 어쩌다 보니 그렇게 됐네."

"참, 그것도 능력이에요. 전 시켜도 못하겠어요."

핀잔 주듯 말하는 소소를 보며 여전히 머리를 긁적이는 그였다.

"그래도 내일부터는 바빠질 테니 당 매가 이해 좀 해줘."

멋쩍어하는 그의 말에 소소는 웃고 말았다.

"알겠어요. 제가 낭군님을 이해해 드리지 않으면 누가 이해해 주겠어요."

그녀는 말을 하며 독고진의 옆에 슬쩍 앉았다. 그리고 양팔로 그의 허리를 감싸 안은 그녀는 얼굴을 독고진의 가슴에 기대었다.

"그나저나 요즘 왜 또 나연이는 안 보이지? 당 매는 혹시 알아?"

갑작스런 독고진의 물음에 소소는 당황하여 아무 말도 하지 못했다. 그녀는 최근 곽나연이 보이지 않는 이유를 누구보다 잘 알고 있었기 때문이다.

"왜 말이 없어? 알면 안다 하면 되고, 모르면 모른다 하면 되지."

그의 말에 소소는 씁쓸한 표정으로 대답하였다.

"잘 알고 있죠. 그리고… 상공께서도 조금만 생각해 보시면 아실 수 있는 문제예요."

독고진의 표정이 어리둥절해졌다. 조금만 생각해 보면 알 수 있다니?

"그건 무슨 말이야?"

"나연이는 요즘 처소에 틀어박혀서 꼼짝도 안 해요. 왜 그런 것 같은가요?"

잠시 생각하던 독고진. 그리고 그 답은 금방 나왔다.

"아!"

독고진이 알아차린 듯하자 소소는 한숨을 깊게 쉬었다.

"나연이에게 단리 동생은 정말 친자매만큼이나 가까운 사이였어요. 친혈육같이 지내던 사람이 죽었는데… 어떻게 맨 정신으로 다닐 수 있겠어요?"

맞는 말이었다. 단리철과 같이 높은 수양을 쌓은 사람도 수일간 폐인처럼 생활하였는데, 곽나연은 오죽할까? 곽나연이 안쓰러워지는 독고진이었다.

"후우, 내가 너무 못났구나. 진작 챙겨줬어야 하는 건데……."

독고진이 한숨 섞인 어조로 중얼거리자 소소는 빙긋 웃으며 말했다.

"지금이라도 챙겨주면 되죠. 더 늦기 전에 나연이에게 한번 가보세요."

"그래, 그래야겠어. 밤이 깊어지기 전에 얼른 가봐야지."

소소는 살짝 당황하였다. 독고진이 그녀의 말을 곡해(?)했기 때문이다. 그녀는 늦기 전에라는 말을 나연이 더 상처받기 전에라는 의미로 사용했는데, 독고진은 밤이 더 늦기 전에 나연에게 가보라는 소리로 알아들은 것이었다.

이러면 곤란했다. 이제 소소는 자야 할 시간인 것이다. 그녀에겐 독고진의 팔베개(?)가 필요했다.

"에, 그, 그게 아니……."

모기 소리만 한 목소리로 중얼거리는 그녀를 무시해 버린 독고진은 침상에서 일어나며 말했다.

"오늘 물어보길 잘했네. 당 매, 고마워. 나연이 녀석, 상심이 클 텐데 얼른 가봐야겠어."

그는 소소가 뭐라 말할 틈도 없이 휑하니 나가 버렸다. 그러자 소소는 울상이 되어 자신의 입을 톡톡, 쳤다.

"이 입이 방정이지, 입이! 으으, 대체 상공께선 왜 그렇게 알아들으신 거야?"

소소는 침상에 누워서 발을 동동 굴렀다.

"상공이 오실 때까지 기다려야 되겠네."

마음을 굳게 먹은 소소는 침상 위에서 뒹굴기 시작했다. 몰려오는 잠을 쫓아내는 그녀만의 비책(?)인 것인지 그녀는 이리저리 굴러다녔다.

오늘 침상만 하루 종일 고생한다.

*　　　*　　　*

"안에 있느냐?"

바깥에서 낯익은 목소리가 들려왔다. 벽에 몸을 기대고 휑한 표정, 초점없는 눈빛으로 허공만을 응시하던 곽나연은 그 소리에 정신을 차렸다.

"예? 이, 있어요."

나연은 눈가에 엉킨 눈물 자국을 지워내며 대답하였다. 어쩐지 힘이 없어 보이는 대답이다.

"들어가도 되겠느냐."

재차 들려오는 독고진의 목소리. 곽나연은 동경을 보며 행색이라도 다듬으려는 듯싶다가 이내 다시 털썩 주저앉아서는 힘없는 목소리로 중얼거리듯 대답했다.

"들어오세요."

드르륵—

독고진은 방문을 열고는 의외라는 듯한 표정이 되었다. 난장판일 줄 알았던 그녀의 방은 의외로 깨끗했다.

힘없이 방바닥에 주저앉아 있는 나연을 보며 독고진은 천천히 그 앞으로 다가가 쪼그리고 앉았다.

"나연아."

"예?"

독고진은 곽나연의 머리를 쓰다듬어 주며 말했다.

"힘들지?"

"……."

그녀는 아무런 대답도 하지 못했다. 그리고 잠시 닫혔던 그녀의 눈물샘이 어느새 다시 열렸는지 두 눈망울에 물기가 가득했다.

독고진은 그녀의 양 볼에 손을 얹어 고개를 들리고는 그녀의 두 눈을 응시했다. 그녀의 볼을 타고 눈물이 흘러내리자 독고진은 엄지손가락으로 눈물을 닦아내어 주고는 아무 말 없이 그녀를 안아주었다.

"소가주님."

목이 메는지 더 이상 말을 잇지 못하는 나연을 보며 독고진은 빙긋 미소 지었다.

"그래, 힘든 게로구나. 이해한다."

"흑흑."

참고 있던 울음보가 터지고 말았다. 눈물은 흘리더라도 독고진 앞에서 소리 내어 우는 것만은 어떻게든 참아보려 했는데… 그 다짐은 여지없이 깨어지고 말았다.

나연은 쉴 새 없이 흐느꼈다.

"하하, 이것참."

자신의 가슴팍에 얼굴을 묻은 채 울음을 멈추지 못하는 그녀를 보며 독고진은 어찌해야 할지 모르겠는지 아무 말 없이 가만히 있었다.

"흐흑, 흑."

나연이 안쓰러웠다. 많은 시간 함께 지냈지만 이렇듯 힘들어하는 곽나연의 모습은 처음 보았다. 독고진은 나연의 등을 토닥여 주며 부드럽게 말하였다.

"그래, 마음껏 울거라. 대신 지금 눈물이란 눈물은 전부 다 빼버리는 거다. 그리고 다시는… 울지 말거라. 네 녀석이 울고 있으니 이 오라비의 마음이 아프지 않느냐."

위로해 준다고 해준 말이건만 나연의 울음소리는 더욱 서럽게 변하였다.

"흑, 흐윽, 흐어엉, 흐어어엉."

어린아이처럼 우는 그녀를 보며 독고진은 자신이 무언가 해줄 수 있는 것이 없다는 게 안타까웠다. 하지만 그는 지금 그가 할 수 있는 전부를 하고 있는 것이었다. 그리고 그것은 나연에게 또한 적지않은 도움을 주고 있었다.

독고진의 품에서 한참을 흐느끼던 곽나연은 가까스로 울

음을 멈추고는 천천히 입을 떼었다. 울음이 멈추었다고는 하지만, 여전히 울먹거리는 목소리였다.

"오라버니."

독고진은 빙긋 웃었다. 나연에게 오라버니라는 호칭을 들을 때면 예전으로 돌아간 것 같아 기분이 좋았다.

"그래, 오라버니 여기 있다."

계속 올라오는 울음을 삼키며 나연은 말을 이었다.

"나, 다시는 울지 않을게요."

곽나연의 다짐. 하지만 그것이 더욱 안쓰러워 보이는 독고진이다.

그녀의 모습이 슬픔을 억누르려는 발악으로까지 보이는 것은 그의 착각이었을까?

다시 곽나연의 말이 이어진다.

"그러니까… 오늘은 여기 있어줘요. 내 옆에 있어줘요."

나연은 쥐고 있던 독고진의 옷자락을 더욱 꼬옥 쥐었다.

"오라버니의 말처럼… 오늘은 울래요. 평생 울 것, 오늘 다 울 거예요."

그 모습을 물끄러미 바라보던 독고진은 작게 한숨을 내쉬었다.

"휴우, 그래. 오늘은 네 옆에 있어주마."

그는 나연의 등을 다독이며 스르르 눈을 감았다.

'녀석, 신경 좀 써줘야겠구나.'

가족 같은 아이이다. 세가의 가신이기 이전에 귀여운 동생이었다.

잠시 후, 곽나연은 그의 품에서 잠들었다. 하지만 독고진은 움직이지 않았다. 해가 뜨기 전까지는 그녀의 곁에 있어줄 생각이었다.

*   *   *

"으아, 상공도 정말 너무해!"

소소는 눈을 살며시 떴다. 그리고 언제나처럼 독고진의 품에 안겨 잠에서 깨었으리라 생각하며 팔을 쭉 뻗었다. 하지만 그녀의 팔에는 이불만 감길 뿐이었다.

"밤새 안 오신 거야, 설마?"

자지 않고 독고진을 기다리겠다던 그녀의 다짐은 그리 오래지 않아 깨져 버렸다.

고로 잠은 거의 평소와 다름없이 잘 잔 그녀였지만 어쩐지 개운하지가 못했다. 원인은 독고진 팔베개의 부재라고 해야 할까?

"그나저나 상공은 오늘부턴 등천각에서 할 일이 많으실 텐데 아직도 나연이의 처소에 계신 건가?"

그리고 잠시 생각하던 그녀의 표정이 돌연 질투 어린 표정으로 일변했다.

"나연이를 위로해 준다는 명목이긴 하지만……."

그 뒤에 생략된 말은 '어쨌든 외박은 외박이잖아' 였다.

"이렇게 생각하고 나니까 괜히 걱정되네?"

절대 그럴 리는 없겠지만 괜히 소소의 뇌리에 바람피우는 독고진의 모습이 상상된다. 단지 상상에 불과할 뿐이지만, 그 순간 그녀의 안색은 사색이 되었다.

잠시 후 상념에서 깨어난 그녀는 고개를 세차게 흔들었다.

"아니야! 왜 내가 이런 말도 안 되는 상상을 하고 있는 거지?"

소소는 서둘러 일어났다. 불길한 상상을 접고 나자 어서 등천각에 가야겠다는 생각이 드는 그녀였다.

"그러고 보니… 해가 중천이네?"

중천이라는 말은 과장이었지만 바깥은 꽤나 밝았다. 적어도 진시는 넘은 듯했다.

"그럼 상공께서 밤새 나연이 처소에 계신 것이 아니라 내 옆에서 주무시다가 등천각으로 이미 나가신 것일 수도 있는 거네?"

그렇다면 정말 혼자서 북 치고 장구 치고 난감한 짓을 한 게 되는 것이었다.

소소는 서둘러 움직이기 시작했다. 등천각은 각 천별로 하루에 한 시진씩 이론 수업이 있는 것을 빼면 따로 시간을 맞춰서 수업을 들어야 하는 것은 없었다. 나머지는 그야말로 자

율 학습이라 할 수 있는 것이다. 그렇기 때문에 그리 서두를
필요가 없는 그녀였지만, 그녀에게는 서두를 수밖에 없는 이
유(?)가 있었다.

독고진이 등천각에서 업무를 돌보고 있는지를 확인해야
했기 때문이다.

"다 됐다!"

채비를 마친 소소는 문지방을 나섰다. 그녀의 걸음이 점점
빨라지고 있었다.

*　　　　*　　　　*

'헉. 대체 이게 무슨!'

모용광은 경악에 경악을 거듭하고 있었다. 그야말로 말도
안 되는, 성립될 수 없는 당혹스러운 광경이 그의 눈앞에서
펼쳐지고 있었기 때문이다.

'아냐, 그럴 리 없어. 뭔가 착오가 있는 거야. 정오에 있을
첫 수업이 되면 알게 되겠지. 이런 말도 안되는 상황이 일어
날 리가 없어.'

모용광은 칠천(七天)에서 총교두인 현성 대사와 몇 마디를
나누고 있었다. 첫 입관 이후 간단한 상담(?)이라고 해야 할
까?

그런데 무공에 대한 열의에 차서 현성 대사와 이야기를 하

던 그의 눈에 그다지 마주하고 싶지 않은 한 사내의 얼굴이 들어왔다. 바로 독고진이었다.

하지만 여기까지는 얼마든지 납득이 가능하고, 또 이해가 가는 상황이었다. 그리고 은근히 이 상황을 원했던 그였다. 독고진을 언젠가 한번 눌러주기로 이전부터 마음을 먹고 있었기 때문이다. 그런데 문제는 그다음부터였다. 장내에 나타난 독고진은 현성 대사와 몇 가지 이야기를 나누더니 등천각의 교두임을 증명하는 황룡패를 받는 것이 아닌가? 그것도 황룡이 두 마리 그려져 있는 쌍룡패였다. 바로 전임 교두를 증명하는 위해. 대체 현성 대사가 그것을 왜 독고진에게 준다는 말인가?

거기까지만 해도 어찌어찌 이해시키려고 노력해 볼 수는 있다. 독고진에게 심부름을 시키려는 것으로 생각할 수도 있는 것이다. 하지만 마지막 현성 대사의 말이 결정타였다.

"허허, 그럼 이제 한번 잘해봅시다, 전임 교두."

분명하게 말을 하는 현성 대사의 시선은 독고진을 향하고 있었으며, 전임 교두라는 것은 독고진을 지칭하는 듯했다. 그로서는 어이없을 수밖에 없었다.

"대체 저자가 어째서… 무슨 재주로 전임 교두 직을 맡아한다는 말인가?"

중얼거리는 모용광. 그가 아는 독고진은 동생에게 비무 대회의 참가 자격을 빼앗긴 얼간이에 불과했다.

"후우, 하지만 그렇다고 달라질 것은 없지."

그의 입가에 음흉한 미소가 걸렸다.

"기생오라비 주제에 정략혼을 빌미로 당 소저와 혼인을 하다니. 네놈은 내가 꼭 한번 밟아놓으리라."

대체 누가 누굴 밟는다는 건지 소소가 알았다면 배를 잡고 웃었을 대사였지만, 지금 모용광의 입에서 나오는 그 말은 더없이 진지했다.

"등천각의 전임 교두라 해도 상관없다. 아예 세뇌가 되어 버릴 정도로 밟아놓으면 되는 거지."

스스로 그럴싸 하다고 생각하며 키득거리는 모용광이었다.

*　　*　　*

"주군, 일비 소협과 막부동이 왔습니다."

묵비령의 목소리. 일비와 막부동이 왔다는 말에 독고진은 잠시 잊고 있던 것이 떠올랐다. 파멸록과 오대천에 대한 조사. 무엇보다도 중요한 일임에도 불구하고 최근에 정신없는 일이 너무 많아서였는지 잊고 있었던 것이다.

"어서 들여보내라."

드르륵—

문이 열리고 묵비령을 포함한 세 사람이 방 안으로 들어섰다. 전임 교두의 집무실이라며 무림맹에서 내어준 방은 그다지 넓진 않았지만 세 사람이 앉아서 다과를 즐길 수 있을 정도는 되었다.

"그래, 내가 부탁했던 것들은 어떻게 되었소?"

일비를 향해 말하는 독고진. 그의 말에 일비는 꽤나 자신감 있는 표정으로 대답하였다.

"우선 파멸록은 구했습니다. 그리고 오대천에 대한 조사도 어느 정도 진척이 이루어졌고요."

독고진의 표정이 대번에 밝아졌다. 실마리조차 잡히지 않았던 그 답답함이 뻥 뚫려 나가는 듯한 기분이었다.

"후후, 정말 수고하셨소. 정말 고맙소이다."

그에 일비는 손사래를 쳤다.

"아닙니다. 내가 한 것이 무에 있다고. 오히려 막부동 소협이 한 것이 더 많습니다. 파멸록도 결국에는 막 소협이 찾아내었고."

별것도 아닌 일이었지만 괜히 뿌듯(?)해지는 막부동이었다. 그리고 그 모습에 독고진은 웃고 말았다.

"하하, 그게 또 그렇소?"

막부동은 가지고 온 보자기를 꺼내어 독고진의 앞에 내밀었다.

"이게 뭔가?"

짐작은 가지만 예의상 한 번 더 물어보는 독고진.

"파멸록과 오대천에 대한 자료들입니다. 일비 소협께서 직접 집필하신 것도 있고요. 제가 봐도 잘 정리되어 있어서 괜찮은 듯싶습니다."

독고진은 고개를 끄덕이며 막부동이 내미는 보자기를 받아 천천히 풀기 시작했다. 그에 일비가 핀잔 비슷한 한마디를 했다.

"너무 서두르시는 것이 아닙니까?"

그 물음에 독고진은 멋쩍은 표정을 지어 보였다.

"이제 정오가 되어 첫 수업이 진행되기 시작하면 정신도 없고, 할 일도 많아지니 그전에 해놓아야 하지 않겠소? 최소한 무언가 얻었다는 느낌이 들 정도는 섭렵해 놓아야지."

보자기를 묘한 표정으로 바라보는 독고진이었다. 꽤나 많은 분량의 자료들이 독고진을 압박하는 듯했다.

"주공."

갑자기 자신을 부르는 소리에 독고진은 순간 놀란 표정을 지었다.

"아, 왜 부르는가?"

"뭐, 이제 따로 저희에게 맡기실 일 같은 것은 없습니까? 요즘 무료해 죽겠습니다."

독고진은 머리를 긁적였다. 사실이 그랬기에 뭐라 반박할 말이 없었다.

"크음, 자네들 일거리를 주기 위해서라도 저 파멸록이라는 책자를 빨리 읽어봐야겠구먼."

독고진이 살짝 농담조로 이야기하자 세 사람은 한바탕 웃음을 터뜨렸다.

"하하, 그럼 일단 저희는 물러가보겠습니다. 자료를 읽으시다가 언제라도 궁금한 것이 있으면 부르십시오."

일비의 말에 독고진은 고개를 끄덕이며 대답했다.

"그렇게 하겠소이다. 그리고 일비 소협은 피곤하실 터인데 처소에 돌아가 잠이라도 청하시는 것이 어떻소이까?"

일비는 빙긋 웃었다. 안 그래도 그럴 생각이었기 때문이다.

"마침 그럴 생각이었습니다. 그럼, 수고하십시오."

세 사람이 방에서 나가자 독고진은 보자기를 마저 풀었다. 그리고 맨 위에 놓여 있는 파멸록이라는 문구의 책자를 들었다.

"그럼 한번 읽어볼까?"

독고진은 누런 표지를 천천히 넘기기 시작했다.

*   *   *

"음, 그러니까 노야, 무림맹이라는 곳이 섬서성에 있다는 말이죠?"

"그렇습니다, 공주님. 그런데 갑자기 그건 왜 물으시는지……?”

　주혜명은 정말 지나가는 독고진의 말 한마디만을 듣고 무림맹에 가보려고 작정한 듯싶었다. 정말 알 수 없는 사상의 소유자가 아닐 수 없다.

　“아니, 뭐, 별건 아니구요. 어쨌든 고맙습니다.”

　금의위 한 개 조의 조장인 듯 보이는 사내로부터 대략적인 백도무림맹의 위치를 들은 그녀는 속으로 안도의 숨을 내쉬었다. 너무 멀다면 가는 것이 조금 꺼려질 뻔했는데, 섬서라면 하북성에서도 그다지 먼 곳이 아니었다.

　금위대장에게 감사의 인사(?)를 건네고 나온 그녀는 흡족한 표정으로 뇌까렸다.

　“뭐, 잘됐네. 그 사람, 꼭 한 번은 더 보고 싶었는데 만나면 황명이라도 동원해서 황궁에 잡아둘까?”

　별 생각을 다하는 주혜명이다.

　“하암, 그나저나 요즘만 같으면 명 황실 공주 자리도 할 만할 것 같아.”

　공주라는 자리를 할 만하다고 표현하다니. 황실의 핏줄을 이어받아 그 누구보다도 고귀한 환경 속에서 자라는 공주라는 위치를 그런 식으로 표현할 수 있는 것 또한 주혜명만이 가능한 일일 것이다.

　그녀는 최근에 너무 기분이 좋았다. 담휘경이 죽고 담가가 몰락한 지금, 아버지인 황제는 뒷수습을 비롯한 여러 가지 정사를 돌보기에 바빴고, 그런 고로 그 누구도 자신의 행동에 뭐라 하지 않았다. 간혹 잔소리가 들리기도 했지만 그런 것은 무시해 주면 그뿐. 주혜명에게 담휘경이 죽고 난 지난 며칠간은 그 어떤 것과도 바꿀 수 없는 소중한 시간이었다.

"에, 그나저나 언제쯤 출발해 볼까?"

서두를 것은 없었다. 어차피 불투명한 사실을 가지고 출발하는 것이었고, 그렇게 중요한 일도 아니었다. 게다가 빨리 간다고 해서 독고진을 만날 수 있는 확률이 더 높아지는 것도 아니었고.

"조금 더 빈둥대다가 내일이나 모레 즈음 해서 가보지 뭐."

태평하기 그지없는 주혜명이었다.

*   *   *

독고진은 머릿속이 어지러웠다. 그는 파멸록의 책자를 반 가량 읽은 상태였다. 생각 같아서는 그 자리에서 파멸록을 비롯한 나머지 책자들까지 전부 읽어 내려가고 싶었지만 시간이 없었다. 좋든 싫든 그는 지금 등천각의 전임 교두인 것이다. 정오에 있는 첫 수업에 참여하지 않을 수가 없었다. 아직 시간이 되지는 않았지만 미리 현성 대사에게 자신이 추후 해야 할 일들에 대해 들어놓아야 했다.

총교두실 앞에 선 독고진은 그 앞에 자리하고 있는 무인에게 말을 걸었다.

"총교두님은 안에 계시오?"

무사는 고개를 끄덕이며 대답하였다.

"기별을 넣어드릴까요?"

"그래주시면 고맙겠소."

그는 지극히 사무적인 어투로 입을 연다.

"총교두님, 전임 교두님이 오셨습니다."

그리고 안에서 인자한 목소리가 들려왔다.

"그래, 들어오시라 하거라."

드르륵—

문이 열리고 독고진의 눈에 현성 대사가 들어왔다. 순간 독고진은 조금은 당황스러운 표정이 되었다. 그의 예상과 완전히 다른 상황이 펼쳐져 있었기 때문이다.

독고진은 현성 대사가 업무에 찌들어 있는 것까지는 아니더라도, 최소 바쁠 것이라 생각했다. 하지만 그 예상은 여지없이 빗나갔다. 그는 등받이 의자에 기대어 한가로이 차를 음미하고 있었던 것이다.

독고진은 고개를 살짝 숙여 보이며 말했다.

"총교두님, 미리 언질을 받을 것이 있나 해서 들렀습니다. 혹 제가 해야 할 일이 있습니까?"

그런 그를 보며 현성 대사는 혀를 끌끌 찼다.

"이 사람아, 왔으면 일단 앉으시게. 게 서서 뭐 하시는 겐가?"

그 말에 독고진은 어색한 표정으로 현성 대사와 마주하고 앉았다.

"그래, 할 일이 있지는 않을까 해서 왔다구?"

"그렇습니다. 정오에 첫 수업이 있다 들었는데 어떻게 처신해야 할지를 몰라서 말입니다. 뭐, 이름뿐이기는 하지만 전임 교두라는 거창한 감투를 달고 농땡이를 피울 수는 없지 않겠습니까?"

현성 대사는 뭐가 그리 좋은지 껄껄 웃었다.

"허허. 자네, 농땡이라면 지금도 충분히 피우고 있네만?"

독고진은 당황한 표정이 되었다. 그로서는 이해할 수 없는 말이었기 때문이다. 아직 수업도 시작하지 않았는데 대체 무슨 농땡이라는 말인가?

"알아들을 수 있게 설명을 해주시면……."

독고진의 말을 끊으며 현성 대사는 한마디 말을 더 했다.

"다른 교두들은 지금도 열성을 다해 일을 하고 있다는 말일세."

"예에? 일이라니요? 수업이라도 시작한 겁니까?"

현성 대사는 고개를 저었다.

"아니, 아니. 그런 것은 아니지만… 자네, 정말 모르는구먼?"

독고진은 주저없이 고개를 끄덕였다.

"무슨 말씀인지 모르겠습니다."

"이 등천각의 교육 방침 말일세. 하루 한 번씩, 그러니까 우리 칠천 같은 경우는 매일 정오에 한 시진씩 수업이 있는 것을 제외하고는 자율 학습일세. 교두들은 언제나 각 내에서 대기하고 있어야 하며, 학도들은 언제나 자유롭게 교두에게 질문을 하고 가르침을 받을 수 있다네."

독고진은 그제야 말을 알아들은 듯싶었다.

"그럼……."

"그래. 아직 수업이 시작되진 않았지만 교두들은 벌써부터 아이들을 가르치고 있다는 말이지."

독고진은 멋쩍은 표정으로 뒷머리를 벅벅 긁었다.

"그럼 저도 얼른 가보겠습니다."

하지만 왜인지 현성 대사는 독고진을 만류했다.

"아아, 그럴 필요 없다네. 자네는 '전임' 교두가 아닌가?"

이건 또 무슨 소리인지, 독고진은 머릿속이 꼬이는 듯한 느낌을 받았다.

"전임 교두는 따로 할 일이 있습니까?"

현성은 고개를 끄덕이며 말했다.

"물론이지."

"뭡니까?"

현성은 씨익 웃으며 대답했다.

"놀고먹는 것이 바로 전임 교두의 일이라네."

그 말에 당황하는 독고진.

“예에?”

하지만 현성 대사는 재밌다는 듯한 표정으로 이야기를 계속 이었다.

“말 그대로일세. 자네는 그저 놀고먹으면 그만이네. 본 각에서 매달 지급되는 급료를 꼬박꼬박 받으면서 말이지.”

뭔가 어폐가 있는 말이다. 아니, 당최 이해할 수 없는 말이었다.

“그런 게 어디 있습니까?”

독고진의 반문에 그는 다시 한 번 껄껄 웃었다.

“허허, 자넨 특별한 경우라네.”

“……?”

그저 당황한 표정으로 자신을 바라보는 독고진을 향해 현성 대사는 다시 입을 열었다.

“본래 전임 교두의 역할은 교두들이 학도들을 가르치는 것을 관리, 감독하는 일이지. 하지만 자네는 그럴 필요가 없네. 맹주께선 자네가 따로 받은 임무가 있기 때문에 등천각의 업무는 따로 맡기지 않을 것이라 하셨네. 뭐, 자네가 전임 교두를 맡은 이유도 그 맥락이라 할 수 있지. 전임 교두가 사실 가장 한가하거든.”

독고진은 그제야 이해가 된다는 듯한 표정을 지었다. 자신이 따로 해야 할 일이란 제룡회 참사의 배후를 캐는 일일 것이다.

"그렇군요. 대략 이해가 됩니다."

현성은 빙긋 웃었다.

"그나저나 요즘 자네의 명성이 대단하더구먼?"

그 말에 독고진은 또다시 벙찐 표정이 되었다.

"예? 그건 또 무슨 말씀이신지?"

명성이란 녀석과는 최대한 거리를 두기 위해 노력했던(?) 그인만큼 이해할 수 없는 말이었다.

"어허, 빈승도 들어 알고 있다네. 흑비객이 자네 아닌가?"

그 말을 듣는 독고진의 뇌리에서 경고성이 울려 퍼지기 시작한다. 단리철이 자신의 정체(?)를 동네방네 퍼뜨리고 다닌 것은 아닌지 걱정이 되기 시작했다.

"그걸 어떻게……."

"알았냐고? 물론 맹주께서 말해주셔서 알았지."

"후음."

한숨 비슷한 것을 내뱉는 독고진을 보며 현성은 피식 웃었다.

"자네는 명성이 싫은 겐가?"

"싫다기보다는……."

독고진의 힘없는 대답에 현성은 빙긋 웃었다.

"참 특이한 청년이로구먼. 벌써 인생무상을 느끼는 겐가? 그거 별로 안 좋은데. 자네 나이 때는 패기와 열정이 무기일세. 그리 무기력해서야……."

독고진은 가슴속에 있는 한마디를 꺼내었다. 몇 가지 사정을 제외한다면 그가 명성을 멀리하는 가장 커다란 이유.

"귀찮습니다."

"허어, 참."

현성 대사는 고개를 절래절래 저었다. 평범하기를 거부하는 독고진이라는 청년이 왠지 재밌게 느껴지는 그였다.

"으음, 그럼 지금 자네는 맹주가 이곳저곳에 자네의 정체를 유포했을 것이 아닌지 걱정이 되겠군?"

독고진은 힘없이 고개를 끄덕였다.

"뭐, 그렇다면 그리 걱정할 건 없네. 맹주는 등천각의 총교두들과 몇몇 관계자에게만 자네의 실체를 말하였으니까. 그리고 우리도 특별한 경우가 아닌 한 그 사실을 유포할 일은 없을 걸세. 맹주께서 자네가 일을 처리하는 데 방해가 될지도 모른다며 비밀로 하라는 당부를 하였으니."

그제야 독고진은 안도의 한숨을 내쉬었다. 그리고 뭔가 궁금해진 듯 돌연 입을 열었다.

"그런데 맹주님께선 총교두님들께 그 이야기를 왜 하셨답니까?"

"끌끌. 자네, 헛똑똑이였구먼? 맹주는 우리에겐 그 이야기를 할 수밖에 없었네. 왜 그랬을런지는 조금만 생각해 보아도 알 수 있을 터."

잠시간 골똘히 생각하는 독고진. 그리고 이내 그 답을 알아챈 듯 고개를 끄덕였다.

"저를 등천각 교두로 고용하시기 위함이었군요?"

현성은 빙긋 웃었다.

"그렇지."

"그리고 또한 제게 풍백단의 단주 직을 맡기기 위함이기도 하구요."

독고진은 머릿속이 정리가 되는 것 같았다. 어차피 맹주가 독고진을 등천각의 교두 자리에 앉힌 이유는 진실로 독고진의 가르침(?)이 학도들에게 도움이 될 것이라는 생각에서 나온 것이 아니었다. 단지 본래 목적인 '풍백단 단주 자리에 떠밀어 넣기' 위한 명분일 뿐.

사실 독고진의 흑비객이라는 명성이라면 등천각 교두라는 감투 없이도 충분히 풍백단의 단주 직을 역임할 자격 요건이 되었다. 하지만 독고진이 흑비객이라는 것을 아는 이는 몇 없기에 대외적인 명분이 필요했던 것이다. 그리고 그 명분은 위에서 언급했듯 등천각 전임 교두라는 감투였다.

"흐흠, 그나저나 맹주의 이야기가 진정 사실이라면 자네는 무림사에서 고금을 통틀어 최초로 천하제일이라는 칭호를 얻을 수 있을지도 모를 인재더구먼?"

독고진의 안색이 다시 한 번 창백해진다.

"맹주께서 대체 무슨 말씀을 하신 겁니까?"

"아, 그리 특별한 말을 하신 건 아니라네. 제룡회 당시의

 FOR GOD

자네 활약상에 대해 천무 진인과 맹주의 말을 들은 것뿐이지. 지금 생각해 봐도 짜증나기 그지없던 그 진세를 파훼한 것이 자네였다지?"

"끄응, 맞습니다."

"난 그 하나만으로도 자네의 재능이 고금제일이라는 결론을 내릴 수 있었다네."

대충 생각한다면 그러려니 할지도 모르겠지만, 독고진이 당시의 진세를 무력으로 파훼했던 것은 정말 대단한 것이었다. 아무리 외부에서라지만 무림맹 고수들을 한자리에 가둬 둘 수 있을 만큼 위력적인 진법을 혼자서 파훼할 정도의 능력이라면 거의 칠왕의 능력에 필적할 정도의 성취를 지녀야만 한다. 요행이 있었다 하더라도 최소 단리철 무력의 반 이상은 지니고 있어야 가능하다는 것이 현성 대사의 생각이었다.

"그, 그렇습니까? 하하."

얼버무리는 독고진을 보며 현성은 장난스런 미소를 지었다. 주름진 그의 노안에 의외로 장난기 어린 미소가 잘 어울렸다.

"그래서 나는 확인하고 싶어졌다네."

"뭘… 말입니까?"

다시 불안해져서 되묻는 독고진. 그 모습에 현성 대사는 씨익 웃었다.

"백 번 듣는 것보다 한 번 보는 것이 낫다고… 자네의 능력을 보여주게나."

말이 끝나기가 무섭게 현성 대사의 신형이 사라졌다. 천년 소림의 절기 중에서도 으뜸으로 꼽히는 금강부동신법(金剛不動身法)이 극성으로 전개되었음이다.

샤샥—

가벼운 바람 소리가 스쳐 지나가며 독고진의 주위로 현성 대사의 잔상이 여기저기 어지러히 깔렸다. 의외의 상황에 적잖이 당황한 독고진이었지만 그렇다고 현성 대사의 장난에 당할 생각은 없었다.

타탓—

두 발이 움직이며 순식간에 독고진의 신형이 허공에 녹아들어 갔다. 육안으로 확인할 수 없을 정도의 쾌속한 움직임이 그렇게 보이도록 만든 것이었다.

독고세가의 상승 보법. 역대 가주들 중에 그 누구도 제대로 익히지 못했다는 천운비보(踐雲飛步)가 그에게서 펼쳐지고 있었다.

팡— 파팡—

몇 차례 독고진과 현성 대사의 신형이 맞물렸다. 두 사람 모두 주 무구인 검을 들지 않은 상태였다.

하지만 적수공권인 상황에서도 두 사람의 대련은 대단하다 할 만했다. 장내인 것을 감안하여 가벼운 동작만을 주고받는 그들이었지만, 그것만으로도 범인들이 보았다면 입이 떡

FOR
GOD

벌어질 정도였다.

두 사람 모두 검술을 사용하는 검수이다. 하지만 그렇다고 박투술에 문외한인 것은 아니었다.

만류귀종(萬流歸宗)이라 하였다. 권각술이나 검술, 창술 등 십팔반 병기를 이용한 모든 무예들도 결국은 하나의 흐름으로 귀결되기 마련이다. 검에서 일가를 이뤘다는 평을 들을 만큼 절륜한 무예를 지닌 두 사람의 박투술이 평범할 리가 없는 것이다.

"어허, 좋구나."

흥에 겨운 현성의 목소리가 흘러나왔다. 그는 정말 기분이 좋아 보였다.

"명불허전이라더니… 맹주의 칭찬이 빈말이 아니었군. 아니, 오히려 그보다 더 대단한 듯하이."

수십 합 동안 손발을 주고받은 후, 그제야 만족했는지 현성은 신형을 멈춰 세웠다. 어차피 현성의 공격을 독고진이 받아내는 양상으로 대련이 진행되었기에 현성은 손쉽게 대련을 끝낼 수 있었다.

"과찬이십니다."

독고진은 포권을 취해 보였다. 그런 그를 보는 현성의 눈빛은 매우 복잡했다. 놀라움, 흥미로움, 그리고 대견함. 하지만 가장 커다란 것은 불신의 빛이었다. 무엇보다도 현성은 독고진의 이 믿을 수 없는 성취를 도무지 믿을 수가 없었다.

"허어, 약관의 나이로 소림신승의 무위에 비견될 만한 능력을 지닌 이가 있다는 것을 과연 누가 믿을 수 있겠느냐. 허허, 실로 무림의 홍복이 아닐 수 없다. 선재(善哉)로다, 선재야."

낯이 뜨거워진 독고진은 손사래를 치며 부인했다.

"그 무슨 말씀이십니까. 전력을 다한 대련도 아니었으며, 대사께서 소생에게 많이 양보해 주지 않으셨습니까?"

하지만 현성은 빙긋 웃어 보일 뿐이었다.

"그것은 자네 또한 마찬가지 아닌가?"

독고진은 할 말이 없어졌다. 그게 사실이었기 때문이다.

"소생, 아직 많이 부족합니다."

현성 대사는 빙긋 웃으며 다시 등받이 의자에 기대어 앉았다.

그리고 잠시간의 정적 후 독고진이 먼저 입을 열었다.

"그나저나 총교두님, 앞서 말씀하신 대로 이곳에서 제가 따로 해야 할 일이 없더라도 최소한의 할 일은 있지 않습니까?"

"그건 그렇지."

"알려주십시오."

독고진의 말에 현성은 고개를 끄덕이며 대답했다.

"일단 오늘 정오에 있을 첫 수업에 얼굴을 비춰주시게. 앉아 있다가 내가 자네 소개를 할 때 잠깐 일어서기만 하면 되는 걸세."

차를 한 모금 마신 그는 다시 입을 열었다.

"그 외에는 가끔 가다 한 번씩, 대신 주기적으로 연무장에 얼굴을 비추면 되네. 너무 뜸한 것도 좋지 않겠지만 너무 자주 올 필요도 없네. 그것은 자네가 알아서 하시게."

독고진은 고개를 끄덕이며 대답했다.

"예, 그리하겠습니다."

그때 문밖에서 누군가가 현성을 불렀다.

"총교두님!"

"왜 그러시는가?"

"곧 정오입니다. 얼른 연무장으로 가보십시오. 본 천에 지원한 학도들 또한 거의 다 모여 있는 상태입니다."

그에 현성은 의자에서 일어서며 대답하였다.

"알겠네. 내 지금 나가겠네."

그리고 독고진을 향해 눈짓을 하였다.

"자네도 얼른 일어서게."

第十二章
풍백단(風魄團)

죽은 자의 영혼과 사람의 심혼(心魂)을 다루는 흑마법사 무림에 환생하다!

마왕의 힘을 배워 9클래스의 마법 경지를 넘어서고, 절대의 무공 경지에 들다!

그를 기다리는 건 무림사에 더없을 멸겁의 종말, 새황 오대천의 살혼마신!

유행이 아닌 자유추구
BOOK Publishing ChungEoram

FOR
GOD

등천각은 일천부터 십천까지 열 개의 천으로 나뉘어 있다. 그리고 등천각의 학도들은 열 개의 천(天) 중 세 곳에 복수 지원할 수 있다.

등천각의 학도 수는 총 천여 명가량이다. 이 인원이 세 군데에 복수 지원이 가능하다 한 것을 감안하여 계산해 보면 평균적으로 각 천당 삼백여 명의 학도들이 분포하게 된다.

현성 대사는 무림에서도 꽤나 명망이 있는 검의 고수였다. 게다가 소림의 유일무이한 검법인 달마검이라는 현성 대사의 무공에 많은 이들이 관심이 갔는지 칠천의 지원자 수는 사백오십여 명이 넘어갔다. 실로 적지 않은 숫자였다.

연무장에는 거진 오백여 명의 학도들이 질서정연하게 정
렬해 있었다. 장관이라고 표현하기는 조금 무리가 있더라도
그럴듯한 광경임은 분명했다.

연무장에 도착한 현성 대사는 천천히 단상 위로 올라갔고,
독고진은 단상 위의 뒷쪽에 놓여 있는 교두석을 둘러보았다.
남아 있는 자리는 정중앙에 가까운 전임 교두석. 자신의 자리
가 맞지만 왠지 앉기가 꺼려지는 독고진이다.

'이거 왠지 떨리는데?

슬며시 가서 앉는 독고진. 그가 자리에 앉자마자 현성 대사
의 입이 열렸다.

"나는 여러분도 알다시피 무무승(武舞僧)이라 불리우는 소
림의 현성이다."

내공이 실린 사자후에 약간이나마 소란스럽던 장내는 쥐
죽은 듯 조용히 변하였다. 그것을 본 현성은 흡족한 얼굴로
다음 말을 이었다.

"다들 알고 왔겠지만, 본 천은 검을 수련하는 곳이다. 이곳
에 서 있는 여러분은 모두 검에 관심이 있는 사람들일 것이
며, 그래야만 한다."

현성은 좌중을 둘러보며 무게있게 말을 이어갔다.

"그것이 나의 교육 방침이기 때문이다. 끈기있게 끝까지
따라올 자들이 아니라면 나는 필요가 없다. 조금 힘들다고 포
기할 학도는 내게 필요치 않다는 말이다. 하지만 노력하는 이

에겐 그에 상응하는 결과물을 쥐어줄 것이다. 나 현성이란 내 이름을 걸고 그렇게 만들 것이다."

시작부터 학도들에게 압박을 가하는 그를 보며 독고진은 피식 웃었다. 저 엄한 모습 안에 숨겨져 있는 따뜻하고 해학적인(?) 성격을 그는 방금 전까지 보았기 때문이다.

솔직히 독고진은 현성 대사가 다짜고짜 공격을 할 적에 정말 당황했다. 말이 끝나기가 무섭게 별다른 예고도 않고 공격하다니, 게다가 그곳은 그의 집무실이 아니었던가?

괴승이라는 별호가 괜히 붙은 게 아니라고 독고진은 생각했다.

"나는 말을 길게 하는 것을 무척이나 싫어한다. 앞으로는 말 대신 몸으로 보여줄 것이다. 여러분을 가르칠 적에도 말보다 주먹 혹은 검이 먼저 튀어 나갈지도 모른다. 무척이나 무식한 방침이라 하여도 빈승은 할 말이 없다. 하지만 그로 인해 여러분의 실력만큼은 일취월장할 것임을 보장할 수 있다. 나의 방침이 마음에 들지 않는다면 지금 당장 이 자리에서 나가도 상관 없다."

말을 잠시 멈춘 그는 좌중을 둘러보았다. 당연하겠지만 그 누구도 나가지 않았다. 만약 나가고 싶은 사람이 있었더라도 분위기에 눌려 그러지 못했으리라.

"좋다. 그렇다면 모두들 나를 잘 따라와 줄 것이라 믿고 이쯤에서 잡설은 끝내겠다. 앞서 말했듯 나는 말을 길게 하는 것을 별로 좋아하지 않기에 세세한 설명 같은 것은 하지 않을 것이다. 그저 앞으로 보면 알게 될 터.”

모두의 표정은 굳어 있었다. 결연함이 가득 찬 모습이다. 무겁기 그지없는 분위기 탓인지 그 누구도 손 하나 까딱하지 않은 채 현성 대사의 다음 말만을 기다리고 있었다.

“지금부터 간단히 본 천의 교두들을 소개하겠다. 앞으로 교두들과 친하게 지내는 것이 여러모로 좋을 것이다.”

현성은 천천히 뒤돌아 섰다. 그리고는 가장 중앙에 앉아 있는 독고진을 향해 눈짓을 주었다. 일어서라는 소리다.

독고진이 멋쩍은 표정으로 자리에서 일어서자 현성은 다시금 뒤로 돌았다.

“먼저 본 천의 전임 교두를 소개하겠다. 등천각 전체를 통틀어 최연소 교두이기도 하니 여러분들과도 친밀하게 지내기 쉬울 것이다. 하지만 여러분 또래의 나이라 하여 교두에게 무례한 태도를 보이지는 않기를 바란다. 독고 교두는 분명 전임 교두로서 부족하지 않을 만큼의 능력을 가지고 있다. 그 점 잊지 말기를.”

그리고 현성은 고개를 돌려 독고진을 응시했다. 인사라도 하라는 의미였다.

독고진은 멋쩍은 표정으로 좌중을 향해 고개를 살짝 숙여 보였다.

“안녕하십니까, 여러분. 본인은 독고세가의 소가주인 독고진이라 합니다. 여러모로 부족하지만 많이 노력할 것입니다. 잘 부탁드립니다."

간단 명료한 소개가 끝나자 박수갈채가 쏟아져 나왔다. 자신들 또래의 청년이 교두, 그것도 전임 교두라는 데에 자존심이 상하는지 불만스러운 표정을 짓고 있는 부류들도 적잖이 눈에 띄었지만 대부분은 박수갈채를 보냈다.

독고진이 자리에 앉자 그 옆에 앉아 있던 교두가 천천히 일어섰고, 현성의 소개가 이어졌다.

"그다음은……."

*　　　*　　　*

"허, 독고형이 등천각의 전임 교두라니……."

입 밖으로 낸 것은 처음이지만 마음속으로는 벌써 몇 번인지 모른다. 첫 수업을 마친 지금도 아직 믿기지 않는지 남궁소운은 또다시 중얼거렸다.

"남궁형, 남궁형은 독고 교두를 잘 아시오?"

청운의 물음에 남궁소운은 잠시 생각에 잠겼다. 하지만 잘 안다고 할 정도는 분명 아니었다.

"그것은 아닌 것 같소. 크음, 이전부터 독고형이 대단한 줄은 알았지만 등천각의 전임 교두가 될 정도라니… 믿기지가 않는구려."

이전부터 그가 대단한 줄은 알았다는 남궁소운의 말에 청운의 눈에 이채가 어렸다.

"그 독고진이라는 전임 교두가 남궁형보다 성취가 뛰어나오?"

그에 남궁소운은 퉁명스런 목소리로 대답했다.

"나보다 뛰어나니 나를 가르치려 드는 것이겠지."

확연히 긍정을 한 것은 아니었지만 그것은 긍정이나 다름이 없었다. 확답을 피한 것은 남궁소운의 자존심 때문이리라.

"그러고 보니 독고가의 소가주라면… 제룡회에 출전했던 그 독고소령이라는 소저의 오라비가 아니오?"

무슨 놀라운 것이라도 발견한 양 말하는 청운을 보며 남궁소운은 고개를 끄덕였다.

"맞소이다."

그에 청운의 호기심은 더욱 커졌다. 당시 그가 본 독고소령은 결코 자신의 위라 할 수 없었다. 적어도 그는 그렇게 판단했다. 하지만 그로서도 소령이 만만한 상대는 아니었다. 호적수라 할 만했던 것이다.

그런 그녀의 오라비다. 제룡회의 출정권을 동생에게 빼앗겼다는 이야기에 못난 녀석인 줄 알았건만 등천각의 전임 교두로 부임한 것을 보니 꼭 그런 것만은 아닌 것 같았다.

충분히 호기심이 일 만한 것이다.

"이거 정말 궁금해지는구려. 다음에 기회가 되면 비무라도 한번 신청해 봐야지. 학도가 교두에게 비무를 신청하는 것이 규정에 어긋나거나 하지는 않겠지."

마지막은 중얼거리는 듯한 어조였지만 그에 대답해 주는 남궁소운이다.

"그런 규정은 없다고 알고 있소."

청운은 고개를 끄덕이며 미소 지었다. 그는 본능적으로 독고진이 강자일 것이라는 것을 직감하고 있었다. 그와 손을 섞어볼 수 있을 날이 기대가 되었다.

"하핫, 생각보다 등천각의 생활이 즐겁게 돌아갈는지도 모르겠소."

*   *   *

"음."

독고진은 정신없이 무언가를 읽고 있었다. 그의 눈빛은 더없이 진지하였다.

"그러니까……."

파멸록이라는 책자에는 몇 가지 핵심적인 단서가 들어 있었다. 그것들은 역시 오대천에 관한 것들이 대다수였다.

우선 오대천의 구성과 그 명칭이 쓰여 있었는데 파멸록에 의하면, 오대천은 멸천회(滅天會), 혈천회(血天會), 월천회(越天會), 역천회(逆天會), 파천회(破天會). 이렇게 다섯으로 구성

되어 있었다.

또한 그 뒤에는 힘이 강림할 수 있는 조건이 쓰여 있는데, 그것은 놀랄 만한 것이었다. 일비에게서 들었던 이야기 말고도 또 다른 이야기가 하나 있었던 것이다.

오대천이 강림할 수 있는 조건은 두 가지였다. 첫째로 일비가 말했던 오대신맥의 피를 한자리에 모으는 것. 그리고 두번째 조건은 각 천의 힘이 담긴 다섯 가지 기물을 한자리에 모으는 것이다.

이 두 가지 조건 중 하나라도 성립이 된다면 오대천의 진정한 주인이 될 수 있을 것이라 하였다.

"그나저나 이제 흉수들이 오대천과 관련이 있다는 사실은… 확실해졌군."

독고진이 얻은 가장 큰 성과가 바로 이것이었다. 심증을 확증으로 굳힌 것.

그 근거는 바로 무공의 흔적이었다. 제룡회 참사 당시 흉수들에게 검을 맞은 사람들에게서 나타났던 동일한 증상. 검상 주변에 맺혀서 한동안 사라지지 않던 그 붉은빛의 흔적이 바로 그 근거가 되었던 것이다. 파멸록에 의하면 각 천의 무공에는 제각기 특징이 있다 하였는데, 붉은 검상 주위에 맺히는 붉은 얼룩은 파천회(破天會) 무공의 흔적이라 하였다. 정확히 일치하는 것이다.

그밖에도 여러 가지 내용이 많이 실려 있었는데, 아직 오대천에 대해 기본적인 자료가 부족하여 이해할 수 없는 내용 투성이었다. 한참을 읽으며 골똘히 생각에 잠겨 있던 독고진은 문득 떠오르는 게 있었다.

'그나저나 단리 소저를 죽인 흉수도 오대천과 관련이 있는 게 아닐까?'

딱히 어떠한 증거가 있는 것은 아니었다. 하지만 심증은 거의 확실했다. 현 무림에서 그런 무모한 짓을 할 집단이 딱히 떠오르지 않았기 때문이다.

'하지만 왜?'

아무리 생각해도 그 답이 나오지 않았다. 하지만 문득 독고진의 뇌리를 스쳐 지나가는 것이 있었다.

'혹시 단리 소저가… 신맥을 타고난 것이 아닐까?!'

단리혜가 신맥을 타고났다는 전제를 밑바탕에 까는 순간, 지금까지 이해되지 않았던 많은 일련의 사건들이 맞물려 돌아가기 시작했다.

'그렇다면… 얼마 전에 암습을 당했다던 능사운 소협도?!'

거의 확신이었다. 하루 종일 가슴속에 막혀 있던 무언가가 뻥 뚫리는 듯한 느낌이었다.

그리고 독고진은 생각의 범위를 넓히기 시작했다.

'그들은 오대신맥을 노리고 있는 것이다. 오대천이라는 힘이 강림한다 하더라도 막아낼 자신이야 있지만, 모든 것은 삭초제근하는 것이 가장 바람직한 법. 능 소협과 단리 소저가

오대신맥 중 둘이었다면, 나머지 세 사람을 찾아야 한다. 하지만 그들을 어떻게…….'

그리고 또 한 번 독고진의 뇌리에 섬전같이 스쳐 지나가는 것이 있었다.

"그래! 그거다!"

독고진은 자신도 모르게 입 밖으로 탄성을 내뱉었다. 혼자 있는 집무실이었기에 망정이지, 누군가가 곁에 있었더라면 미친놈 취급을 했을지도 모를 만큼 독고진은 흥분해 있었다.

'제룡 비무대회의 참사도 그것과 관련이 있는 거였다. 그 자리에서 그들은 오대신맥들을 제거하려 했던 거지. 생각해 보면 단리 소저도, 능 소협도 모두 제룡회 참사 당시 그 자리에 있지 않았던가? 오대신맥을 타고난 이들 전부가 그곳에 있었다고는 단정하기 힘들지만 한 명이라도 더 있었을지 모른다. 일단 제룡회에 참가했던 이들의 명단을 뽑아봐야겠다.'

생각을 마친 독고진은 벌떡 일어섰다. 더 이상 혼자서 생각하는 것은 비효율적이었다. 일정량 이상의 단서가 잡힌 이상, 여러 명의 머리가 맞대어질수록 효율은 극대화될 것이다. 그는 곧장 맹주 집무실로 향했다.

*　　　*　　　*

단리철은 독고진의 이야기를 듣는 내내 얼굴색이 쉴 새 없이 변했다. 특히 단리혜를 죽인 흉수와 제룡회 참사의 흑의인 들이 같은 배후를 가졌을지도 모르며, 거의 확신한다는 대목 에서는 주먹마저 부르르 떨었다.

"내 이놈들… 씨를 말리고 말리라!!"

흥분하여 탁자를 쾅! 내려치는 그를 보며 독고진은 한숨을 내쉬었다. 극에 달한 자제력과 정신력으로 버티고는 있었지 만, 단리철도 역시 한계가 있었다. 그리고 그의 정신력이 한 계를 드러낼 정도라면 딸아이를 잃은 슬픔이 얼마나 비통한 지를 알 수 있었다.

"맹주님, 고정하십시오. 아직 그들이 확실한 것은 아닙니 다. 하나 반드시 찾을 수 있을 겁니다. 그리고 그렇게 만들어 야지요."

여전히 씩씩거리는 단리철이었지만, 그래도 어느 정도 안 정을 찾았는지 숨을 돌리고는 다시 독고진을 응시하였다.

"후우, 내 추태를 보여 미안하네."

"아닙니다. 저는 어르신의 심정을 충분히 이해합니다."

독고진의 말은 진심이었다. 만일 그의 가족들 중 하나가 어 느날 갑자기 비명횡사를 당했다면 그는 단리철보다 더욱 자 제하기 힘들었을 것이기 때문이다. 어쩌면 살성의 영향 때문 에 마구잡이로 온 천하를 파괴하고 다닐지도 모를 일이었다.

"고맙네. 자네에겐… 정말 여러모로 고마운 일들이 많구 면."

단리철은 억지웃음을 지으며 독고진에게 고마움을 표했다. 실로 독고진이 그에게 많은 도움을 주고 있기도 했지만, 진짜 이유는 당장에 무슨 말이라도 하지 않으면 진정하기 힘들 것 같았기 때문이다.

"아닙니다, 어르신. 어르신보다야 못하지만 저 또한 그들에게 원한이 생겼습니다."

그 말에 의외라는 듯 단리철이 올려다보자 독고진은 싸늘한 미소를 지어 보였다. 당연하겠지만 단리철을 향한 것이 아닌 오대천의 세력을 향한 것이었다.

"그들은 제 아내를 죽이려 했습니다. 그 대가는 결코 작지 않을 겁니다."

*　　　*　　　*

등천각에서의 첫날은 생각보다 빠르게 지나갔다. 단리철과 이야기를 나누던 독고진은 처소에 들어와 씻은 후 취침에 들기 위한 준비를 하고 있었다. 그리고 그의 곁에는 여느때처럼 소소가 자리하고 있었다.

"후우."

근심 가득한 독고진의 표정과 한숨에 지난밤 나연에게 가서 처소에는 돌아오지도 않은 것에 대한 핀잔을 주려던 소소는 아무런 말도 할 수가 없었다. 곁에 누워서 계속 그의 눈치만을 살피던 그녀가 이내 조심스레 입을 열었다.

"저기, 상공."

모기 소리만 한 목소리에 독고진은 감았던 눈을 천천히 떴다.

"당 매, 무슨 할 말 있어?"

어떤 경우에서도 소소에게만큼은 부드럽기 그지없는 목소리로 말하는 독고진이다.

"무슨 근심이라도 있으세요? 안색이… 많이 어두워 보이시는데요."

걱정 어린 표정으로 묻는 소소의 모습에 독고진은 빙긋 웃어 보였다.

"뭐, 근심이랄 것까지는 없고. 앞으로의 계획을 짜고 있었지."

그 말에 궁금하다는 듯 소소는 눈을 동그랗게 뜨고 다시 물었다.

"계획이요? 어떤 계획요? 학도들 교육을 어떻게 할 것인지에 관한 계획요?"

그 모습이 왠지 귀여워 보인 독고진은 피식 웃고는 대답했다.

"후훗, 그런 거 아니야. 나는 등천각에서 아마 누구를 지도한다거나 그러지는 않을 거야. 항상 자리를 지키고 있을 필요도 없고."

“예에? 그게 무슨 말이에요?”

소소로서는 이해할 수가 없었다. 교두들 중에서도 총교두 다음으로 역할이 막중한 자리가 전임 교두의 자리 아닌가? 그런 그가 자리를 지키고 있지 않아도 된다는 말에 선뜻 동의할 수가 없었다.

“아, 나는 좀 특별한 경우야. 내가 등천각 교두가 된 것도 등천각에서 누구를 가르치기 위함이 아니라 명분일 뿐이지.”

그 말에 소소는 모르겠다는 듯 뒷머리를 긁적였다.

“에, 좀 알아들을 수 있게 설명해 주세요.”

“음, 그러니까… 맹주님께서 내게 맡기신 일들이 있어. 제룡회 참사의 배후를 캐는 것이라 생각하면 될 거야. 어쨌든 그 일을 하기 위해선 나 혼자의 힘만으로는 부족해. 독고세가의 정보력에도 한계가 있고. 그래서 맹주께서 풍백단(風魄團)을 내게 맡기시려 하고 있어. 하지만 풍백단의 단주 직을 맡아 하려면 어느 정도 이상의 배분 혹은 명성이 있어야겠지? 그래서 임시방편으로 내놓은 것이 표면상 등천각의 교두 직을 맡는 것이야. 등천각의 주임 교두라는 감투 정도라면 풍백단 단주를 맡는 것도 큰 무리가 없겠지. 물론 약간 부족한 감이 있긴 해도 억지로라도 가능은 하잖아.”

독고진이 간단하게 요약하여 말하자 소소는 대략적으로는 이해한 듯 고개를 끄덕였다. 처음 듣는 이야기에 머리가 아파 오기도 했지만 그러려니 하는 그녀였다.

“그렇군요. 그럼 이제 바쁘시겠네요?”

“음, 그렇겠지? 하지만 한동안은 수업에도 참여하면서 얼굴을 비쳐야 하니 따로 맹주님께 받을 일은 없을 거야. 뭐, 그것도 얼마 가지는 않을 테지만.”

말을 하며 독고진은 소소의 길다란 흑발을 쓸어내려 주었다. 그리고 그의 부드러운 표정을 보며 분위기가 풀렸다고 생각했는지 소소는 냉큼 독고진의 팔을 잡아당겨 자신의 머리를 올려놓았다. 그러고는 배시시 웃는 그녀다.

“헤헤, 그래도 밤에는 꼭 처소에 들어오세요. 난 가가의 팔베개 없이는 잠이 잘 안 온단 말예요.”

그 말에 독고진은 잠시 어이없다는 듯한 표정이 되었다. 그리고 그는 소소의 볼을 톡톡 건드리며 대답했다.

“그러도록 노력할게. 하지만 장담은 못해.”

그의 말이 끝나자마자 소소는 독고진을 끌어안았다. 그리고 잠시 동안 두 사람은 입술을 맞대었다.

“당 매, 정말 갈수록 변해가는 것 같아?”

그의 핀잔 아닌 핀잔에 소소는 피식 웃으며 대답했다.

“전에도 말했잖아요. 상공과 함께 있으면 어떤 여인이든 이렇게 될 것이라고요.”

어느새 독고진의 손은 소소의 상의를 벗겨내고 있었다. 처음에는 어색하기 그지없었지만 이젠 꽤나 자연스러운 모습이다.

하지만 그녀의 상의를 벗겨낸 순간, 독고진은 무언가를 발견하고는 잠시 멈칫했다. 어디선가 본 듯한 분위기의 얼룩이다.

"당 매, 이것… 언제 생긴 거야?"

그가 가리킨 곳은 소소의 오른쪽 가슴팍, 그곳에는 희뿌연 얼룩 비슷한 것이 마치 문신처럼 새겨져 있었다.

"아, 이거요?"

소소는 씁쓸한 표정을 지었다. 그녀로서는 생각하고 싶지 않은 일인 듯했다.

"단리 동생과 함께… 습격받았을 때, 그때 흥수의 일 장을 맞고 나서 생긴 얼룩이에요. 상처가 다 아문 다음에도 이 얼룩만은 사라지지가 않아요. 왜일까요?"

순간 독고진은 예전에 그 얼룩을 봤던 것이 언제인지를 기억해 냈다. 그것은 그리 멀지 않은 과거였다. 바로 오늘 아침, 파멸록에서 보았던 무늬였던 것이다.

'그래, 맞아. 이거 오대천 중에 월천인가? 그곳의 무공이 갖는 특성이라 했다. 그 무공에 격중되고 나면 생기는 문양일 거야. 틀림없어.'

이로써 확실해졌다. 증거까지 잡은 것이다.

의외의 소득. 독고진은 씨익 웃고는 다시 소소를 향해 고개를 돌렸다.

"나도 모르겠네."

그는 소소의 이마에 다시 입을 맞추며 말을 이었다.

"그건 그렇고, 하던 일이나 마저 하자고."

능청스런 독고진의 말에 소소의 양 볼은 수줍게 물들었다.

어느새 귓불까지 새빨개진 그녀였다.

*   *   *

벌써 며칠째 모용광은 속으로 분을 삭히고 있었다. 사실 분이라기보다는 답답함이랄까? 등천각에 갈 적마다 독고진은 그의 눈에 들어왔고, 그때마다 그는 주먹을 내지르고 싶은 것을 참고 또 참았다.

처음에는 그 또한 이 믿을 수 없는 상황에 어떻게 해야 할지 갈피를 잡지 못했다. 당장에라도 자신의 발아래 밟아놓고 싶었지만, 왠지 등천각의 교두씩이나 되었다는 것이 꺼림칙하였다. 무슨 모종의 이유가 있다 하더라도 등천각의 주임 교두라는 자리가 그렇게 만만한 자리는 아닌 것이다.

하지만 시간이 가면 갈수록 그 생각은 여지없이 깨져 버렸다.

'대체 그 녀석, 어떻게 등천각의 주임 교두씩이나 된 거지?

첫 수업을 시작한 날부터 지금까지 그는 독고진을 계속 주시해 왔다. 독고진이 혹여 무공이라도 보여준다면 그 실력이

풍백단(風魄團) 355

라도 짐작할 수 있지 않을까 해서였다.

하지만 지난 며칠간 독고진은 무공 시범은커녕 그 누구도 가르치려 하지 않았다. 그저 조용히 앉아 시간만 때우다가 가는 것이었다.

이에 결국 모용광은 내려서는 안 될 결론을 내려 버렸다. 그가 내린 결론은 '독고진은 아무것도 할 줄 모르는 멍청한 인간에다 뒷거래로 등천각에 들어오게 된, 그야말로 파락호나 다름없는 인간' 이었다. 참으로 위험하기 그지없는 결론이다.

"후후. 기회를 보는 거야, 기회를."

중얼거리며 모용광은 자신의 두 손을 비볐다. 뭔가 흥미있는 생각이 났을 때 나타나는 그의 버릇이다. 그는 지금 어떻게 독고진을 밟아놓아야 가장 속시원하게 분이 풀릴지 생각하는 중이었다.

*　　　*　　　*

단리철은 독고진을 데리고 어디론가로 가기 시작했다. 그래봤자 무림맹 안이었지만 그의 표정은 너무도 진지했다.

"어딜 가시는 겁니까?"

독고진의 물음에 단리철은 빙긋 웃으며 말했다.

"풍백단을 만나러 간다네."

독고진의 눈에 이채가 어렸다. 이제 본격적인 시작인 것이다. 풍백단은 무림맹 내에서 거의 창룡단 다음가는 능력을 지녔다고 평을 받는 무력 단체. 조금은 긴장이 되기도 하였다.

"아, 그렇군요. 풍백단이라……."

중얼거리며 무언가를 골몰히 생각하는 듯한 독고진. 그 모습을 본 단리철은 피식 웃었다.

"후후, 아마 이 녀석들을 잘 다루려면 약간의 무력시위가 필요할 걸세. 자네에게 비무를 걸어올지도 모르지. 뭐, 자네에게 위협될 정도는 아닐 테지만 말이야."

독고진은 고개를 끄덕였다. 그로서도 어느정도는 각오하고 있었던 일인 것이다.

풍백단은 지금까지 그와 아무런 상관조차 없는 단체였다.

하지만 이제는 더없이 밀접한 관계가 될 것이다. 오십여 명 정도 되는 풍백단의 단주, 풍백단원들과 독고진은 이제 주종관계라는 하나의 묶음 안에 묶이게 된다. 그야말로 한 배를 탄 것이다.

"이거, 기대됩니다."

독고진의 입에도 미소가 걸렸다. 어쩐지 의미심장해 보이는 미소다.

그의 기대는 다른 것이 아니다. 물론 풍백단이라는 손에 꼽는 무력단체의 단주가 된다는 것에 대한 기대도 없잖아 있겠지만, 가장 기대되는 것은 오대천과의 대결이었다. 머리싸움도 있을 것이며, 육탄전 또한 적잖이 벌이게 될지도 모른다.

하지만 독고진은 자신있었다. 분명 대단한 세력을 가진 존재들인 것은 자명하나 두렵다거나 하는 감정은 들지 않았다. 그들이 대단한 만큼 일은 더욱 힘들어지겠지만 단지 그뿐이다. 더욱 분발하면 그만인 것이다.

켈리어스를 통해 얻은 법술로 전생의 기억 속에 고스란히 살아 있는 흑마법의 위력이 그 자신감의 원천 중의 하나임은 분명했지만 그는 무엇보다도 자기 일신의 무공을 믿었으며, 자신의 머리를 믿었다.

'이제 시작이다.'

짧지만 그의 모든 상념들을 일축시킨 한마디.

중원에 드리워지는 풍운은 점점 더 짙어지고 있었다.

『포갓』 4권에 계속…

FANTASTIC ORIENTAL HEROES